伊勢物語の助動詞

宮下拓三

いいずな書店

はじめに

高校古典文法書でしばしば目にする説明の一つに「……ことが多い」があります。では、「多い」とは果たしてどの程度のことを言うのか、他にどのような用例があって、どのような場合に現れるのかなど、考え出すと疑問は尽きないのですが、それらに明快に答えてくれる書物にはなかなか出会えません。

世には多くの書物があふれているけれど、入門書と専門書ばかりでその間をつなぐ書物がないとはよく指摘されることですが、古典の文法書においてもまたしかりです。

そこで本書は、入門書としての高校古典文法書を一段深めて古典文法を考察することのできる視点や用例を提供しようと、次の三本の柱を立てました。

一　高校古典文法書が触れずに済ませている点に光を当てて考察する

教える側に十の手持ちしかないのに、その十すべてを教えなければならない、というのは教える側も教わる側も大変なのですが、こと古典文法に関してはそれに近い現実があることを私自身の経験から感じています。同じく「……ことが多い」と教えるにしても、「多い」の周辺事情を知って伝えるのと、それ以上は知らずにそのまま伝えるのとでは、雲泥の差があると思います。

私が高校古典文法書の執筆に携わるようになって二十年あまり、その間、指導の現場から数々のご質問・ご指摘をいただいてきました。本書はそれらを踏まえ、高校古典文法の中核たる助動詞について高校古典文法書よりもより広く目を配り、より深く掘り下げて考察することを目指しました。

二　一つの古典作品を読むのにどれだけの文法知識が必要なのか明らかにする

高校古典文法書は平安時代中期の語法を中心に示すのを原則としています。しかし、そこに示された用例を見ると、上代から中世のものまで、中には近世のものまでを「ごった煮」的に集めて並べています。これは、文法解説とよく合致し、そのうえ比較的平易で分量的にも適切な用例を選ぼうとした結果で、古典文法を効率よく提示できる利点がある反面、どうしても焦点がぼやけてしまうきらいがあります。

そこで本書は、高校古文の定番教材『伊勢物語』一作品を特に取り上げ、その読解のためにどれだけの文法理解が必要なのかを、古典全般にわたる考察と並行して明らかにすることを試みました。

三　各助動詞の文法的意味のすべてに対して、すべての活用形の用例を示す

例えば助動詞「る」「らる」について、高校古典文法書には「自発・可能には命令形がない」旨が必ず記されています。では逆に注記のない助動詞はそのすべての文法的意味にすべての活用形がそろっているのか、これは私にとって長い間疑問でした。もちろん助動詞の意味の分類には便宜的な側面があり、絶対視すべきものではありません。しかし、分類した以上は責任を持つべきことも言うまでもないことです。

そこで本書では助動詞ごとに複数ある文法的意味のそれぞれについて、すべての活用形に用例を見いだせるのかを明らかにしてみました。『伊勢物語』に用いられていない活用形はさまざまな時代のさまざまな作品の中に求めました。これは第二の柱とは対照的な方向性ですが、両者を併せ示すことで、古典文法に関する視界の

広さと鮮明さが確保できるのではないかと思います。適切な用例がなお見あたらず残った箇所があり、それらは空欄として明示しました。

用例は、原則として小学館『新編日本古典文学全集』に拠りました。ただし、漢字表記・ルビ等は適宜改め、和歌は各句を「分かち書き」としました。用例の下の（　）内に章段数のみを記したものが『伊勢物語』からの用例です。また、『伊勢物語』に関する注釈書・研究書から多くの記述を引いていますが、それらの書名の本書での略称は巻末の「引用文献」に示してあります。

本書の上梓にあたっては、いいずな書店 前田道彦社長から多大なるご支援を賜りました。このような著作を形にして世に送り出していただけたことは、わが国の豊かな文化的伝統を微力ながらも丁寧に継承して参りたいと願っている筆者にとってこの上ない喜びであり、衷心より謝辞を申し上げます。また、原稿段階から出版に至るまでの道筋をつけてくださった編集部佐久間敬氏、筆者のさまざまな求めに応じ軽快なフットワークで編集作業を進めてくださった北田富士子氏に厚く御礼を申し上げます。

本書が高校古典文法書の隣に常に置かれてそれを補うような形で繰り返し参照され、古典文法の理解や指導の一助となればと願っています。

目次

〈凡例〉

・助動詞を12に分類し、必要に応じて「総論」を置いた。
・助動詞ごとに、〔語誌〕〔意味〕〔接続〕〔活用〕〔用例〕の項目を立てた。
・古文の用例には、「総論」および助動詞ごとに通し番号を付した。ただし、各助動詞の〔用例〕には、( )付きの通し番号をそれぞれ別に付した。用例中の四角囲みが当該助動詞である。
・古文の表記は、原則として小学館『新編日本古典文学全集』に拠るが、漢字表記・ルビ等は適宜改め、和歌は各句を「分かち書き」とした。
・古文の出典は、用例の下の（　）内に明記した。章段数のみを記したものが『伊勢物語』の用例である。
・用例の後の〔　〕内に現代語訳を付した。

1　過去の助動詞

私たちがふつう手に取る『伊勢物語』のテキスト（藤原定家の天福二年書写本）は百二十五の段から成り、そのうちの百二十四が「むかし、……」と語りだされている。唯一の例外である17段は「年ごろおとづれざりける人の」で始まるが、これもおそらく「むかし」が脱落したのだろうと考えられている。

『伊勢物語』は「むかし」あった出来事を語って聞かせようという体裁の物語である。したがって、登場人物たちの言動はどれも物語る時点から見て「むかし」の話ということになる。

そこで、『伊勢物語』の助動詞を考える皮切りとして「むかし」の出来事の表現法をとりあげる。

1　**あばらなる倉に、女をば奥におし入れて、男、弓、胡籙（やなぐひ）を負ひて戸口にをり。はや夜も明けなむと思ひつつゐたりけるに、鬼はや一口に食ひてけり。……やうやう夜も明けゆくに、見れば率て来し女もなし。**（6段）

〔荒れ果てた倉に、女を奥の方に押し入れて、男は、弓、胡籙を背負って戸口にいて守っている。「早く夜が明けてほしい」と思いながら座っていた間に、鬼がたちまち（女を）一口に食ってしまった。……次第に夜も明けていくので、見ると連れて来た女もいない。〕

「むかし」を語る三つの表現法

用例1は「芥川」の一節で、この章段ももちろん「むかし、男ありけり」で始まっている。したがって、男の行為である、Ⅰ「弓、胡籙を負ひて戸口にをり」も、Ⅱ「思ひつつゐたりける」も、Ⅲ「率て来し」も、すべて「むかし」になされたことであり、ここに見られる三つの表現の型が「むかし」の事柄の表現法だ。

Ⅰ　助動詞を伴わない型

Ⅱ　「けり」型

Ⅲ　「き」型

Ⅰの助動詞を伴わない型は、Ⅱの「けり」型で語り始められた物語が進行する中で現れる。

Ⅰ型からⅡ型への表現の移行を語り手の立場から説明すれば、まず物語ろうとする「むかし」の世界を「むかし～けり」と提示し、語りの場・聞き手の前に引き出して据える。それとともに語り手は自らの姿を消し、かわりに登場人物を前面に押し立てて、あたかもその人が「いま」まさに生きて動いているかのように物語り、その人の言葉を発してみせる。この、臨場感をかもし出し、聞く者の心を沸き立たせるのがⅠ型の表現である。Ⅰ型によって語られているのも間違いなく「むかし」の事柄なのだが、Ⅰ型の表現自体はあくまで「いま」を言い表すものと見るべきだろう。

以下は、「むかし」を「むかし」として言い表すⅡ「けり」型とⅢ「き」型について考察する。

高校古典文法書における「き」「けり」

同じ一人の男の、一連の行動を表すのにⅡ型とⅢ型の二つの表現が用いられている理由を高校古典文法書に求めるならば、「伝聞過去」と「経験過去」の違いということになる。高校古典文法書のうち採択数上位を占めると言われる数冊を見ると、いずれの本も「き」「けり」について「経験過去」「伝聞過去」の違いを説明の核に置き、それに

「けり」の「気づき（詠嘆）」の用法を付け加える、という形になっている。

これにしたがって用例1を説明すれば、倉の戸口を守る男の様子は語り手によって「思ひつつゐたりける」と「伝聞過去」で表され、一方、前夜女を連れて来た男の行為は男自らによって「率て来し」と「経験過去」で表されている、ということになる。この場合、「し」を〈男の身になっての表現〉（秋山虔・堀内秀晃『伊勢物語』）などというように、語りのあり方と見ることもできるだろうし、あるいは「率て来し女もなし」を男の心中語と見て括弧でくくって考えることもできるだろうが、いずれにしても、語りの時点から見ての「むかし」ではなく、物語世界を「いま」として、そこから見た「経験過去」としての「むかし」ということになる。

体験した事実を表す「き」と伝聞した事実を表す「けり」という高校古典文法書の単純明快なとらえ方は、しかし、次のような用例に直面した時、説明に窮してしまう。

2　いにしへに　あり[き]あらずは　知らねども　千年（ちとせ）のためし　君にはじめむ
（古今和歌集・三五三）

〔（今日のような祝宴が）昔あったかなかったかは（私は）知りませんが、千年の（ご長寿をお祝いする）先例を、あなた様から始めましょう。〕

後に取り上げるとおり、『伊勢物語』にも、登場人物の直接経験の回想が地の文へ滑り込んだというような説明では納得しがたい「き」の用例が見られる。それらの用例は「例外」として排除してしまうしかないのだろうか。

高校古典文法書の記述の根拠と本音

高校古典文法書で現在主流をなす右のとらえ方にはもちろん典拠があって、細江逸記（一八八四〜一九四七）の示した「目睹回想・伝承回想」（昭7）に始まる説に基づいている。ちなみに「目睹」は、目で直接見ること、目撃、の意である。こうしたとらえ方は古くにもあったようで、鎌倉中期の語源辞典『名語記（みょうごき）』（経尊撰・一二七五年成立）に次の記述が見える。

> 詞ノスヱニ「ミキ」「キ丶キ」「アリキ」「ナカリキ」ナドヲケル「キ」ノ心如何　コレハ万葉ニ「寸」ノ字ヲ「キ」ニヲケレドモイマダソノ心ヲエズ（中略）「ミキ」「キ丶キ」ハマサシク我身ノウヘノ事トキコエタリ　コノ「ケリ」ハ余所ノウヘヲキ丶ワタル心地ナリ（括弧・濁点・傍線は引用者）

鎌倉時代以降、一般には「き」「けり」「つ」「ぬ」「たり」の区別が失われていった中、「き」と「けり」の違いを明らかにしようという意思が窺えるが、このような意識化は「き」「けり」を無意識裡に自在に使いこなせなくなっていたことの証左ともいえよう。

また、作者を藤原定家に仮託し、鎌倉時代後期に成立した歌論『愚秘抄』（『日本歌学大系　第四巻』所収）にも、「事がき」（詞書）についての次のような記述が見える。

> 勅撰にも打聞にも撰者の歌の事がきには、いかなる時よみ侍りしと「し」の字をかならずおくべき也。餘の歌の事がきにはいかなる時よみ侍りけると、「ける」の字をおくべき也。是習事ゆ丶しきけぢめなるべし。
> （括弧は引用者）

さらに、鎌倉時代の末に書かれた高校古典の定番教材『徒然草』（一三三〇年ごろ成立）の「き」「けり」も、おおむねが右のとらえ方で説明できる。とはいえ、次のような用例もあって絶対ではない。

3　**顔回も不幸なり[き]。**　（徒然草・二一一段）
〔顔回も不幸であった。〕

高校古典文法書の記述が現行の形に固まってきた理由は、右に挙げた二点、(1)その説明が典拠に基づきつつ明快であること、(2)『徒然草』の用法にほぼ合致すること、が主たるものと思われる。しかし、それは小学館『古語大辞典』が〈「き」「けり」の用例の量的側面から帰納された現象論的結論で、この説だけでは律しきれない「き」「けり」の用例がある〉と述べているように、決して本質的説明とは言えず、「例外」も少なからず認められる。にもかかわらず、同様の記述で横並びにとどまってきたのは、先の理由に加え、横並びの記述をよいことにその編著者たちが「とりあえずは」と消極的姿勢を自らに許してきた結果でもあるとも認めなければなるまい。

その反省も踏まえ、改めて「き」「けり」の用例を丁寧に見ていこうと思う。

『古事記』明記の「き」「けり」

『伊勢物語』の「き」「けり」を考察する前に、時代をさかのぼって『古事記』の「き」「けり」を確認しておきたい。

高校国語教科書に載る『古事記』と言えば、倭建命の話が最も多い。漢字仮名交じりで訓み下された教科書本文を見ると、各文末の多くに過去の助動詞「き」が用いられている。しかし、訓み下し文と原文を対照すると、例えば「天下治めたまひき」は「治天下也」であり、「出雲建を打ち殺したまひき」は「打殺出雲建」であるように、「き」の多くは訓み下しの際に訓み添えられたものであることがわかる。これらの訓み添えは本居宣長『古事記伝』以来の訓読研究の成果であるが、ここではあくまで『古事記』原文に文字として明記されているもののみを取り上げる。

○『古事記』の「けり」は気づき

倭建命の話を含む景行天皇の帝紀原文に明記された「き」「けり」は、「き」が歌謡中の1例のみ、「けり」も歌謡中の1例と会話文中の1例に過ぎない。

4 **大倭国に、吾二人に益して、建き男は坐しけり。**（古事記・中）

〔大和国には、自分たち二人にもまして、勇猛な男子がいらっしゃったのだ。〕

5 **汝が着せる　襲衣の襴に　月立ちにけり**（古事記・中）

〔あなたが着ている　襲衣の裾に　月が出たのだった。〕

用例4は、それまで自分たちこそが最も勇猛な存在だと思っていた熊曾建兄弟が、倭建命のはかりごとに遭ってはじめて、実はそうではなかったと思い知らされたと述べた言葉である。用例5は、かねて約束していた美夜受比売との結婚を遂げようとした倭建命が、美夜受比売の着物に経血がついていたことに気づいたと、空の月にかこつけて詠んだ歌の一節である。いずれの「けり」（原文「祁理」）も過去の事柄の「伝聞」ではなく、自らの目や体を通して確認した事柄を述べていて、すでに起こっていて今に至った事柄に初めて気づいたことを表している。これが『古事記』全文で10例ほどを数える原文に明記された「けり」に共通する用法と見てよい。

例えば、次の用例6は、愛しい伊耶那美命に会いたい一心で黄泉の国まで追っていった伊耶那岐命が、恐ろしい体験を経てかろうじて生還を遂げ、われにかえって述べた言葉で、自分はけがれた死の国へ行っていたのだった、と自らの体験の意味を意識化し、認識したことを表している。

6 **吾は、いなしこめ、しこめき穢き国に到りて在りけり。**（古事記・上）

〔私は、何といやな、けがれた国に行っていたのだった。〕

また、次の用例7は、喪屋に安置された死者を蘇らせようとする招魂の場の発語とされるが、「えっ、死んだと思っていたのに、そうではなかったのだ」と近親者の生存を意外にも知って驚き喜んだ言葉、より正確には招魂のために驚き喜ぶさまをして見せる言葉となっている。

7　**「我(あ)が子は、死なず有り[けり]。我(あ)が君は、死なず坐(いま)し[けり]」**　（古事記・上）

〔「我が子は、死なずにいたのだ。わが夫君は、死なずにいらっしゃったのだ」〕

次の用例8は「酒楽(さかくら)の歌」で、神功皇后が「この酒は神が霊力を込めて醸して『奉(まつ)り来し御酒(みき)』だ、さあ、なみなみとついでお飲みなさい」と歌って酒を勧めたのに答え、建内宿禰命(たけうちのすくねのみこと)が歌ったものである。

8　**この御酒(みき)を　醸(か)みけむ人は　その鼓　臼に立てて　歌ひつつ　醸み[けれ]かも　舞ひつつ　醸み[けれ]かも**

この御酒の　御酒の　あやに甚楽(うただの)し　ささ　（古事記・中）

〔このお酒を　醸したという人は、その鼓を　臼のように立てて、歌いながら　醸したからかなあ、舞いながら　醸したからかなあ、この酒は　なんともいえずたいそう愉快なのだ。さあさあ。〕

歌い舞いつつ醸して霊力のこもった酒であるとの由来を神功皇后から聞き、この酒による酔いの心地よさの理由が納得できた、というのである。美酒の由来は神功皇后から伝え聞いたことではあるが、建内宿禰の意識としては、美酒の由来を教えられて初めて知り、美酒たるゆえんが納得できたという思いの表白に主眼があり、用例4～7と同じ「けり」の気づきの用法と見るべきだろう。それは「この御酒を　醸みけむ人」という「過去の伝聞」の助動詞「けむ」との使い分けからも推測できる。

○『古事記』の「き」は確信された過去

次に、『古事記』全文で20例ほどを数える「き」（原文「勢(せ)」「祁(け)」「岐(き)」「斯(し)」「志(し)」）について考察する。

9　**葦原の　穢(しけ)しき小屋(をや)に　菅畳(すがたたみ)　弥清(いやさや)敷きて　我が二人寝[し]**　（古事記・中）

〔葦原の　粗末な小屋で、菅で編んだ敷物を　いよいよすがすがしく敷いて、私はあなたと二人で寝たことだ。〕

10 **嬢子の　床の辺に　我が置きし　剣の大刀　その大刀はや**　（古事記・中）

〔乙女の　床のあたりに　私が置いてきた　両刃の大刀。　ああ、その大刀よ。〕

右の二つの用例は、いずれも主語として「我が」が示されており、歌謡の表現者である「我」が過去において自ら行った「経験過去」を「き」で表している。

しかし、「き」で表される述語に対して主語に立つのは一人称だけではない。

11 **須々許理が　醸みし御酒に　我酔ひにけり**　（古事記・中）

〔須々許理が　造ったお酒に　私は酔ったのだった。〕

これは、応神天皇が、酒の醸造法を心得た須々許理という人物から酒の献上を受けて歌った歌謡の前半部である。「醸みし」という行為の主語が三人称の須々許理であるのに「き」が用いられたのは、表現者たる天皇が須々許理による醸造を過去の事実として確信していたためと考えられる。天皇のその確信が、須々許理が「酒を醸むことを知れる人」であると知っていたからなのか、あるいは、その須々許理自身から直接酒を献上されたからなのかは、推測するほかない。一般的には、自らした行為以外のことである事実が確かに過去にあったと証言できるのは、自らがその場に居合わせ、目撃した場合であろう。ただし、『古事記』における「目撃」の中には現代人の目から見て特殊に映るものも含まれる。

12 **速須佐之男命に千位の置戸を負ほせ、亦、鬚と手足の爪とを切り、祓へしめて、神やらひやらひき。**　（古事記・上）

〔速須佐之男命にたくさんの祓えものを背負わせて、また、鬚と手足の爪を切り、罪をあながわせて、神やらいに追い払った。〕

語られているのは神々のことであり、その舞台も天上である。神話世界の出来事を「目撃」して、いわゆる経験過去の「き」で語り、周囲もそれを信じて「き」をもって語るということについて、藤井貞和がかつて次のように説明していて想像力をかき立てられる。

　神々の世界のできごとや、何百年もまえの不思議な事件や歴史的事件を、目撃することなどできるでしょうか。古代には、そういうことを〝目撃〟できると思われていた特別の能力を持つ人（みこ、シャーマン）がいて、かれらの〝目撃〟したことが神話や神話的事件として周囲に信じられたらしいのです。実際には目撃でなく、単なる〝幻想〟だったかもしれませんが、〝目撃〟したものとして確信していたから、「き」を使って語りました。（『古文の読みかた』）

ただし、このとらえ方は後に藤井氏自身によって、〈それらは語部（かたりべ）的存在が幻想する、語部の時制だと言えるかもしれないにせよ、一般には体験しえない遠い過去の事象であり、ただひたすら非体験的にあると称してよい〉（『日本語と時間』）と言い改められている。

用例12の「き」は、「非体験的過去」と見れば無論だが、もともとは巫女的「目撃」に基づくものと想定したとしても、表現者自らの直接経験を述べているとは言いがたい。用例9・10の表現者の直接体験の場合と用例11・12の表現者の非体験の場合とを併せ考えるならば、「き」は表現者が過去にあったと確信する事柄を表す、とまとめるのがよいだろう。

『古事記』の「き」について、活用形に関して補足すると、未然形として「せ」のほか「け」を認めることができる。

→P36【「き」の〔活用〕】・P147【「けむ」の〔語誌〕】

13　一つ松　人にあり**せ**ば　大刀佩（は）けましを　（古事記・中）

〔一つ松が　もし人であったなら、　大刀を佩かせるだろうに。〕

14　白腕（しろただむき）　枕（ま）かず**け**ばこそ　知らずとも言はめ　（古事記・下）

〔（あなたの）白い腕を　（私が）枕としなかったなら、　（あなたは私を）知らないと言ってもよいが（そうは言わせない）。〕

これらは、「一つ松は人ではなかった」という確信、「私はあなたの腕に頭を預けて寝た」という確信（体験）を表現者が持っていて、それを「もしそうでなかったなら」と反実的に仮定した、と説明できよう。

以上のように、『古事記』の「き」は表現者が確かに過去にあったと確信している事柄を表すが、表現者の直接体験はその確信を生む要因として有力で、現象的ないしは結果的に高校古典文法書にいう「経験過去」と重なり合う部分は少なくない。

一方、「けり」はすでに起こっていて今に至った事柄に表現者が初めて気づいたり、知ったりしたことを表す。そうした新たな気づきや認識のきっかけとしては、表現者自身の五感をはたらかせた認知のほか、無意識状態からの覚醒や意識化など、表現者自身に起因するものがほとんどだが、他者から知らされたり、どこからともなく耳に入ったりする「伝聞」と見ようとすれば見なし得るものも一部あった。

では、『伊勢物語』ではどうなのか。『古事記』の「き」「けり」のほとんどが歌謡中のものだったことを踏まえ、和歌の「き」「けり」から見ていく。

『伊勢物語』和歌中の「き」「けり」

『伊勢物語』の和歌で、一首のうちに「き」と「けり」の両語を用いているものは次に挙げる七首である。

15 **手を折りて　あひ見しことを　かぞふれば　十といひつつ　四つは経にけり**（16段）

〔指を折って（妻と）ともに暮らした年月を数えてみると、四十年も経っていたのだ。〕

16 **思ふかひ　なき世なりけり　年月を　あだに契りて　われやすまひし**（21段）

〔愛する甲斐のない仲だったのだ。（今までの長い）年月をむだに契って私は暮らしてきたのか。〕

17 **秋の野に　ささわけし朝の　袖よりも　あはで寝る夜ぞ　ひちまさりける**（25段）

〔秋の野で笹を押し分けた朝（帰り）の袖（が露に濡れたの）よりも、（あなたに）逢わずに寝る夜は（悲しみの涙で）いっそうひどく（袖が）濡れることだなあ。〕

18 **恋せじと　みたらし河に　せしみそぎ　神はうけずも　なりにけるかな**（65段）

〔恋をするまいと御手洗川で行ったみそぎを、神は受けずじまいになったことだなあ。〕

19 **秋かけて　いひしながらも　あらなくに　木の葉ふりしく　えにこそありけれ**（96段）

〔秋になったらと約束したのに、それもかなわず、（その秋が来た途端に）木の葉が散り敷いて浅い江となる、（浅くはかない）縁だったのだなあ。〕

20 **花よりも　人こそあだに　なりにけれ　いづれをさきに　恋ひむとか見し**（109段）

〔（はかないはずの）桜の花よりも、人の方が（先に）むなしくなったことだなあ。（あなたは、花と人と）どちらを先に追慕すると思ったか（まさか人を先になどと思いもしなかっただろう）。〕

21　**山城の　井手の玉水　手にむすび　たのみ[し]かひも　なき世なり[けり]**　（122段）

〔山城の井手の清らかな水を手にすくって手飲(たの)んだ、頼んだ甲斐もない（二人の）間柄だなあ。〕

○和歌で共存する「き」「けり」は直接体験と気づき

和歌はふつう作者の経験とそれに伴う感情を詠み込んだものという約束のもとに詠まれ、また読まれる。したがって、用例15の「あひ見し」の主語は作者「私」であり、「し」は自己の直接体験を表している。また、そうやって体験してきた年数を指折り数えて見ると、「なんと、四十年も経っていたのだ」と気づき、驚いたわけであるが、その気持ちを「けり」で表現している。

同様に、用例16～21でもすべて「き」＝直接体験、「けり」＝気づきの組み合せになっている。

さらに、『伊勢物語』の和歌においては、単独で用いられた「き」も基本的に直接体験を表していると見て異論はないだろう。

22　**忘るらむと　思ふ心の　うたがひに　あり[し]よりけに　ものぞ悲しき**　（21段）

〔（今はもうあなたは私を）忘れているのだろうと思う疑いのために、以前にもましてもの悲しいことだ。〕

23　**かきくらす　心のやみに　まどひに[き]　夢うつつとは　今宵さだめよ**　（69段）

〔悲しみに真っ暗になった私の心は乱れ乱れて分別もつかなかった。夢だったのか、現実だったのかは、今晩（もう一度来て）決めてください。〕

24　**つひにゆく　道とはかねて　聞き[しか]ど　きのふけふとは　思はざり[し]を**　（125段）

〔最後には行く道だと前から聞いていたが、昨日今日（と差し迫ったこと）とは思わなかったのだがなあ。〕

したがって、次の用例25の和歌も、このような「き」の用法を踏まえて理解するのがよいだろう。

25　**思ほえず　袖にみなとの　さわぐかな　もろこし船の　より**[**し**]**ばかりに**　（26段）

〔思いがけず、（私の）袖に港の水が荒れて波立つように涙があふれることだ。唐船が（港に）寄って来たほどに。〕

『伊勢物語』26段には三人の人物が登場するが、その人物関係については諸説があってこの和歌の比喩に込められた意味の解釈も分かれるが、いずれにせよ、「き」のはたらきから「もろこし船の　よりし」を歌の作者の直接体験（実際の見聞）ととらえるのがよい。森野宗明『講談社文庫』が〈「し」を額面どおりにとらえれば〉と注しつつ、〈この男は、以前に実際大きな唐船が港に寄り、そのあおりで波がはげしく立ちさわぐ光景を見たことがあり〉と説明していて明快である。

以上は『伊勢物語』の和歌に限って言えることで、他作品中の和歌に直接体験に拠らずに作者が過去にあった確信している事柄を表現した場合があることは、用例２（Ｐ10）の『古今和歌集』の和歌ですでに見たとおりである。

○「けり」における「気づき」の強調と非強調

一方、「けり」が単独で和歌に用いられた場合は、「気づき」の意が多いものの、「気づき」という現場性や衝撃性が強調されず、伝聞その他により認識した過去の事柄を、いわば穏やかに表現する用例も見られる。

「気づき」を表しているもの

26　**駿河なる　うつの山辺の　うつつにも　夢にも人に　あはぬなり**[**けり**]　（９段）

〔駿河の国の宇津の山辺まで来たが、現実にも夢にもあなたに逢えないことだった。〕

27　**君がため　手折**（たお）**れる枝は　春ながら　かくこそ秋の　もみぢしに**[**けれ**]　（20段）

〔あなたのために手折った（かえでの）枝は春でありながらこのように秋の（紅い）もみじの色に染まったことだなあ。〕

28 **わたつみの　かざしにさすと　いはふ藻も　君がためには　をしまざり[けり]**　（87段）
〔海の神が髪飾りに挿すというので大切にしている藻も、あなたのためには惜しまず分けてくれたことだなあ。〕

29 **をしめども　春のかぎりの　今日の日の　夕暮にさへ　なりに[ける]かな**　（91段）
〔（名残を）惜しんでも（甲斐もなく）、春の終わりの今日の日の、夕暮れにまでなってしまったことだなあ。〕

「気づき」が強調されていないもの

30 **年だにも　十(とを)とて四(よ)つは　経に[ける]を　いくたび君を　頼み来ぬらむ**　（16段）
〔年月でさえも四十年も過ぎ（て今に至っ）たのだから、（その長い間、あなたの妻は）何度あなたを頼みにしてきたのだろう。〕　＊「経にけるを」の「を」は、順接・逆接の両説がある。

31 **くれなゐに　にほふが上の　白菊は　折り[ける]人の　袖かとも見ゆ**　（18段）
〔紅に美しく照り映える色の上を覆う（白雪のような）白菊は、折り取った（という）あなたの袖の襲の色かとも思われる（＝下に好色の心があるのだろう）。〕

32 **あやめ刈り　君は沼にぞ　まどひ[ける]　我は野にいでて　狩るぞわびしき**　（52段）
〔（粽を包む）菖蒲を刈りにあなたは沼に入って難儀した。私は野に出て（お返しの雉を）狩るのがつらいことだったよ。〕

次の用例33はやや珍しい例で、歌に詠み込まれた心中語「思ひけり」に「けり」が用いられて、「気づき」の意を表している。

33

忘れ草　植うとだに聞く　ものならば　思ひ[**けり**]**とは　しりもしなまし**（21段）

〔「（あなたが私を忘れるための）忘れ草を植えている」とだけでも聞いているなら、「（私のことを）思っていたのだ」と知りもしただろうに。〕

○会話文中の「き」も経験過去、「けり」は「伝聞過去」

『伊勢物語』において、一つの会話文の中に「き」と「けり」の両語が用いられた用例として次の箇所がある。

34

かの大将、いでてたばかりたまふやう、「……三条の大御幸（おほみゆき）**せ**[**し**]**時、紀の国の千里**（ちさと）**の浜にあり**[**ける**]**、いとおもしろき石奉れり**[**き**]**。大御幸ののち奉れり**[**しか**]**ば、ある人の御曹司**（みざうし）**の前のみぞにすゑたり**[**し**]**を、……」とのたまひて、**（78段）

〔例の大将が、（人々のいる所へ）出てきて工夫をおめぐらしなさるには、「……三条（の父の邸）に行幸があった時、紀伊の国の千里の浜にあったという、とても趣のある石を（人が）献上してきた。行幸の後に献上してきたので、（そのまま）ある人のお部屋の前の溝の所に据えておいたが、……」とおっしゃって、〕

西京三条の父の邸へ清和天皇が行幸したこと、その折に「おもしろき石」が送られてきたことは、発話者である大将自らが直接目にして体験したことで、当然過去の事実として確信しており、「き」を用いて表現する。それに対し、送られてきた石がもとは紀の国にあったと聞いているという、伝聞した過去の事柄は「けり」を用い、かつ「気づき」を強調せずに表現する、というように使い分けられている。

『伊勢物語』会話文中の「き」「けり」

『伊勢物語』の会話文中の「き」は、右の78段のほかに次の用例35の一箇所だけだが、ここでも「き」は明らかに自らの体験を表している。

35 **もの病みになりて、死ぬべき時に、「かくこそ思ひしか」といひけるを、親、聞きつけて、**（45段）

〔（女が）病に倒れて、死にそうになった時に、「（私は）このように思っていた」と言ったのを、親が、聞きつけて、〕

一般に中古の物語中の会話文においては「き」は経験過去を表すとほぼ例外なく言えるという報告があり、『伊勢物語』もその例外ではなかった。

○心中語・手紙文の「き」も経験過去、「けり」は「気づき」

加えて、会話文に準ずるものとして心中語・手紙文がある。『伊勢物語』に見える心中語の中の「き」として次の用例36がある。

36 **親あわてにけり。なほ思ひてこそいひしか、いとかくしもあらじと思ふに、**（40段）

〔（息子の）親は慌ててしまった。「なんといっても（息子のためを）思って意見を言ったのに、まさかこれほどでもあるまい」と思うのに、〕

「なほ思ひてこそいひしか、いとかくしもあらじ」が心中語で、ここの「き」も会話文の「き」と同様に発話者自らの過去の行為を表している。

一方、『伊勢物語』に見える会話文・心中語・手紙文における「けり」は、先の用例34以外に次の5例があり、いずれも「気づき」の意を表している。

37 **思ひやれば、かぎりなく遠くも来にけるかな、とわびあへるに、**（9段）

〔「（京に）思いをはせると、果てしもなく遠く離れて来てしまったなあ」、と嘆きあっていると、〕

38　**五条わたりなりける女を、え得ずなりにけることとわびたりける、**（26段）
〔五条辺りに住んでいた女を、「得ることができなくなってしまったことよ」と嘆いていた、〕

39　**月日経ておこせたる文に、あさましく対面せで、月日の経にけること。……といへりければ、**（46段）
〔月日を経てよこした手紙に、「（我ながら）あきれるほどお会いしないままに、月日が経ってしまったことです。……」と言ってきたので、〕

40　**かの男、いとつらく、「おのが聞こゆることをば、いままでたまはねば、ことわりと思へど、なほ人をば恨みつべきものになむありける」とて、**（94段）
〔例の男は、たいそうつらく思い、「私がお願いすることを、今までやってくださらないので、それも無理もないと思うものの、やはりあなたを恨んでしまいたくなる気持ちでありましたよ」と言って、〕

41　**「何ごとも、みなよくなりにけり」となむいひやりける。**（116段）
〔「万事、みな好転してきたことだよ」と言ってやった。〕

○『竹取物語』の興味深い「き」「けり」

ところで、このような会話文中の「けり」について、小田勝は〈必ず非経験の過去を表すというのは、あたらない〉（『実例詳解　古典文法総覧』）とし、それを証する例として、「かぐや姫が同じ事実を述べる」のに「き」と「けり」を用いている次の用例42・43を挙げている。

42　**片時の間とて、かの国よりまうで来しかども、**（竹取物語）
〔わずかな間だと申して、月の国からやって参りましたが、〕

43　**昔の契りありけるによりてなむ、この世界にはまうで来たりける。**（竹取物語）

―〔前世の宿縁によって、この世界にやって参ったのです。〕

用例42の「しか」が直接体験（経験の過去）を表していることは間違いない。一方、用例43ではまず「昔の契りありける」と述べて、現世のかぐや姫のあずかり知らぬ「昔の契り」を「けり」を用いて表現しており、それが原因で人間世界に「まうで来たり」という事態が生じたのだと知った（知らされた）、ということであれば、当然「気づき」の意を表す「けり」を用いなければならなかったのである。

ともに動詞「もうで来」の下に付けられているために同じことを述べているかのようにも見える。だがじつは、用例42は自らが過去にした行為を述べたのに対し、用例43は自分が人間世界に来たのはこういう理由であったのだと、どこかの時点で自分は知らされて、知ったということを翁たちに語って聞かせている、という違いがある。それは、これらの用例を含む八月十五日に近づくある晩にかぐや姫と翁が交わした会話文において「き」と「けり」が丁寧に使い分けられていることとも呼応している。同一場面における一連の会話の中で、異なった表現を用いることにはやはり相応の意味や理由があるのであり、『竹取物語』の用例の場合は「き」と「けり」が経験―非経験とは別の基準から使い分けられていたのである。小田勝の解説に付け加える形で確認しておく。

『伊勢物語』地の文中の「き」

『伊勢物語』の地の文に用いられたⅢ「き」型は、全部で11例ある。

44 **見れば率て来[し]女もなし。** （6段）

―〔見ると連れて来た女もいない。〕

45　**見れば、見し人なりけり。**（9段）
〔見ると、見知った人であったのだ。〕

46　**もと見し人の前にいで来て、もの食はせなどしけり。**（62段）
〔（女は）以前夫だった男の前に出てきて、食事の給仕などした。〕

47　**男、かの女のせしやうに、忍びて立てりて見れば、**（63段）
〔男は、あの女がしたように、こっそりと立って見ると、〕

48　**よくてやあらむ、あしくてやあらむ、いにし所もしらず。**（96段）
〔（女は）幸せでいるのだろうか、零落しているのだろうか、（男は女が）行った所もわからない。〕

以上の5例などは、物語世界を物語る場に引きだした語り手が、登場人物に乗り移ったかのようにしてその言葉を発し、その行動を語る中で「き」を用いたとも、直接体験の有無を問わず、過去に確かにあったと語り手が確信する事柄を「き」を用いて表現したとも見ることができる（物語中の先述記事を踏まえて「……き」と表現するのもその一つである）。前者の見方は、先にも引いた、用例44の「き」についての〈過去の助動詞「き」は、直接体験の回想に用いられるもので、ここは男の身になっての表現である〉（秋山虔・堀内秀晃『伊勢物語』）という説明が当たる。

一方、登場人物の〈身になっての表現〉という説明ではいかにも強引な印象、こじつけの印象を受けて納得しがたい用例もある。

49　**むかし仕うまつりし人、俗なる、禅師なる、あまた参り集りて、正月（むつき）なればことだつとて、大御酒（おほみき）たまひけり。**（85段）
〔昔お仕えした人が、俗人である人、法師である人（など）、大勢参集して、正月だから特にとの思し召しで、御酒

を下された。〕

50 **かへり来る道とほくて、うせに**[し]**宮内卿もちよしが家の前来るに、日暮れぬ。**（87段）

〔帰ってくる道が遠くて、今は亡き宮内卿もちよしの家の前に来る頃に、日が暮れてしまった。〕

『伊勢物語』85段は惟喬親王と業平の物語というべき章段で、他に登場する「仕うまつりし人」は主だった二人のいわば背景を成しているに過ぎない。したがって、用例49では、補助的存在たる「仕うまつりし人」の〈身になっての表現〉として「し」を用いる必然性や必要性は乏しい。一方、惟喬親王の〈身になっての表現〉だとしたら、何よりもまず文末の「たまひけり」が「たまひき」となるはずであり、業平の〈身になっての表現〉だとしたら、同章段の他の部分に「き」が見られないのが不審となる。

用例50でも、宮内卿は今や亡く、「き」がその〈身になっての表現〉でないことは明らかだが、他の登場人物の〈身になっての表現〉とするのもあまりに唐突と言うほかない。

そこで、物語の地の文の「き」は語り手の直接体験を表したのではないか、との見方も出された。例えば、次の用例51の場合、この章段の語り手が惟喬親王のそば近くにあった人物で、親王の水無瀬へのお出かけに何らかの形で直接接していて「き」が用いられた、と考えるのである。

51 **むかし、水無瀬に通ひたまひ**[し]**惟喬の親王、例の狩しにおはします供に、馬の頭**（かみ）**なるおきな仕うまつれり。**（83段）

〔昔、水無瀬（の離宮）にお通いになった惟喬の親王が、いつものように鷹狩りをしにおいでになるお供に、馬の頭である翁がお仕え申し上げていた。〕

その場合、同章段における惟喬親王の他の動作に「き」ではなく「けり」が用いられているのは、その語り手が惟喬親王のお出かけにこそ身近に接し得ても、惟喬親王と業平の親密な交流の現場にまでは接し得ない条件、たとえば身分・役職・年齢などによる限界を持っていたためだった、と考えればよいのだろうか。あるいは、むしろ物語の作者がそのような条件を持った語り手を仮に設定して、ないしは読み手に想定させるようにして物語を書いた、と考えればよいのだろうか。

しかし、このとらえ方に対しては、小田勝が〈物語の地の文にあっては、「き」が経験した過去を表すという考えかた自体が破綻をきたす。物語の地の文は、発話時、発話状況が定位しないし、発話主体も誰であるのか不明で、誰の体験か不分明だからである〉（『実例詳解　古典文法総覧』）と述べて一蹴している。確かに語り手の直接体験との見方はその真偽の検証も不能で、説得力に欠けよう。

○過去にあったと確信する「き」

そもそも「き」を用いて表現された事柄即直接体験と見ることは、先にも挙げた次の用例2によって否定されることであった。

2　いにしへに　ありきあらずは　知らねども　千年（ちとせ）のためし　君にはじめむ　（古今和歌集・三五三）

〔（今日のような祝宴が）昔あったかなかったかは（私は）知りませんが、千年の（ご長寿をお祝いする）先例を、あなた様から始めましょう。〕

この用例で、「ありきあらず」は、いつとは特定こそしないが「いま」とは確かに隔たった「いにしへ」の事柄について述べており、作者の直接の見聞が及び得ないことは言うまでもない。それを前提として作者が知る／知らないの対象としたのは過去に今日のような祝宴があったのか否かであり、換言すれば、過去における確かな事実（の有無）なのであり、「き」は『古事記』の「き」がそうであったように、確かに過去にあったと確信していることを表現する言葉としてはたらいている。

ここまでの、『古事記』『伊勢物語』を中心とした「き」「けり」の検討から言えることは、高校古典文法書の主流をなす「経験過去」「伝聞過去」という括りはまったくの的外れとまでは言えないものの、それだけで説明するのは無理な例外的用例も少なくなく、「き」「けり」の用法を包括的にとらえ得ているとは認めがたいということである。

「き」「けり」の包括的なとらえ方

過去の助動詞として併称される「き」と「けり」だが、両者の用法に違いが認められることは確かであり、その違いをとらえるには、「けり」が「きあり」から成立したと考えられる点が見逃せない。

ここまで見てきたように、「き」は「いま」と断絶した過去の時点に起こった事柄を表す。純然たる過去である「き」に対し、語の構成要素として「あり」を含む「けり」は過去であると同時に、ある意味で現在性を併せ持っているのである。それゆえに、過去に起点を持ちながらそれが現在に連なっていることを表すことがあり、また、過去の出来事を現在の語りの場に引き出し、眼前に提示して見せることもあるのである。

○「き」のとらえ方

さて、「き」の用例において、表現者がある事柄を過去の一時点、ないしは一時期にあったと判断し、確信する要因について、『伊勢物語』の場合をまとめると次のとおりである。

a　表現者の直接体験

24　**つひにゆく　道とはかねて　聞き[し]かど　きのふけふとは　思はざり[し]を**　（125段）

〔最後には行く道だと前から聞いていたが、昨日今日（と差し迫ったこと）とは思わなかったのだがなあ。〕

36

親あわてにけり。なほ思ひてこそいひしか、いとかくしもあらじと思ふに、（40段）

〔（息子の）親は慌ててしまった。「なんといっても（息子のためを）思って意見を言ったのに、まさかこれほどでもあるまい」と思うのに、〕

b　状況・状態が現在と断絶し、以前はそうだったが、今は違うという認識

52

むかし、紀の有常といふ人ありけり。三代のみかどに仕うまつりて、時にあひけれど、のちは世かはり時うつりにければ、世の常の人のごともあらず。……貧しく経ても、なほ、むかしよかりし時の心ながら、世の常のこともしらず。（16段）

〔昔、紀有常という人がいた。三代の帝にお仕え申し上げて、栄えたが、後に帝が代わり時勢も移り変わってしまったので、暮らしも世の普通の人のようでもない。……貧しく暮らしても、やはり、昔栄えていた時の心のままで、（境遇に応じた）世間の当たり前の暮らし方も知らない。〕

53

むかし、男女、いとかしこく思ひかはして、こと心なかりけり。……またまた、ありしよりけにいひかはして、（21段）

〔昔、男と女が、たいそう深く愛し合って、他の異性に心を移すことがなかった。……（二人は、その後）またまた、以前よりいっそう語らいあって、〕

用例24のような和歌や、用例36のような心中語・会話文での用例はａが原則であった。用例52・53はいずれも地の文での用例であるが、それぞれ「時にあひけれど」「いとかしこく思ひかはして」とまずある時点の状態が説明され、その情報を語り手と聞き手が共有する、その上で、そこから一定の時間が経ち、すっかり状況が変わってしまった物語の「いま」から見て、「いま」とは断絶した先の状況を過去のこととして「む

かしよかりし時」「ありしより」と表現している。したがって、語りの時点から見ての過去ではなく、物語世界を「いま」として、そこから見た過去ということになる。当然、bでは語り手の直接体験ではないことも表し得る。

本書ではaとbを一括して「いま」と断絶した過去の時点に起こった事柄を表す用法とまとめ、文法的意味を「過去」と称することとする。

○「けり」のとらえ方

一方、「きあり」から生じた「けり」は、a＝「〜ということがあって、今もある」という具合に過去に起点を持ち、それがあり続けて現在に連なっていることを表すことが元来のはたらきと考えられる。そこから、一つには、b＝「〜ということがあった、といま気がついた」という具合に過去からの連なりに気づいた驚きを表し、もう一つには、c＝「〜ということがあってさ、それで〜」という具合に過去の出来事を語りの場に引き出してみせる。さらに、d＝「き」と対照的に自らは体験していない過去についての伝聞などを表す。

用法dについて、先に「伝聞した過去の事柄は『けり』を用い、『気づき』を強調せずに表現する」と述べて、用法dと用法bの連続性を示唆する説明をしたが、一般に用法dで表現される事柄が現在に連なってはいないことを考えると、用法dは用法cの延長線上に位置づけるべきものかもしれない。

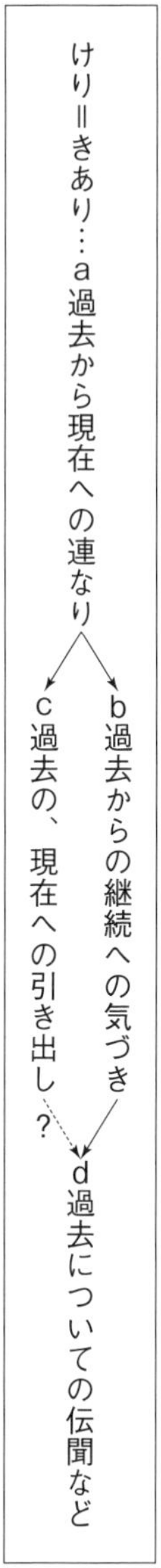

以上を用例とともにまとめれば次のとおりである。

a　過去に端を発し、今にまで至っている事柄を表す（＝過去からの継続）

54　**あだなりと　名にこそ立てれ　桜花　年にまれなる　人も待ちけり**　（17段）
〔（散りやすく）真心がないと評判に立っているけれど、この桜花は、一年のうちに稀にしか来ないあなたを（こうして散らずにずっと）待ってきた。〕

55　**中空（なかぞら）に　たちゐる雲の　あともなく　身のはかなくも　なりにけるかな**　（21段）
〔中空に浮かび漂っている雲が跡形もなく消えるように、わが身もはかなくよりどころのないものになった（そしてそのまま、今その状態にある）なあ。〕

b　過去に端を発する事柄を今はじめて意識し、了解したと表す（＝気づき）

56　**いま見ればよくもあらざりけり。**　（77段）
〔今見ると良い出来でもなかった（とはじめて気づいた）。〕

c　過去の事柄を現在の語りの場に引き出して提示する（＝伝承・昔語り）

57　**むかし、男ありけり。**　（2段）
〔昔、男がいた。〕

d　人から伝え聞くなどして知った過去のことを表現する（＝伝聞などによる過去）

31　**くれなゐに　にほふが上の　白菊は　折りける人の　袖かとも見ゆ**　（18段）
〔紅に美しく照り映える色の上を覆う（白雪のような）白菊は、折り取った（という）あなたの袖の裏の色かとも思われる（＝下に好色の心があるのだろう）。〕

このうち、aは高校古典文法書ではbないしdに含めている場合が多いと思われるが、本書では「過去からの継続」として特出し、一項を立てる。b「気づき」の用例56は歌の出来の良し悪しについて述べたもので、歌を詠んだのは過去のことだが、詠まれた歌の「よくもあらざり」という状態は眼前にあり、すでに過ぎ去ってしまっていまはない過去の事柄というのではない。「いま」改めて見直してみて、よいものでないことにはじめて気づいた、というのである。

ところで、伝承的な過去の事柄の語りを中核とする物語文学で用いられた「けり」は表現者の位置から次の三つに分けることができる。

(1)物語を「物語る場」で発せられた「けり」
(2)物語の「作中世界」の登場人物の用いた「けり」
(3)「日常世界」に生きる者としての語り手の用いた「けり」(『伊勢物語』ならば、語り手の感想や補足説明における「けり」)

このうちの(1)がc「伝承・昔語り」の「けり」である。d「伝聞などによる過去」は、『伊勢物語』では、(2)登場人物の会話文や心中語に見える「けり」や、(3)語り手が述べた感想や補足説明において用いられた「けり」の中に現れる。なお、dで想定している伝聞には、誰か個別の人物からの伝聞のほか、広く世間で言われていていつの間にか耳に入っていたことや、書物などから知識を得ることが含まれている。

【き】

〔語誌〕

「き」はふつう、特殊型の活用をする一語の助動詞として扱われる。

しかし、終止形「き」はカ行変格活用動詞「来」に由来し、連体形「し」はサ行変格活用動詞「す」の古い活用形に由来するのではないかと言われ、そうであれば、異なる二語に由来する別々の語を合体させていることになる。

上代から鎌倉時代まで広く用いられたが、その後、口語では「たり」「た」にとって代わられた。

〔意味〕

過去

確かに過去に属する事柄であるという表現者の判断を表す。表現者自身が過去に直接体験したことはその確かさを裏付ける一要件として当然はたらき、いわゆる「経験過去」は「き」の表す「過去」の一つの形と言える。

○「き」と「つ」による過去の遠近法

中古以降の「き」は発話当日中の過去を表さなくなり、それを完了の助動詞「つ」が受け持ったと言われる。

↓P65【「近い過去」を表す「つ」】

『伊勢物語』の「狩の使」の章段では、今日と昨日とを明確に区別する意識がはたらいており、そこで詠まれた次の二首の歌においても、昨日の出来事は当然「き」で表現されている。

1　**君や来し　われやゆきけむ　おもほえず　夢かうつつか　寝てかさめてか**　（69段）

〔あなたが来たのか、（それとも）私が行ったのだろうか、よくわからない。（あれは）夢だったのか現実だったのか、眠っていたのか目覚めていたのか。〕

2
かきくらす　心のやみに　まどひに[き]**　夢うつつとは　今宵さだめよ**　（69段）

〔悲しみに真っ暗になった私の心は乱れ乱れて分別もつかなかった。夢だったのか、現実だったのかは、今晩（もう一度来て）決めてください。〕

また、「芥川」の章段の次の用例3では、男が女を奪って「あばら家」まで連れてきたのは昨日のことであり、日の改まる時刻とされた寅の刻を過ぎて、夜も明けたと意識された時点から顧みて「率て来[し]女」と表現されたと考えられる。

3
見れば率て来[し]**女もなし。**　（6段）

〔見ると連れて来た女もいない。〕

〔接続〕

活用語の連用形に付く。

カ変・サ変には特殊な接続をする。

●カ変・サ変動詞への接続は、原則として、カ変＝「こし」「こしか」、サ変＝「せし」「せしか」となる。

4
いでて来[し]**　あとだにいまだ　変らじを　たが通ひ路と　いまはなるらむ**　（42段）

〔（あなたのところから）帰ってきた（私の）足跡さえまだ変わってはいないだろうに、誰の通う路に今はなっているのだろう。〕

5　**男、かの女のせ［し］やうに、忍びて立てりて見れば、**（63段）
〔男は、あの女がしたように、こっそりと立って見ると、〕

6　**花にあかぬ　嘆きはいつも　せ［しか］ども　今日の今宵に　似る時はなし**（29段）
〔いくら見ても満足しきれないという桜の花への嘆きはいつの年もしたけれど、今日の今宵ほどの感慨深さを覚えたことはない。〕

他に、「きし」が「来し方」の形でのみ用いられ、「きしか」の形もごくまれに現れるが、『伊勢物語』にはそれらの用例はない。

●院政以降、サ行四段動詞の已然形に接続する用例が見える。これはサ変動詞への接続「せし」「せしか」への類推から生じたと考えられる。

7　**天の生(な)せし麗しき皃(かたち)なれば、さらに人間の類(たぐひ)とは見えざりけり。**（太平記）
〔天が作った美しい容貌なので、まったく人間の類とは思えなかった。〕

〔活用〕

基本形	未然形	連用形	終止形	連体形	已然形	命令形	活用の型
き	せ	○	き	し	しか	○	特殊型

＊［網掛け］は『伊勢物語』に用例あり

●〔語誌〕に記したように、本来別語であったものを一語にまとめた助動詞と考えられ、活用もカ行系統とサ行系統から成る特殊型になっている。

●カ行系統の未然形として上代に「け」があり、「けば」「けく」「けまし」「けむ」の形で用いられた。『伊勢物語』にはその用例はない。

↓P17【『古事記』明記の「き」「けり」】用例14

●サ行系統の未然形「せ」は反実仮想「〜せば(〜まし)」の形でのみ用いられる。

8 **世の中に　たえてさくらの　なかり[せ]ば　春の心は　のどけからまし**（82段）

〔この世の中にまったく桜がなかったならば、春をめでる人の心はのどかだろうに。〕

この「せ」をサ変動詞の未然形とする説もあるが、サ変動詞には次の用例9のように完了の助動詞「ぬ」の下に付く用法はない。

9 十月(かみなつき)　雨間(あまま)も置かず　降りに[せ]ば　いづれの里の　宿か借らまし（万葉集・三二一四）

〔十月の時雨が休みなく降ったなら、どの辺の里に宿を借りようか。〕

▼**『伊勢物語』における連体形・已然形のはたらき**

連体形「し」

10 **むかしよかり[し]時の心ながら、**〈連体修飾語となる〉（16段）

〔昔栄えていた時の心のままで、〕

11 **いづれをさきに　恋ひむとか見[し]**〈係り結びの「結び」〉（109段）

〔どちらを先に追慕すると思ったか。〕

12 **きのふけふとは　思はざり[し]を**〈下に助詞が付く〉（125段）

〔昨日今日(と差し迫ったこと)とは思わなかったのだがなあ。〕

13

ありしにまさる　今日は悲しも　〈準体用法〉　（40段）

〔いままでよりもいっそう、今日は悲しいことだ。〕

已然形「しか」

14

大御幸（おほみゆき）ののち奉れりしかば、　〈下に助詞が付く〉　（78段）

〔行幸の後に献上してきたので、〕

15

なほ思ひてこそいひしか、　〈係り結びの「結び」〉　（40段）

〔何と言っても（息子のためを）思って意見を言ったのに、〕

〔用例〕

過去　〈訳語例〉～タ。

未然形　(1)　世の中に　たえてさくらの　なかりせば　春の心は　のどけからまし　（82段）

〔この世の中にまったく桜がなかったならば、春をめでる人の心はのどかだろうに。〕

連用形　―

終止形　(2)　いとおもしろき石奉れりき。　（78段）

〔とても趣のある石を（人が）献上してきた。〕

連体形　(3)　見ると、見し人なりけり。　（9段）

〔見れば、見知った人であったのだ。〕

き

已然形

命令形

(4) **つひにゆく 道とはかねて 聞きしかど きのふけふとは 思はざりしを** (125段)

〔最後には行く道だと前から聞いていたが、昨日今日(と差し迫ったこと)とは思わなかったのだがなあ。〕

―

【けり】

〔語誌〕

「けり」の語源はカ行変格活用動詞＋ラ行変格活用動詞の「来あり」が変化した「来(け)り」とするのが一般的であるが、過去の助動詞「き」にラ変動詞「あり」が付いた「きあり」が変化してできたとする説もある。後者は助動詞の下に動詞が付くとする点に無理があると言われるが、過去の助動詞「き」自体が「来」の連用形からできたと考えられ、両説は根を同じくするもので、過去のある時点を始発として現在に至るまで動作や状態が続いていることを表す「けり」の基本的なはたらきをよく示している。

平安時代には、「けり」は物語の基調をなす語として用いられ、特に「…なむ〜ける」という形で物語の聞き手・読み手に語りかける表現が多用された。一方、漢文訓読文では「き」が用いられて、「けり」はほとんど用いられなかったと言われるが、これも語源「きあり」に由来する過去から現在への継続性のためと考えられている。

室町時代以降、「けり」は次第に「たり」にとってかわられた。

〔意味〕

「き」が純然たる過去を表すのに対し、「けり」は語源「きあり」を構成する「き」の過去性と「あり」の現在性を併せ持ち、過去を起点として「いま」に至るまで継続してあることを表す用法のaを原義とする。そこからb・cの用法が生じ、さらにbまたはcのいずれかの延長線上にdの用法が生じたと想像される。

a　**過去からの継続**　〈訳語例〉**〜テキタ。〜タ。**
…過去に起こり、それが現在に至っていることを表す。

b　気づき　〈訳語例〉～ダッタノダ。～コトダナア。　…今はじめて気がついた、了解したということを表す。

c　伝承・昔語り　〈訳語例〉～タソウダ。～タ。　…過去の事柄を現在の語りの場に引き出すことを表す。

d　伝聞などによる過去　〈訳語例〉～タソウダ。～タ。　…伝聞などで知った過去の事柄の、知った内容を表す。

○疑問文における「けり」

過去の事柄に関する疑問文では、助動詞はふつう「けむ」が用いられる。

1　**心にもかなしとや思ひ［けむ］、いかが思ひ［けむ］、知らずかし。**　（76段）

〔（歌だけでなく）心の中でも悲しいと思ったのだろうか、どう思ったのだろうか、（私には）わからないよ。〕

過去の事柄に関する疑問文で「けり」が用いられた用例はまれで、『伊勢物語』にその用例はない。『源氏物語』でも全部で8例しかないと報告されている。

2　**ただ大臣（おとど）にいかでほのめかし問ひきこえて、さきざきのかかることの例（れい）はあり［けり］や**と聞かむ、とぞ思**せど、さらについでもなければ、**　（源氏物語・薄雲）

〔ただ大臣にはどうにかしてそれとなく問い尋ね申し上げて、「これまでもこうした事例があったのか」と聞こう、とお思いになるけれど、まったく機会がないので、〕

3　**宮の御もとに寄りたまひて、「この人をばいかが見たまふや。かかる人を棄てて、背きはてたまひぬべき世にやあり［ける］。あな心憂」とおどろかしきこえたまへば、顔うち赤めておはす。**　（源氏物語・柏木）

〔（源氏は）女三宮のおそばにお寄りになって、「この若君をどうご覧になるか。このような（かわいい）人を捨ててまで、世を背いておしまいにならなければならないこの世だったのか。ああ情けない」と気をお引き申されると、（女三宮は）お顔を赤くしておいでになる。〕

4

小少将の君を召して、「かかることなむ聞きつる、いかなりしことぞ。などかおのれには、さなん、かくなむとは聞かせたまはざり［ける］。さしもあらじと思ひながら」とのたまへば、（源氏物語・夕霧）

〔（落葉の宮の母御息所は）小少将の君をお呼びになって、「こういうことを聞いたが、どうしたことか。（落葉の宮は）なぜこの私には、あのようであった、このようであったとお聞かせくださらなかったのか。まさかそんなことはあるまいと思っているが」とおっしゃるので、〕

以上の用例に見られるように、「けり」の用いられた疑問文は、過去の事柄について相手に面と向かって直接に問いただすような場合が多いようである。

○「気づき」の「けり」の置かれる位置

「気づき」の「けり」は、引用文の末尾や和歌の句切れを含む文末でふつう用いられるが、文中に置かれる場合もある。

用例5は、粥をすする善珍内供の長い鼻を木の棒で巧みに持ち上げて「いみじき上手」と褒められたばかりの童がくしゃみをして手元を狂わせ、鼻を粥の中に落としてしまった場面での、内供の言葉である。童の心がまがましきものであることは過去の事実ではなく、今まさに初めて思い知らされた事柄である。

5

おのれはまがまがしかり［ける］心持ちたる者かな。（宇治拾遺物語・二ノ七）

〔おまえは実に憎たらしい心を持っていた者だなあ。〕

『伊勢物語』には、文中に置かれた「気づき」の「けり」の用例はない。

〔接続〕

活用語の連用形に付く。

〔活用〕

基本形	未然形	連用形	終止形	連体形	已然形	命令形	活用の型
けり	(けら)	○	けり	ける	けれ	○	ラ変型

＊■は『伊勢物語』に用例あり

●未然形「けら」は上代に「けらずや」の形で、また一説に「けらく」の形でも、用いられた。「けらずや」は「～タデハナイカ」と訳し、「けらく」は「～タコトニハ」と訳す。『伊勢物語』にはいずれの用例もない。

6 **泊瀬女が　造る木綿花　み吉野の　滝の水沫に　咲きにけらずや**　（万葉集・九一二）

〔泊瀬の女性たちが作る木綿の花が、み吉野の滝の泡となって咲いているではないか。〕

＊なお、「ずや」と「けり」が連なる場合は「けらずや」となるが、一般に「ず」と「けり」が連なる場合、上代（『万葉集』）では「ずけり」、中古以降は「ざりけり」の形をとる。

7 **そがいひけらく、「昔、……」といひて、よめる歌、**　（土佐日記・一月二九日）

〔その女が言ったことには、「むかし、……」と言って、詠んだ歌、〕

＊「けらく」のようなク語法は、連体形＋接尾語「あく」が音変化したものとも言われ、それにしたがえば、「けらく」は連体形「ける」＋「あく」から生じたことになり、未然形「けら」とは無関係となる。

〔用例〕

a　過去からの継続　〈訳語例〉～テキタ。～タ。

未然形　―

連用形　―

終止形　(1)　**あだなりと　名にこそ立てれ　桜花　年にまれなる　人も待ち[けり]**　（17段）

〔（散りやすく）真心がないと評判に立っているけれど、この桜花は一年のうちに稀にしか来ないあなたを（こうして散らずにずっと）待ってきた。〕

連体形　(2)　**年だにも　十とて四つは　経に[ける]を　いくたび君を　たのみ来ぬらむ**　（16段）

〔年月でさえも四十年も過ぎ（て今に至っ）たのだから、（その長い間、あなたの妻は）何度あなたを頼みにしてきたのだろう。〕

已然形　(3)　**経て久しくなりに[けれ]ば、その人の名忘れにけり。**　（82段）

〔（その時から現在まで）年代が経って久しくなったので、その人の名を忘れてしまったことだ。〕

命令形　―

b　気づき　〈訳語例〉～タノダ。～コトダナア。

未然形　―

連用形　―

終止形　(4)　**それをかく鬼とはいふなり[けり]。**　（6段）

〔それをこのように鬼と言ったのだ。〕

連体形　(5)　**秋やくる　つゆやまがふと　思ふまで　あるは涙の　ふるにぞありける**　（16段）

〔秋が来たのか、（それで）露（で袖が濡れるの）かと見間違えるほどに、このように袖が濡れているのは（うれし）涙が降るのであったのだ。〕

已然形　(6)　**これやこの　あまの羽衣　むべしこそ　君がみけしと　たてまつりけれ**　（16段）

〔これがあの（話に聞く）天の羽衣なのか。なるほどあなたがお召し物として着ていらっしゃったものなのだなあ。〕

命令形　―

c　伝承・昔語り　〈訳語例〉～タソウダ。～タ。

未然形　―

連用形　―

終止形　(7)　**むかし、男ありけり。**　（2段）

〔昔、男がいた。〕

連体形　(8)　**かかる歌をなむよみて、物に書きつけける。**　（21段）

〔このような歌を詠んで、物に書きつけた。〕

已然形　(9)　**ぬすびとなりければ、国の守（かみ）にからめられにけり。**　（12段）

〔盗人であったので、国守につかまえられた。〕

命令形　―

d　伝聞などによる過去　〈訳語例〉〜タソウダ。〜タ。

未然形　―

連用形　―

終止形　⑽　**これは、斎宮の、もの見たまひける車に、かく聞こえたりければ見さしてかへりたまひに[けり]となむ。**（104段）

〔これは、斎宮が、見物なさっていた車に、（男が）このように申し上げたので最後まで見物なさらずにお帰りになったということだ。〕

連体形　⑾　**くれなゐに　にほふが上の　白菊は　折り[ける]人の　袖かとも見ゆ**（18段）

〔紅に美しく照り映える色の上を覆う（白雪のような）白菊は、折り取った（という）あなたの袖の襲の色かとも思われる（＝下に好色の心があるのだろう）。〕

已然形　⑿　**二条の后に忍びて参りけるを、世の聞こえあり[けれ]ば、兄たちの守らせたまひけるとぞ。**（5段）

〔（この話はじつのところ、男が）二条の后のもとに人目を避けて参上したのを、世評が立ったので、（后の）兄たちが（人々に）番をおさせになったのだということである。〕

命令形　―

2　完了の助動詞

完了の助動詞は、「つ・ぬ」と「り・たり」の二つのグループに分けてとらえる。その主な理由は次の二点。

・「つ・ぬ」、「り・たり」はそれぞれ重ねて用いられることはないが、「に―たり」「たり―つ」「り―ぬ」「り―つ」と重ねて用いることができる。ただし、『伊勢物語』にはそれらの用例はない。

・「り・たり」は、語の構成要素として動詞「あり」を含んで成立している。

では、同じグループの「つ」と「ぬ」にはどのような違いがあるのか。また、同じ文法的意味を表すとされる「り」と「たり」に何らかの相違はないのか（↓P92）。『伊勢物語』の用例を中心に、それぞれ検証する。

高校古典文法書における「つ」「ぬ」

「つ」と「ぬ」の違いについて、高校古典文法書ではふつう上接する動詞の違いをもって説明する。例えば『体系古典文法』は〈「つ」は、人為的・意志的な動作を表す動詞につく場合が多く、「ぬ」は、自然的・無意志的な作用を表す動詞につく場合が多い〉としている。

『大鏡』の高校古典の定番教材「花山院の出家」で、花山天皇が粟田殿とともにひそかに清涼殿を抜け出ようとする場面を描いた用例1は、右の「つ」と「ぬ」の違いが効果的に用いられた箇所としてつとに知られる。

1　有明の月のいみじく明かかりければ、「顕証にこそありけれ。いかがすべからむ」と仰せられけるを、「さりとて、とまらせたまふべきやうはべらず。神璽・宝剣わたりたまひぬるには」と、粟田殿のさわがし申

したまひけるは、まだ帝出でさせおはしまさざりけるさきに、手づからとりて、春宮の御方にわたしたてまつりたまひ[て]ければ、かへり入らせたまはむことはあるまじく思して、しか申させたまひけるとぞ。

（大鏡・花山院）

〔有明の月がたいそう明るかったので、（帝は）「まったくあらわに見えてしまうことだ。どうしたらよかろう」とおっしゃったが、「だからといって、とりやめなさることはできません。神璽も宝剣も（東宮の方に）お渡りになってしまわれた以上は」と、粟田殿がせきたて申し上げなさったのは、まだ帝がお出ましにならぬ前に、（粟田殿が）直接自分の手で（神璽と宝剣を）取って、東宮の御方にお渡し申し上げてしまわれたので、（帝が宮中に）おかえりなさるようなことがあってはとんでもないこととお思いになって、このように申し上げたということです。〕

粟田殿の言い分では、神璽・宝剣は自ら渡っていったのであって、動詞は自動詞「わたる」、助動詞も自然的・無意志的な推移を暗示する「ぬ」が用いられる。粟田殿が神器の所在に関し人為的痕跡を極力消そうとしたのに対し、大宅世継は神器の移動は人の手によるものだとして他動詞「わたす」に人為的・意志的な行為を示す「つ」を付けて表現し、粟田殿の陰謀を暴いてみせたのだった。

「つ」「ぬ」に上接する動詞～『伊勢物語』の場合

『伊勢物語』には、一首の中に「つ」「ぬ」両方を用いた和歌がある。

2 **ひこ星に　恋はまさり[ぬ]　天の河　へだつる関を　いまはやめ[てよ]**

（95段）

〔彦星（の恋）よりも（私の）恋はもっとつのってしまった。天の川で隔てている恋路の関、それになぞらえられる隔ての関を、今はぜひやめてください。〕

用例2では、恋心がより高まるという自然的・無意志的な変化を表す動詞「まさる」には「ぬ」が付き、恋の障壁を取り払うという人為的・意志的な行為を表す動詞「やむ」には「つ」が付いていて、先の高校古典文法書の説明と合致する。ちなみに、『伊勢物語』においては「つ」の下接する動詞と「ぬ」の下接する動詞は明確に区別されており、「つ」と「ぬ」の両方を下接させている動詞は「あり」1語のみである。（ただし、「動詞＋初む」に下接する「つ」「ぬ」が各1例あるが、いずれの「初む」も補助動詞なので、除外した。）

『伊勢物語』でも意図的動作＋「つ」

ところで、先の『体系古典文法』に「…場合が多く」「…場合が多い」とあった。他の高校古典文法書も同様の説明をしているが、「多い」とははたしてどの程度を言うのだろうか。『伊勢物語』で検証する。

『伊勢物語』には「つ」の用例が全部で22例ある。「動詞＋たまひ＋つ」の形の「つ」に上接する動詞を「たまひ」の上の動詞と見なすと、「つ」に上接している動詞は21語となる。

このうち、異論なく人為的・意志的動作を表すと認められるだろうものは、次の17語（18例）である。

明かす・**いはひ初む**・**植う**・**下ろす**（2例）・**垣間見る**・**食ふ**・**暮らす**・**砕く**（四段活用）・**遣はす**・**取り返す**・**脱ぐ**・**飲む**・**求む**・**遣る**・**止む**（下二段活用）・**許す**・**折る**（四段活用）

残る4語（4例）のうち、次の二つの用例で「つ」に上接している動詞「恨む」「破る」は、文脈上、必ずしも動作主の故意の動作を表しているとは言えない。

3　**ことわりと思へど、なほ人をば恨み［つ］べきものになむありける。**　（94段）
〔無理もないと思うものの、やはりあなたを恨んでしまうにちがいない気持ちであることだなあ。〕

4　**さるいやしきわざも習はざりければ、うへのきぬの肩を張り破り［て］けり。**　（41段）

〔そのような下賤な仕事に慣れていなかったので、袍の肩のところを張る時に破ってしまった。〕

用例3の「恨む」は、ここでは「つい恨んでしまいたくなる」というように意志的とは言えない心の自発的な動きを表し、用例4でも、衣を破ってしまうのは動作主の意志に反してのことだ。しかし、「恨む」「破る」行為はふつう意識的であることから、その慣用に従って「ぬ」でなく「つ」が下接したと考えて無理はないだろう。

これに対し、次の用例5の動詞「見ゆ」は、動詞「見る」に上代の自発・受身の助動詞「ゆ」が付いて生じた語で、語の属性から言えば自然的・無意志的な動きを表す動詞である。

5　**今宵夢になむ見えたまひつる。**（110段）

〔今宵の夢に（あなたが）お見えに（＝姿をお見せに）なりました。〕

しかし、ここでは「姿を見せる」とも現代語訳し得る文脈上の能動性によったと考えられる。高校古典文法書がいう「人為的・意志的な動作を表す」とは、動詞の属性を指すことも文脈上の個々のはたらきを指すこともあると受け取るのがよいようだ。

また、次の用例6で「つ」に上接している「あり」も意志的・人為的動作を表す動詞とは言えないが、奈良時代には「あり」に下接するのはもっぱら「つ」であったと言われる。

6　**このありつる人たまへ。**（62段）

〔先ほどいた女を（こちらへ）よこしてください。〕

このような「あり」に付く「つ」について大野晋は、「ぬ」の語源が「往ぬ」、「つ」の語源が「棄つ」であることを踏まえて、〈ヌが眼前から消え去る意味を持つので、アリヌという連続は意味上矛盾する。その結果、アリヌは使わず、ほうりだして眼前に結果の残存する意によって、アリツとツを使うのだろうと思われる〉（『日本語の文法を考える』）と推測した。ただし、これら用例5・6で「つ」が用いられたのは、上接する動詞が人為的・意志的であるか否かという点とは別の要因によるとも考えられる。すなわち、中古以降、過去の助動詞「き」が発話当日中の過去を表さなくなり、「つ」が「完了」の意のほかに「近い過去」の意を表すようになったと考えられており、「ありつる」などはその典型的な形の一つなのである。なお、中古に入り、事柄が実現している場合に「ありつ」の形を、まだ実現していない場合に「ありぬ」の形（「ありなむ」「ありなまし」「ありぬべし」）をとったとの指摘もなされている。→P65【「近い過去」を表す「つ」】

以上をまとめると、『伊勢物語』においては、「近い過去」を表すと考えられる用例を保留しつつ、「つ」は原則的に人為的・意志的な動作を表す動詞に付いている、といえる。

『伊勢物語』では「自然的・無意志的動詞＋ぬ」と「移動・往来の動詞＋ぬ」

一方、「ぬ」は『伊勢物語』に164回現れる。解釈に諸説があって意味未詳の「夜も明けば　きつにはめなで」（14段）の一例を除き、上接する動詞は60語。そのうち、自然的・無意志的な動きを表す動詞として異論がないだろうと判断できるものは、「成る」の32例を筆頭に、次に挙げる41語（109例）である。

32例	成る	3例	出で来・離（か）る・消ゆ・なくなる・惑ふ
7例	経	2例	有り・暮る・知る・絶え入る・降る・滅ぶ・侘ぶ
6例	止む（四段活用）	1例	明く・荒る・慌（あわ）つ・失す・移る・老ゆ・消え果つ・たなびく・絶ゆ・尽く・就く・和（な）ぐ・馴らふ・慣る・吹き立つ・更く・伏す・潤（ほと）ぶ・負く・まさる・乱れ初む・紅葉（もみち）す・寄る
4例	至る・過ぐ・忘る		

このほか、動詞自体はふつう人為的・意志的な動作を表すものの、それに受身や自発の助動詞が付いて全体として無意志的な動きを表し、それに「ぬ」が下接したものがある。

7 **ぬすびとなりければ、国の守にからめられにけり。**〈受身〉（12段）

〔盗人であったので、国守につかまえられた。〕

8 **ほととぎす　汝が鳴く里の　あまたあれば　なほうとまれぬ　思ふものから**〈自発〉（43段）

〔郭公よ、お前は（飛びまわって）鳴く里がたくさんあるので、やはり疎ましい気持ちになってしまうよ。（いとしいと）心にかけてはいるものの。〕

9 **名のみ立つ　しでの田をさは　けさぞ鳴く　いほりあまたと　うとまれぬれば**〈受身〉（43段）

〔（浮気だという）評判ばかりが立つ郭公は、今朝こそ本当に泣いている。住む庵が多いと疎んぜられたから。〕

しかし、この3例を加えたとしても、「自然的・無意志的な動詞＋ぬ」は「ぬ」の全用例の三分の二（112例）にとどまる。「ぬ」が自然的・無意志的動詞の下に多く付くという説明は、「つ」と比しての相対的特徴として言い得なくもないが、少なくとも『伊勢物語』における「ぬ」の性質の全体をとらえているとは言い難い。

例えば、次のような用例においては、「ぬ」に上接している動詞は明らかに人為的・意志的な動作を表している。

10 **夜ぶかくいでにければ、**（14段）

〔夜が深いうちに（女の家を）出てしまったので、〕

11 **浮き海松の浪に寄せられたるひろひて、家の内にもて来ぬ。**（87段）

〔（根が抜けて）海面に浮いている海松で波に打ち寄せられたものを拾って、家の中に持ってきた。〕

このように自然的・無意志的動作を表しているとは認められない52例において用いられた動詞には、右の用例に見える「出づ」「持て来」のような、人の移動・往来を表すものが多く、10語（32例）を数える。

出づ（4例）・**入る**（2例）・**隠る**（2例）・**帰る**（5例）・**来**（12例。複合語を含む）・**越ゆ**（2例）・**立つ**・**逃ぐ**（2例）・**のぼる**・**別る**

このうち、「来」12例と「隠る」「越ゆ」の各2例は、人が意図的にそのようにしたと文脈上判断されるもののみをカウントした度数で、それとは別に、無意志的な文脈で用いられた「来」2例（用例12・13）と「越ゆ」1例（用例14）、さらに動作主が「人」以外の「隠る」1例（用例15）の計4例がある。

12　**塩竈（しほがま）に　いつか来［に］けむ　朝なぎに　釣する船は　ここによらなむ**　（81段）

〔塩竈に、いったいいつの間に来てしまったのだろう。この（すばらしい）朝なぎ（の景色の中）に釣をする舟はこの浦に寄ってほしい（そうすれば、いよいよ本物の塩竈の風情が加わるだろうから）。〕

13　**塩竈にいつか来［に］けむとよめりける。**　（81段）

〔塩竈に、いったいいつの間に来てしまったのだろうと詠んだのだった。〕

14　**ちはやぶる　神の斎垣（いがき）も　こえ［ぬ］べし　大宮人の　見まくほしさに**　（71段）

〔神を祭る神聖な垣根を越えてしまいそうだ。宮中にお仕えするあなたにお逢いしたさに。〕

15　**十一日の月もかくれ［な］むとすれば、かの馬の頭（かみ）のよめる。**　（82段）

〔十一日の月も（山の端に）隠れようとするので、あの馬の頭が詠んだ（歌）。〕

これらの例を併せ考えると、先に自然的・無意志的な動きを表す動詞として挙げた「至る」（4例）、「出で来」（3例）、「離る」（3例）なども、移動・往来を表す動詞のグループに入れることができ、それにしたがって枠組みを変えて示すと次のようになる。

無意志的動作（「移動・往来」を除く）	102例
移動・往来（意志的も無意志的も合わせて）	46例
その他	15例

最後に、「その他」に分類した動詞が残るが、これらの動詞について何らかの説明を加えようとすると勢い恣意的に傾くきらいがあり、次に示すのはあくまで試みとしての検討である。

例えば、「寝」（6例）は意志的な動作を表し、かつ「ぬ」にのみ上接している。一説に、全身的動作を表す動詞には「ぬ」が、身体の限定的部位による動作を表す動詞には「つ」が付くといわれるが、これにしたがえば、「寝」のみならず。移動・往来を表す動詞なども含めて包括的に扱えるかもしれない。

一方、「寝」という行為は用例16・17に見えるように、当時の、そして『伊勢物語』における慣例として、男の「行く」「来」という行為の先に成立する。そのことと「ぬ」が下接することとの関連性を考えることは空想に過ぎないだろうか。もしそれが的外れでないなら、「逢ふ」（4例）もまたその延長上にとらえ得る可能性があるのかもしれない。その用例を併せて次に挙げる。

16　**いきて寝にけり。**（14段）
〔（女のもとへ）行って寝た。〕

17　**あはれがりて、来て寝にけり。**（63段）
〔（男は）心を動かされて、やって来て寝た。〕

18　**よばひてあひにけり。**　（20段）

〔求婚して情を通じた。〕

19　**本意のごとくあひにけり。**　（23段）

〔もとからの望みどおりに結婚した。〕

「なき＋ぬ」が2例ある。「なく（泣く・鳴く）」は人為的・意志的動作と見るべきか、自然的・無意志的動作と見るべきか、微妙である。

20　**船こぞりて泣きにけり。**　（9段）

〔船中の人はみな泣いてしまった。〕

21　**秋の夜の　千夜を一夜に　なせりとも　ことば残りて　とりや鳴きなむ**　（22段）

〔（長い）秋の夜の千夜を一夜と見なしたとしても、（まだ愛の）言葉が（尽きず）残って、（夜明けを告げる）鶏が鳴くだろう。〕

このほか、人為的・意志的動作を表すと見られる動詞に「ぬ」が下接した用例として、次の3例がある。特に用例22・23などは「ぬ」より「つ」の方がふさわしく思われ、その選語理由については不可解だ。

22　**蛍のともす火にや見ゆらむ、ともし消ちなむずるとて、**　（39段）

〔蛍のともす灯に（こちらの姿が）見えているだろうか、この灯を消してしまおうと言って、〕

23　**今のおきな、まさにしなむや。**　（40段）

〔当節の老人には、どうして出来ようか。〕

24　**すこし頼み ぬ べきさまにやありけむ、**（93段）
〔少し頼みにできそうな様子であったのだろうか、〕

いくつかの疑点が残ったものの、『伊勢物語』における助動詞「ぬ」は、現象的にその三分の二が自然的・無意志的動作を表す動詞に付き、三分の一が移動・往来を表す動詞に付いていることがわかった。

以上が、高校古典文法書が述べる「…場合が多い」の、『伊勢物語』における具体的状況である。

なお、意志的な動作を表す動詞に「ぬ」がついた場合、結果的にそうなったという意味合いが付加されるとの説がある。確かに『伊勢物語』の移動・往来を表す動詞に下接した「ぬ」にも、例えば次の用例25のように、そう言ってよいものが少なからず見られる。

25　**思ひやれば、かぎりなく遠くも来 に けるかな、**（9段）
〔（京に）思いをはせると、果てしもなく離れて来てしまったなあ、〕

ところで、移動・往来を表す動詞への「ぬ」の下接は、「ぬ」の語源とされる「往ぬ」との関連も予想されるものの、例えば、動詞「出づ」は、『伊勢物語』では「ぬ」のみが下接しているが、他の作品を見ると、中古に限っても『うつほ物語』『落窪物語』『源氏物語』『蜻蛉日記』『紫式部日記』『更級日記』などで「つ」「ぬ」の両語が下接しており、単純ではない。

また別に、「つ」は他動詞に付き、「ぬ」は自動詞に付くとの見方もある。これにしたがえば、移動・往来を表す動詞は自動詞なので、「移動・往来の動詞＋ぬ」もその原則に含まれることになる。しかし、この場合も例外が生じる。『伊勢物語』で言えば、先に触れた「あり＋つ」が「自動詞＋つ」であるほか、「消ち＋ぬ」「し＋ぬ」「頼み＋ぬ」が「他動詞＋ぬ」である。

「る・らる」「す・さす」＋「つ」「ぬ」の形

人為的・意志的な「つ」、自然的・無意志的な「ぬ」という対照を踏まえ、〈自然の成行きを表わすル・ラルという助動詞の下には、ヌという助動詞がもっぱら使われた〉（大野晋『日本語の文法を考える』）という説明もなされる。実際、これらの助動詞の承接の組み合わせは、「れ・られ＋ぬ」「せ・させ＋つ」がその大部分を占めており、そうなる理由も大野晋の指摘したことが基本であると思われる。ただし、「もっぱら」とはいうものの、これもまた百パーセントではない。

『伊勢物語』には「す・さす＋つ」の用例はないが、「れ＋ぬ」が2例（用例8・9）、「られ＋ぬ」が1例（用例7）ある。一方、例外的用例は『伊勢物語』には見られないが、他に目を向ければ、「らる」が尊敬を表している「仰せ＋られ＋つ」や「御覧ぜ＋られ＋つ」の形は相当数の用例を挙げることができる。ここでは、〈自然の成行きを表わすル・ラル〉としてより明確な、自発と受身の意で「る」「らる」が用いられている例外的用例を挙げておく。

26　**降り初むる　今朝だに人の　待たれ**|**つる**|　**み山の里の　雪の夕暮**　〈自発〉（新古今和歌集・六六二）

〔降り出した今朝でさえも（寂しくて、都の）人が自然と待たれた山里の、雪の（深く降り積もった、寂しい）夕暮れよ。〕

27　**御遊びにめされて、これかれにしひられ**|**つる**|**に、いとこそ苦しかりつれ。**〈受身〉（落窪物語）

〔（帝が）管弦の催しに（私を）お召しになって、だれかれかに（酒を）強いられたので、ひどく苦しかった。〕

また、「せ・させ＋ぬ」の形をとる例外的用例として次のようなものがある。

28　**下には異**（こと）**もの入れさせ**|**ぬ**|**、となむ聞きし。**（うつほ物語・蔵開　上）

〔（黄金の）下には別の物を入れさせた、と聞いた。〕

29 **忍びたるさまながらも、おぼしめしまつはさせ[な]む。**（夜の寝覚）
〔公然の御仲とはいかないまでも、きっとご寵愛になるだろう。〕

「つ」＝行為の完結、「ぬ」＝変化の実現・状態の発生

高校古典文法書では、「つ」と「ぬ」の表す文法的意味を、ある事柄が実現したことを表す「完了」の意として、ふつうひとくくりにするが、それぞれが表現する内容には違いが認められる。

30 **この男かいまみ[て]けり。思ほえず、ふる里にいとはしたなくてありければ、心地まどひ[に]けり。**（1段）
〔この男は（姉妹を）物の隙間から見てしまった。思いがけず、古い都にひどく不釣り合いな有様でいたので、心が動揺してしまった。〕

用例30で、「垣間見＋つ」は、女の姿を目にすることの実現によって「垣間見る」という行為は完結し、それ以上ではない。これに対し、「惑ひ＋ぬ」は、心が乱れた「惑ふ」という状態が発生し、それが後まで残っている。「つ」によって表される事柄の実現が「行為の完結」を意味するのに対し、「ぬ」によって表される事柄の実現は、その実現によってある変化がもたらされたことを表し、その変化した状態が現在から未来に向かって存続する可能性を含みとして持っている。「ぬ」は「変化の実現」ないしは「状態の発生」を表すのである。

「つ」＝継続終了、「ぬ」＝継続中

ある状態が継続・反復してきたことを表現している文中で「つ」「ぬ」が用いられる場合がある。高校古典文法書ではほとんど触れられていない点であるが、そこでも両者は異なった内容を表し、高校古文の定番教材『徒然草』

「仁和寺にある法師」の次の箇所などを理解するのに大切なポイントだ。

31　**年比思ひ**[**つる**]**こと、果し侍りぬ。**（徒然草・五二段）

〔長年の間思っていたことを、しとげました。〕

継続・反復してきた事柄を述べる場面での「つ」「ぬ」は、「ぬ」がこれまで長い間行われてきた事柄が今も続いていることを表すのに対し、「つ」はこれまで行われ続けてきた事柄が直近の時点で終わったこと、継続が終了したことを表す。

32　**この廿余年見えざり**[**つる**]**白旗の、今日はじめて都へいる、めづらしかりし事どもなり。**（平家物語・山門御幸）

〔この二十数年ずっと見られなかった（源氏の）白旗が、今日初めて都へ入る、珍しいことである。〕

33　**あさましく、対面せで、月日の経**[**に**]**けること。**（46段）

〔あきれるほど、お会いしないまま、月日が経ってしまったことだ。〕

用例32では、白旗を目にしなかった状態は昨日で終わったのであり、今日はすでに見ている。一方、用例33では、対面せずに時間が経つ状態は今もなお続いているのである。『徒然草』の用例31でも、今や年来の願いを果たし終えたのだから「思ひぬること」ではだめで、「思ひつること」でなければならないのである。

【つ】

〔語誌〕

「つ」の語源は、活用と意味の上から推して動詞の「棄つ」であると言われる。それが動詞の連用形に下接して語頭の母音を消失し、動詞としての実質的な意味を表す語から文法的機能を表す助動詞に変化したと考えられている。

「つ」は、「ぬ」が室町時代に口語で使われなくなった後も用いられ、江戸時代に消滅したとされる。なお、文章語としては近代になっても用いられた。

1 **石炭をば早や積み果て[つ]。**（森鷗外「舞姫」）

なお、連用形「て」が、その助動詞としての機能を失って接続助詞「て」が生じたと考えられるが、両者の境界は連続的で、峻別しがたい場合もある。

〔意味〕

高校古典文法書では、「つ」の意味として「完了」「強意」「並列」の三つを挙げるのが一般的である。「並列」の意は「〜つ〜つ」の形で「〜タリ〜タリ」の意味を表すが、中世以降の用法なので『伊勢物語』には用例がない。

2 **かけ足になッ[つ]、あゆませ[つ]、はせ[つ]、ひかへ[つ]、阿波と讃岐とのさかひなる大坂ごえといふ山を、夜もすがらこそこえられけれ。**（平家物語・勝浦）

〔駆け足になったり、歩かせたり、馬を走らせたり、手綱を引き止めたりして、阿波と讃岐との境にある大坂ごえという山を、夜通しでお越えになった。〕

○「てむ」「つべし」の形

「てむ」「つべし」など、推量の助動詞とともに用いられた「つ」は「強意」の意を表すとされる。「つ」は動作の完結を表すとともに、その完結を表現者が確認する気持ちを伴うとされるが、その説明に即して言えば、「てむ」「つべし」は、「つ」で示された動作が完結することやそれを確認することを「む」や「べし」で予想したり、意志したりすることを表すのである。つまり、「動詞＋つ」であることを「む」「べし」で推量・意志するというのが本来の表現意識であると思われるのだが、結果として、「てむ」「つべし」の複合によって「推量が的中するであろうことへの確信の強さ」や「事柄を成就させようという意志の強さ」を表現している形となるので、その用法を「強意」と呼んでいる。

具体的には次のような場合がある。

a　**動作の完結・事態の実現を、確信を持って予想する**

〈訳語例〉キット～スルダロウ。～ニチガイナイ。イマニモ～シソウダ。

3　**ことわりと思へど、なほ人をば恨み<u>つ</u>べきものになむありける。**（94段）

〔無理もないと思うものの、やはりあなたを恨んでしまうにちがいない気持ちであることだなあ。〕

b　**話し手自身の行動について、それを完遂しようという強い意志を表す**

〈訳語例〉必ズ～スルツモリダ。ゼヒ～シヨウ。

4 **この酒を飲み[て]むとて、よき所を求めゆくに、**（82段）

〔この酒をぜひ飲もうと言って、適当な場所を求めて行くと、〕

c　動作の完結・事態の実現が可能だと予想する

〈訳語例〉～デキルダロウ。

5　召し[つ]べくは、いくらも召せ。（宇治拾遺物語・二ノ一）

〔召し上がれそうならば、いくらでも召し上がれ。〕

d　相手にある行為をするように勧誘し、求める

〈訳語例〉～シテクダサイ。

6　時モ移ル程ニ、実因僧都源信内供（ないぐ）ニ云（いは）ク、「今ハ疾（と）クコソ始メ給ヒ[テ]メ。何ゾ遅ク成ルゾ」ト。（今昔物語集・一四ノ三九）

〔しばらく時が過ぎた頃に、実因僧都が源信内供に向かい、「もう早くお始めください。どうしてこんなに遅くなるのか」と言う。〕

e　ある行為をするのが適当だろうと推測する

〈訳語例〉～スル（ノ／ホウ）ガヨイダロウ。

7　心づきなき事あらん折は、なかなかそのよしをも言ひ[て]ん。（徒然草・一七〇段）

〔気に入らないことがあるような時は、かえってその理由を言うのがよいだろう。〕

○「強意」と「未来完了」

「つ」は「ぬ」と同様、アスペクト（「完了」「存続」など、全体の動きの中での局面）を表す助動詞であって、テンス

(「過去」「現在」など、時間軸を基準とする時制)の表現とは本質的に異なるとされる。

例えば、次の用例8の「つる」は、過去のある時点、すなわち「かくともいはまほしう」思った時点から見ての、未来における「完了」を表している。

8 **「さて、いかが候ひつる」と申しければ、かくともいはまほしう思はれけれども、いひ[つる]ものならば、殿上までも頓而(やがて)きりのぼらんずる者にてある間、「別(べち)の事なし」とぞ答へられける。**（平家物語・殿上闇討）

〔「さて、いかがでございましたか」と申したので、(受けた恥を)こうこうだとも言いたいと思われたけれども、もしそう言ったものなら、殿上までもすぐに斬り上るような者なので、「特別の事はない」と答えられた。〕

しかし、一般に未来のことを表現する「む」「べし」などを伴って用いられた場合に「強意」の意を認めるため、動作の完結が未来に予想される場合もまた「強意」の意と考えるのが整合性を持つと認められることが多い。例えば、次の用例9のような仮定の表現においてや、用例10のような命令形をとる場合には、推量の助動詞とともに用いられていなくても「強意」の意を表すと解し得る。

9 **此後(このご)も讒奏(ざんそう)する者あらば、当家追討の院宣、下され[つ]と覚ゆるぞ。**（平家物語・教訓状）

〔今後も讒奏する者があるなら、平家追討の院宣を、きっとお下しになると思われるぞ。〕

10 **ひこ星に　恋はまさりぬ　天の河　へだつる関を　いまはやめ[てよ]**（95段）

〔彦星(の恋)よりも私(の恋)はもっとつのってしまった。天の川で隔てている恋路の関、それになぞらえられる隔ての関を、今はぜひやめてください。〕

さらに、「む」「べし」などを伴わず、かつ仮定表現でも命令形でもない「つ」で「強意」を表すと解してよい用例11のような例もある。

11 その夜、雨風、岩も動くばかり降りふぶきて、雷さへなりてとどろくに、波のたちくる音なひ、風の吹きまどひたるさま、おそろしげなること、命かぎり**つ**と思ひまどはる。（更級日記）

〔その夜、雨風が、岩も揺れ動くほどに激しく吹き荒れて、雷までが鳴りとどろくうえに、波の打ち寄せるすごい音、風の吹きすさぶさまなど、その恐ろしそうなことは、命も間違いなくおしまいだと度を失ってうろたえてしまう。〕

○「近い過去」を表す「つ」

「つ」は表現者による「行為の完結」の確認を表す助動詞であって、本来テンスを表す助動詞ではないが、中古以降、「つ」の「完了」は「行為の完結」と「近い過去」の二つの意味を担うようになった。これは、中古以降の「き」が発話当日中の過去を表さなくなり、その代わりに「つ」がその日のうちに起こった出来事などの「過去」を表すはたらきを担うようになった、と説明される。

次の用例12は、匂宮の問いかけに大夫の君が答えた場面であるが、両者ともに、昨日のことには「き」を、今日のことには「つ」を用いて区別して表現している。

12 「昨日は、などいととくはまかでにし。いつ参り**つる**ぞ」などのたまふ。「とくまかではべりにし悔しさに、まだ内裏におはしますと人の申し**つれ**ば、急ぎ参り**つる**や」と、幼げなるものから馴れ聞こゆ。（源氏物語・紅梅）

〔（匂宮は）「昨日は、どうして早々と退出したのか。（今日は）いつ参ったのか」などとお尋ねになる。（大夫の君は）「（昨日）早く退出してしまいまして後悔しておりましたら、（宮様が）まだ宮中においでになると人が申しましたので、急いで参上しましたよ」と、子どもらしい口付きながらもの慣れて申し上げる。〕

なお、動作を表す動詞に付いた場合は、次の用例13のように「動作の完結」と「近い過去」の両面が同時に現れることが多く、存在や状態を表す動詞、形容詞（語の構成要素に動詞「あり」を含むカリ活用）などに付いた場合は、用例14・15のようにもっぱら「近い過去」を表した。

13　**ぬれつつぞ　しひて折り**<u>**つる**</u>**　年のうちに　春はいく日も　あらじと思へば**　（80段）

〔（雨に）濡れながら、あえて（この藤の花を）折ったのだ。今年のうちに春は幾日もあるまいと思うので。〕

14　**さても、いとうつくしかり**<u>**つる**</u>**児かな、何人ならむ、**　（源氏物語・若紫）

〔それにしても、たいそうかわいらしい子であったな、どういう人なのだろう、〕

15　**このあり**<u>**つる**</u>**人たまへ。**　（62段）

〔先ほどいた女を（こちらへ）よこしてください。〕

用例14は、光源氏がつい先ほど垣間見た若紫の姿を思い返している心中語、『伊勢物語』の用例15はつい先ほど食事を給仕してくれた女性のことを指して言ったものである。この「ありつる人」は、9段「東下り」の「『かかる道はいかでかいまする』といふを見れば、見し人なりけり」の「見し人」と好対照をなす。「見し人」は「以前（都で）会った人」と訳せ、「し」は現時点との断絶を感じさせる時間的距離を持った過去の事柄を表しているのに対し、「ありつる人」は「先ほどの人」と訳せ、発話当日の、時間的にさほど隔たっていない事柄を表している。なお、この「ありつる」（同様に「ありし」も）を連体詞とするとらえ方もある。

右のような「つ」と「き」の違いに基づけば、次の用例16で女が夢で男を見たのは、「今宵」「見えつ」の表現から、手紙を送るすぐ前にしていた宵のうたた寝の際だったとわかる。それを伝えられた男は、女の見た夢は自分の魂が抜け出したからだと考え、「いでにし魂のあるならむ」と表現した。同様の事柄が以前にもあったような口ぶりではないので、魂が抜け出たのは昨日のこと、すなわち当時一日の始まりと意識されていた寅の刻（その日の朝の午前三、四時頃）以前の出来事だったろうと推測した、とわかる。

16　**むかし、男、みそかに通ふ女ありけり。それがもとより、「今宵夢になむ見えたまひつる」といへりければ、男、「思ひあまり　いでにし魂の　あるならむ　夜ぶかく見えば　魂結びせよ」**（110段）

〔昔、男が、ひそかに通う女があった。その女のところから、「今宵夢に（あなたが）お見えになった」と言ってきたので、男は（こう詠んだ）、「（あなたのことを）思うあまりに（私の身から）抜け出して行った魂があるのだろう。夜が更けてから（また夢に）見えたなら、魂結びのまじないをしてくれ」〕

また、「つ」の表す事柄は必ずしも発話当日のことに限らず、次の用例17のように、昨日以前に生じた事態にも用いられた。

17　**難波より、昨日なむ都にまうで来つる。**（竹取物語）

〔難波から、昨日都へ帰参した。〕

したがって、次の用例18の「くだきつる」という「行為の完結」は、発話当日のことなのか、それ以前のことなのか、「つ」だけからではわからない。

18　**恋ひわびぬ　あまの刈る藻に　やどるてふ　われから身をも　くだきつるかな**（57段）

〔（私は）恋に思い悩んでしまった。海人が刈る藻に宿るという「われから」でもないのに、自分から（心だけでなく）身までくだいてしまったことよ。〕

この場合、人知れず恋する男がそしらぬ顔でいる相手の女に言い送ったという状況から推して、昨日以前のことと見るべきかと思われるが、いつ完結したかということより、完結した、あるいはそういうことが起きたということ自体に表現の主眼が置かれていると見るべきだろう。もしこれを、例えば「くだくものかな」と表現したとしたら一般的に過ぎて切実感に欠けるだろうし、また「くだきしかな」では、そんなこともあったというような遠い過去の経験の表現になってしまって切迫感に欠けてしまう。ここはやはり「つる」を用いないことには、自分が確かに身も心も砕いてしまったこと、そして、その衝撃が今まだ生々しいのだということが相手に伝わらないと考えたに違いない。

○継続終了を表す「つ」

「つ」の「完了」が継続の終了を表す場合がある。これは、これまで続いてきた状態や、継続または反復して行われてきた事柄が直近の時点で終わったことを表すもので、「つ」の「完了」の表す「行為の完結」と「近い過去」の両面が融合したあり方の一つとして位置づけられよう。↓P81【継続中を表す「ぬ」】

19 **などか久しく見えざり[つる]。遠ざかる昔のなごりにも思ふを。**（和泉式部日記）
〔どうして長い間見えなかったのか。遠ざかってゆく思い出のよすがとも思っているのに。〕

『伊勢物語』には、この用法の用例はない。

〔接続〕
活用語の連用形に付く。

●「つ」は形容詞・形容動詞にも下接するが、『伊勢物語』にその用例はない。

20 **さることもなかり[つ]。**（源氏物語・夕顔）
〔そんなこともなかった。〕

21 **あはれなり[つる]こと忍びやかに奏す。**（源氏物語・桐壺）

―〔しみじみと感じたことをひそやかに奏上する。〕

〔活用〕

基本形	未然形	連用形	終止形	連体形	已然形	命令形	活用の型
つ	て	て	つ	つる	つれ	てよ	下二段型

＊▢は『伊勢物語』に用例あり

●命令形で用いられたものは、本書では「強意」の意として扱う。したがって、「完了」の意の命令形の〔用例〕は空欄とする。

〔用例〕

a　完了　〈訳語例〉～タ。～テシマッタ。～テシマウ。

未然形　(1)　**御覧じ[て]ば、賜はりなむ。**（うつほ物語・国譲　下）
〔ご覧になられたら、お返しいただこう。〕

連用形　(2)　**あるじ許し[て]けり。**（5段）
〔主人は許した。〕

終止形　(3)　**おきもせず　寝もせで夜を　明かしては　春のものとて　ながめくらし[つ]**（2段）
〔（一夜の語らいに）起きていたでも眠っていたでもなく夜を明かして、（昼は昼で）春のならいの長雨をぼんやりと見ながらもの思いにふけって、一日を暮らしてしまった。〕

連体形　(4)　**このあり［つる］人たまへ。**　(62段)
〔先ほどいた女を（こちらへ）よこしてください。〕

已然形　(5)　**わが門に　千ひろあるかげを　植ゑ［つれ］ば　夏冬たれか　かくれざるべき**　(79段)
〔我が一門に千尋もある影を作る竹を植えたから、夏も冬も（一門の）誰が（この陰に）隠れ守られないことがあろうか（いや、皆そのお蔭で必ず繁栄するだろう）。〕

命令形　―

b　強意　〈訳語例〉キット〜。〜テシマウ。

未然形　(6)　**すみわびぬ　いまはかぎりと　山里に　身をかくすべき　宿もとめ［て］む**　(59段)
〔（都は）住みづらくなってしまった。もうこれまでと（覚悟して）山里にわが身を隠すのによい住みかをきっと探し求めよう。〕

連用形　―

終止形　(7)　**ことわりと思へど、なほ人をば恨み［つ］べきものになむありける。**　(94段)
〔無理もないと思うものの、やはりあなたを恨んでしまうにちがいない気持ちであることだなあ。〕

連体形　(8)　**はてはいかにし［つる］ぞとあきれて思さる。**　(源氏物語・若菜 下)
〔しまいにはどうするのかと途方にくれていらっしゃる。〕

已然形　(9)　**かかる人をば、この折によくいたはり、心知らひ［つれ］ば、かたちも殊に損はれぬものなり。**　(うつほ物語・国譲 中)

〔このような人(=お産をした人)を、この(出産の)折によく世話をし、しっかり気を遣ってやれば、器量も特に損われないものである。〕

命令形

⑽ **ひこ星に　恋はまさりぬ　天の河　へだつる関を　いまはやめ[てよ]**　(95段)

〔彦星(の恋)よりも(私の)恋はもっとつのってしまった。天の川で隔てている恋路の関、それになぞらえられる隔ての関を、今はぜひやめてください。〕

つ

【ぬ】

〔語誌〕

「ぬ」の語源は、活用と意味の上から推して動詞「往ぬ」であると言われ、それが「つ」と同様の過程を経て、助動詞化したと考えられる。すなわち、動詞の連用形に下接して語頭の母音を消失し、動詞としての実質的な意味を表す語から文法的な機能を表す助動詞に変化したのである。

室町時代以降口語から姿を消していったとされるが、文章語としては近代まで用いられた。

1　**遥々と家を離れてベルリンの都に来ぬ。**（森鷗外「舞姫」）

〔意味〕

高校古典文法書では、「ぬ」も「つ」と同様、「完了」「強意」「並列」の三つの意味を挙げるのが一般的である。「並列」は「～ぬ～ぬ」の形をとり、「～タリ～タリ」と訳されるが、この用法が加わるのは中世以降であり、『伊勢物語』にその用例はない。

2　**泣きぬわらひぬぞし給ひける。**（平家物語・藤戸）
〔泣いたり笑ったりなさった。〕

○「変化の実現」「状態の発生」を表す「ぬ」

「完了」は事柄の実現ともとらえることができるが、「つ」の表す「完了」が事柄を実現する「行為の完結」を表すのに対し、「ぬ」の表す「完了」は事柄の実現によって変化がもたらされ、変化した状態が現在から未来に向かって存続していく可能性を含みとして持つこと、すなわち「変化の実現」ないしは「状態の発生」を表す。

3 **くらべこし ふりわけ髪も 肩すぎ[ぬ]** （23段）

〔（あなたと）比べあってきた（私の）振り分け髪も（伸びて）肩を過ぎてしまった。〕

4 **君により 思ひならひ[ぬ] 世の中の 人はこれをや 恋といふらむ** （38段）

〔あなたのおかげで（ある気分を）習い覚えた。世の中の人はこれを恋と言っているのだろうか。〕

『伊勢物語』の用例3では髪が伸びて肩を過ぎるという変化が、用例4では今までわからずにいた恋というものを理解できるようになるという変化がそれぞれ実現し、髪の長い状態や恋を理解した状態が発生したのである。

○「強意」を表す「ぬ」

一般に、事柄の発生が未来に予想される場合、「強意」を表すことが多い。したがって、「ぬ」が「強意」を表す場合として、推量や反実仮想の助動詞とともに用いられた「なむ」「なまし」「ぬべし」の形や、他への願望を示す終助詞とともに用いられた「ななむ」の形をまず挙げることができる。

これらの表現においては、本来「動詞＋ぬ」という状態の事柄を「む」や「べし」で推量したり、意志したりしているわけだが、結果として、「なむ」「ぬべし」の複合によって「推量が的中するであろうことへの確信の強さ」や「事柄を成就させようという意志の強さ」などを表現している形となるので、その用法を「強意」と呼んでいる。

具体的には次のような場合がある。

a 事柄の完結や変化の発生を、確信を持って予想する

〈訳語例〉 キット〜スルダロウ。〜ニチガイナイ。イマニモ〜シソウダ。

5
今日来ずは　明日は雪とぞ　ふりなまし　消えずはありとも　花と見ましや　（17段）

〔（私が）今日訪ねて来なかったとしたら、（この桜の花は）明日は雪のように降り散ってしまうだろう。（散った花は雪のようには）消えないとしても、もとの桜の花として賞で見るだろうか。〕

b　話し手自身の行動について、それをしようという強い意志を表す

6
あるじの親王、酔ひて入りたまひなむとす。　（82段）

〔主人の親王は、酔って（寝所に）お入りになってしまおうとする。〕

〈訳語例〉必ズ～シヨウ。～シテシマオウ。

c　動作の完結・事態の実現が可能だと予想する

7
すこし頼みぬべきさまにやありけむ、　（93段）

〔少々頼みにできそうな様子だったのだろうか、〕

〈訳語例〉～デキルダロウ。

d　相手や他のものへの願望を強く表す

8
おしなべて　峰もたひらに　なりななむ　山の端なくは　月も入らじを　（82段）

〔一様にどの峰も平らになってほしいものだ。山の端がなければ月も入らないだろうから。〕

〈訳語例〉～シテクダサイ。～シテホシイ。

e　ある行為をするのが適当だろうと推測する

〈訳語例〉～スル（ノ／ホウ）ガヨイダロウ。

9 **思ふこと　いはでぞただに　やみぬべき　われとひとしき　人しなければ**（124段）

〔（心に）思うことを言わずに、そのままやめてしまうのがよいだろう。自分と同じ思いの人などいないのだから。〕

○単独で「強意」を表す「ぬ」

「ぬ」は、「なむ」「なまし」「ぬべし」や「ななむ」の形のほか、仮定表現や命令形でも「強意」を表す。

10 **夜ふけぬ。かへりたまひね。**（大和物語・六五段）

〔夜が更けてしまった。お帰りになってください。〕

11 **もし我に後れて、その心ざし遂げず、この思ひおきつる宿世違はば、海に入りね。**（源氏物語・若紫）

〔もし私に先立たれて、その志がかなえられず、私が思い定めた運の通りにならなかったら、海に身を投げよ。〕

さらに、「なむ」「なまし」「ぬべし」や「ななむ」の形でもなく、かつ仮定表現や命令形でもない場合でも、「強意」を表す場合がある。

12 **みるめなき　わが身をうらと　しらねばや　離れなで海人の　足たゆく来る**（25段）

〔海松藻の生えていない浦だと知らないからか、漁夫が（ここから）離れることなく、足がだるくなるまで通ってくる。それと同じように、逢い見ることをしない私を無情だと知らないからか、あなたは離れることなく、足がだるくなるくらいに（たびたび）くるのだなあ。〕

13 **渡守、「はや船に乗れ、日も暮れぬ」といふに、**（9段）

〔船頭が、「早く船に乗れ、日も暮れてしまう」と言うので、〕

14 **この若者一定仕り候ひぬと覚え候。**（平家物語・那須与一）

〔この若者は必ずうまくやり遂げると思われます。〕

15　**平家は三千余騎、御方(みかた)の御勢(おんせい)は一万余騎、はるかの利に候。夜うちよかんぬと覚え候。**（平家物語・三草合戦）

〔平家は三千余騎、味方の御勢は一万余騎、（わが軍が）はるかに有利でございます。夜討ちがよいと思われます。〕

用例12は事実に対する断定を強調しており、用例13・14・15は判断や予想を確信持って下すことを表現している。このうちの用例13は「東下り」の一節で、〈「ぬ」は完了の助動詞で、意味を強め、もう暮れてしまうの意〉（福井貞助『新編全集』頭注）とされ、藤井貞和が〈日がとっぷり暮れてしまうまえ、まだ明るいうちに舟に乗ってしまおうという場面だ。この「日も暮れぬ」を教室で「日も暮れました」などと訳すと、日暮れまえのわびしさが薄れる〉（『日本語と時間』）などと解説しているように、一般に「ぬ」は「強意」を表すと理解されている。

「日暮れぬ」再考

「日（も）暮れぬ」という表現は『伊勢物語』の用例13のほかにもかなり多くの作品に登場する。

16　**「日暮れぬ」などそそのかす。**（蜻蛉日記）

〔「日が暮れてしまいます」とせきたてる。〕

17　**日暮れぬと急ぎたちて、御灯明(みあかし)のことどもしたためはてて急がせば、**（源氏物語・玉鬘）

〔日が暮れてしまうというので、急いで、お灯明のことなど用意し終えてせきたてるものだから、〕

18　**「今は出でさせたまへ。日暮れぬ」とせめののしり申せど、**（栄花物語・浦々の別）

〔「いまは（邸を）出ていただきたい。日が暮れます」と大声でうながし申すが、〕

19 **「日暮れぬ。とくとく」とそそのかせたまふを、**（大鏡・道長）

〔「日が暮れてしまう。早く、早く」と催促なさるのを、〕

いずれの現代語訳も小学館『新編日本古典文学全集』からそのまま引用したが、これらの訳から、これらの用例の「ぬ」がいずれも「強意」の意と解されていることがわかる。

一方、同じく「日（も）暮れぬ」でも、次に挙げる用例の「ぬ」はいずれも「完了」の意と解されている。現代語訳は同じく『新編日本古典文学全集』からそのまま引用する。

20 **かへり来る道とほくて、うせにし宮内卿もちよしが家の前来るに、日暮れぬ。やどりの方を見やれば、あまのいさり火多く見ゆるに、**（87段）

〔帰ってくる道が遠くて、今は亡き宮内卿もちよしの家の前を来るころに、日は暮れてしまった。一行が泊まる男の家の方を見やると、海人の漁火が多く見えるので、〕

21 **返りごと書くほどに、日暮れぬ。**（蜻蛉日記）

〔返事を書いているうちに、日が暮れた。〕

22 **いとうれしくて、「まうでむ」と、出で立ちたまふに、「今日は日暮れぬ。明日」とのたまふに、**（落窪物語）

〔たいそううれしくて、「三条邸に参上しよう」と言って支度をなさっていたが、「今日は日が暮れた。明日にしよう」とおっしゃるにつけて、〕

23 **大御灯明（おほみあかし）のことなど、ここにてし加へなどするほどに日暮れぬ。**（源氏物語・玉鬘）

〔仏前にお供えするお灯明の用意などをここでさらに付け加えなどしているうちに、日が暮れてしまった。〕

24　まゐらせたまふほど、日も暮れ[ぬ]。　（大鏡・師尹）
〔参上なさいましたが、そのうちに、日も暮れてしまいました。〕

用例13および16〜19の「ぬ」が「強意」を表し、用例20〜24の「ぬ」が「完了」を表すと判断する根拠をどこに求めるかといえば、ふつう、文脈を踏まえてということになるだろう。

すなわち、用例13および16〜19は暗くなる前に何か事をし終えるように急いでいたり、急ぐようにせきたてていたりする場面である。それに対し、用例20〜24は何らかの行為がなされているうちに時間が過ぎてゆき、日も暮れてしまったという状況を述べている。その対照ゆえに、前者の用例が会話文や心中語に見られ、後者の用例が多く地の文に見られるのであり、その点から考えると、後者の中に混じった会話文の用例22の「ぬ」は「強意」を表していて、「今日は日が暮れてしまう。明日にしよう」と訳せるのかもしれない。

それはさておき、ここで一つの疑問が浮上する。用例13および16〜19と同じく会話文で、しかも暗くならないうちにと相手の行動をうながす場面において、次のような表現もなされる。

25　車を立ててながむるに、ともの人は、「日暮れ[ぬ]べし」とて、「御車うながしてむ」といふに、　（大和物語・一四八段）
〔車をとめて、じっと物思いにふけっていると、供の人は、「日が暮れてしまいますよ」といって、「御車を急いで出させましょう」というので、〕

26　日暮れ[ぬ]べしと、内にも外にもよほしきこゆるに、　（源氏物語・早蕨）
〔「もう日が暮れます」と、内からも外からもおせきたて申すので、〕

27 「雨もやみぬ。日も暮れぬべし」と言ふにそそのかされて、出でたまふ。 （源氏物語・手習）

〔「雨もやんだ。日も暮れてしまいそうだ」と言っている声にせきたてられるようにしてお立ち出でになる。〕

28 「日暮れぬべし」「疾く」など急げど、 （狭衣物語）

〔「日が暮れてしまいそうです」「早く」などと急ぐけれど、〕

これら用例25～28の「ぬ」はいずれも「強意」を表し、「日暮れぬべし」はもうすぐ間違いなく日が暮れるということを述べている。これと先の用例13および16～19との関係をどう考えればよいか。

用例13および16～19の「ぬ」を「強意」と見る通説を簡略に図式化して言えば、「日暮れぬ」の用例を二つのグループに分け、そのうちの一つを「日暮れぬべし」の用例とイコールで結ぶ、ということになるだろう。

しかし、仮に「日暮れぬ」の用例に二つの要素が含まれている（ように見えた）としても、それらと「日暮れぬべし」という異なる表現との関係は、「日暮れぬ」の一グループと「日暮れぬべし」を即座に一つにまとめてしまうのではなく、同一の表現形をとる「日暮れぬ」の用例全体に通奏するものをまず求めて踏まえる枠組みを考え、理解するのが順序であり、より自然だろう。

通説とは異なる枠組みで「日暮れぬ」をとらえるには、物事の変化というものに瞬時に実現されるものと、ある時間幅をもって実現されるものとがあるという見方が有効だ。その見方にしたがえば、時間幅を持った実現の場合、「ぬ」の表す「完了」は変化の始まりの段階であることも、変化の完成段階であることもあり得ることになる。問題にしてきた「日暮る」という現象は、その進行や実現に時間の幅が意識されやすいことは、次の用例29～33などに表現されているとおりである。現代語訳はやはり『新編日本古典文学全集』からそのまま引用する。

29 **終日**（ひめもそ）**にかり暮し、薄暮に及んで六波羅へこそ帰られけれ。**（平家物語・殿下乗合）
〔終日狩りをして、夕暮になって六波羅へ帰られた。〕

30 **暮れゆくままに、出で入りいそぎたまふ。**（落窪物語）
〔日が暮れるにしたがって、左大臣は西の対に出たり入ったりしていろいろと準備をなさる。〕

31 **かくてはるかに程ふれば、日もやうやう暮れにけり。**（平家物語・副将被斬）
〔こうしてだいぶん時がたって、日もしだいに暮れてしまった。〕

32 **かかる程に、日ただ暮れに暮れて暗くなりぬれば、蛇**（くちなは）**の有様を見るべきやうもなく、**（宇治拾遺物語・四ノ五）
〔そうしているうちに、日はどんどん暮れて暗くなってしまったので、蛇の様子を見るべき手立てもなくて、〕

33 **いたく暮れはべりぬ。**（源氏物語・椎本）
〔すっかり日も暮れてしまいました。〕

もしそうであるならば、例えば『伊勢物語』の用例13・20の「ぬ」をともに「完了」を表すと見て、用例13は日が沈んであたりが薄暗くなりはじめた段階を、用例20は日が暮れきってあたりがすっかり暗くなってしまった段階を述べている、と考えることができる。ただし、用例13および16～19の「ぬ」を「完了」に分類したとしても、差し迫る夕闇に急ぎ行動を起こさなければならないと心せいたり、人をせかしたりする表現者の思いが込められていると見る点は、通説と変わらない。

ここで、通説と異なる見方の可能性を記したのは、変化の始動段階と完成段階という見方を取り入れると、次項の「に＋助動詞」が表している内容をとらえる視界がよりクリアになると考えるからでもある。

○「に＋助動詞」の表す「完了」

「連用形『に』＋助動詞」の形として、「にき」「にけり」「にけむ」「にけらし」「にたり」がある。この形において用いられた「ぬ」が表す「完了」は、ふつう変化の完成段階を表す。なお、『伊勢物語』には「にたり」の用例は見えない。

34 **かきくらす　心のやみに　まどひにき　夢うつつとは　今宵さだめよ**（69段）

〔悲しみに真っ暗になった私の心は乱れ乱れて分別もつかなかった。夢だったのか、現実だったのかは、今晩（もう一度来て）決めてください。〕

35 **時世経て久しくなりにければ、その人の名忘れにけり。**（82段）

〔年代が経って久しくなってしまったので、その人の名は忘れてしまった。〕

36 **忘れやしたまひにけむと、いたく思ひわびてなむはべる。**（46段）

〔お忘れになってしまったのだろうかと、ひどく悲しく思っております。〕

37 **まろがたけ　過ぎにけらしな　妹見ざるまに**（23段）

〔私の背丈は（井筒を）越してしまったらしいよ。あなたを見ないうちに。〕

38 **いと弱くなりたまひにたり。**（大和物語・一〇一段）

〔たいそうお弱りになっておいでです。〕

○継続中を表す「ぬ」

「ぬ」の「完了」が継続中を表す場合がある。

これは、ある事柄がこれまで続いてきた、または繰り返されてきたことを述べ、それが今に至っても続いていることを表すものである。「つ」の「完了」が継続の終了を表す場合があるのと対をなしている。

↓P68【継続終了を表す「つ」】

39　**年だにも　十とを四つよは　経にけるを　いくたび君を　たのみ来ぬらむ**　（16段）

〔年月でさえも四十年も過ぎ（て今に至っ）たのだから、（その長い間、あなたの妻は）何度あなたを頼みにしてきたのだろう。〕　＊「経にけるを」の「を」は、順接・逆接の両説がある。

用例39の「経にける」には、これまで四十年の時を過ごしてきて、これからさらに五十年にも、六十年にもなって続いていくだろうとの意が込められ、「たのみ来ぬ」には、これまでも繰り返し幾度も頼りにしてきたが、これから後も頼りにすることが繰り返されるだろうとの意が込められているのである。

○移動・往来の動詞＋「ぬ」

「往ぬ」が語源とみられる「ぬ」が移動・往来を表す動詞に付くと、主体が話題の場である「いま・ここ」から立ち去って消えることを表す。これとは対照的に、「てあり」を語源とする「たり」が移動・往来を表す動詞に付くと、主体が移動してきて話題の場である「いま・ここ」に存在していることを表す。

40　**……とよみて絶え入りにけり。……またの日の戌の時ばかりになむ、からうじていきいでたりける。**　（40段）

〔……と詠んで気を失ってしまった。……翌日の戌の刻ごろに、やっと生き返った。〕

41　**女、人をしづめて、子ねーつばかりに、男のもとに来たりけり。……子一つより丑三つまであるに、まだ何ごとも語らはぬにかへりにけり。**　（69段）

〔女は、人が寝静まるのを待って、子の一刻ごろに、男のところへやってきた。……子の一刻から丑の三刻まで（一緒に）いたが、まだ何も（満足に）語らうことのないうちに（女は）帰ってしまった。〕

用例40では、「絶え入りに」は人が生きてある「いま・ここ」の世界から消滅することを、「いきいでたり」は息を吹き返して再び「いま・ここ」の世界に出現して存在することを表している。用例41では、男の居場所を話題の舞台としての「いま・ここ」と定め、女が移動し来たって「いま・ここ」に姿を見せている状況と、女が移動し去って「いま・ここ」から姿を消した状況が「たり」と「ぬ」によって対照的に示されている。

『伊勢物語』には「ぬ」に上接する移動・往来を表す動詞として次のようなものが見られる。

42 **夜のほのぼのと明くるに、泣く泣くかへりにけり。**（4段）
〔夜がほのぼのと明けるころに、涙ながらに帰って行った。〕

43 **正月（むつき）の十日ばかりのほどに、ほかにかくれにけり。**（4段）
〔正月十日あたりの頃に、（その女性は）よそに身を隠してしまった。〕

44 **女をば草むらのなかに置きて、逃げにけり。**（12段）
〔女を草むらの中に置いて、逃げて行った。〕

45 **男、陸奥（みち）の国にすずろにゆきいたりにけり。**（14段）
〔男が、奥州へあてどもなく行き着いた。〕

46 **夜ぶかくいでにければ、**（14段）
〔（男が、女の家を）夜深いうちに出てしまったので、〕

47 **あひ思はで　離（か）れぬる人を　とどめかね　わが身は今ぞ　消えはてぬめる**（24段）
〔私の思いが通わないで離れて行ってしまう人を引き止めることができず、私の身はいま死んでしまうようだ。〕

48 **明くれば尾張の国へこえにけり。**（69段）
〔夜が明けると尾張の国へ越えて行ってしまった。〕

49 **かへりて宮に入らせたまひ[ぬ]。**（82段）
〔（惟喬の親王は水無瀬に）お帰りになって離宮にお入りになってしまう。〕

以上のように、「移動・往来の動詞＋『ぬ』」は、話題の場からの主体の退場・消失を表すのが原則であるが、動詞「来」とその複合動詞に「ぬ」が付いた場合は右の原則を保留しなければならない用例が見られる。

50 **狩りくらし　たなばたつめに　宿からむ　天の河原に　われは来[に]けり**（82段）
〔狩りをして日を暮らし、（今晩は）織女に宿を借りよう。天の河原に私はやって来たのだ。〕

51 **浮き海松（みる）の浪に寄せられたるひろひて、家の内にもて来[ぬ]。**（87段）
〔（根が抜けて）海面に浮いている海松で波に打ち寄せられたものを拾って、家の中に持ってきた。〕

52 **ここかしこより、その人のもとへいなむずなりとて、口舌（くぜち）いでき[に]けり。**（96段）
〔あちらこちらから、（女が）その男のもとへ行こうとしているそうだと（噂が立って）、もめごとが生じてしまった。〕

用例50～52の「来＋ぬ」の場合、「われ」も「浮き海松」も「口舌」も「いま・ここ」にあって、退場も消失もしていない。「ぬ」の語源が「往ぬ」だとすると、「来」と「ぬ」とは本来逆方向の意味を含み持ち、両者の併置併存には矛盾があることになる。結果から見ると、実質的動作を表す「来」が文法的はたらきのみを表す「ぬ」との力関係において優位に立った形になっている。

「来＋ぬ」と「来＋たり」の使い分け

「来」は右のような例外を生じさせる動詞であるが、「来」に下接する完了の助動詞として、「ぬ」のほかに「たり」

がある。「来ぬ」と「来たり」にはどのような違いがあるのだろうか。

『伊勢物語』に見える「来たり」の8用例（「来」の複合動詞を含む）をすべて次に列挙する。

53 **年ごろおとづれざりける人の、桜のさかりに見に来たりければ、**（17段）

〔何年も訪ねて来なかった人が、桜の花の盛りに（花を）見に来たので、〕

54 **返りごとは京に来着きてなむもて来たりける。**（20段）

〔返事は（男が）京に帰着した後で持ってきたのだった。〕

55 **「今宵あはむ」とちぎりたりけるに、この男来たりけり。**（24段）

〔「今宵逢おう」と約束していたその晩に、この男が来たのだった。〕

56 **親、聞きつけて、泣く泣くつげたりければ、まどひ来たりけれど、**（45段）

〔親が、聞きつけて、涙ながらに（男に）告げたので、（男は）あわてて来たけれど、〕

57 **女、人をしづめて、子一つばかりに、男のもとに来たりけり。**（69段）

〔女は、人が寝静まるのを待って、子の一刻ごろに、男のところへやってきた。〕

58 **御供なる人、酒もたせて、野よりいで来たり。**（82段）

〔お供の人が、（従者に）酒を持たせて、野から出て来た。〕

59 **女の兄（せうと）、にはかに迎へに来たり。**（96段）

〔女の兄が、にわかに迎えに来た。〕

60 **あるじのはらかなる、あるじしたまふと聞きて来たりければ、**（101段）

〔主人の兄弟である男が、饗宴なさっていると聞いてやって来たので、〕

これらの用例で注目すべきは、表現者の主たる意識が、話題の人物や事柄が「いま・ここ」に登場してから後の事態の進展に向けられている点である。用例53の「見に」や用例59の「迎へに」のように、話題の人物が「いま・ここ」へ移動して来る目的が明示されている場合はもちろんのこと、それ以外でも、例えば用例54・55の後には詠歌や問答が続き、用例56・57・58・60の後には状況の進展が見られる、というように「来たり」の後には話題の新たな展開が用意されているのである。

これに対し、「来ぬ」全14用例(「来」の複合動詞を含む)のうち、過半の8例までが章段の末尾、歌の末尾や句切れ、引用句の末尾のいずれかにおいて用いられている。したがって、話は「来ぬ」を含む文節で終わるか、いったん区切れるかし、表現者の主たる意識は話題の人物や事柄の「いま・ここ」に登場するまでの道のりや様子に向けられているのである。

章段の末尾であるもの

61　**……となむ泣く泣く来にける。**　(83段)

〔……と詠んで涙ながらに帰って来たのだった。〕

62　**みのもかさも取りあへで、しとどにぬれてまどひ来にけり。**　(107段)

〔蓑も笠も取るゆとりもなく、びっしょり濡れてあわてて来たのだった。〕

歌の末尾か句切れであるもの

63　**年だにも　十とて四つは　経にけるを　いくたび君を　頼み来ぬらむ**　(16段)

〔年月でさえも四十年も過ぎ(て今に至っ)たのだから、(その長い間、あなたの妻は)いったい何度あなたを頼みにしてきたのだろう。〕

＊「経にけるを」の「を」は、順接・逆接の両説がある。

64 **塩竈(しほがま)に　いつか来にけむ　朝なぎに　釣する船は　ここによらなむ**　（81段）

〔塩竈に、いったいいつの間に来てしまったのだろう。この（すばらしい）朝なぎ（の景色の中）に釣をする舟はこの浦に寄って来てほしい（そうすれば、いよいよ本物の塩竈の風情が加わるだろうから）。〕

65 **狩りくらし　たなばたつめに　宿からむ　天の河原に　われは来にけり**　（82段）

〔狩りをして日を暮らし、（今晩は）織女に宿を借りよう。天の河原に私はやって来たのだ。〕

66 **蘆の屋の　灘のしほ焼き　いとまなみ　つげの小櫛(をぐし)も　ささず来にけり**　（87段）

〔蘆屋の灘の塩を焼いて暇がないので、黄楊の小櫛もささずに来てしまった。〕

引用句の末尾であるもの

67 **思ひやれば、かぎりなく遠くも来にけるかな、とわびあへるに、**　（9段）

〔（京に）思いをはせると、「途方もなく遠くに来てしまったなあ」と、嘆きあっていると、〕

68 **塩竈に　いつか来にけむ　とよめりける。**　（81段）

〔「塩竈にいつ来てしまったのだろうか」と詠んだのだった。〕

さらに、章句や歌などの末尾に用いられたのではない次の用例69・70・71でも、表現の中心は表現主体や話題の事柄が「いま・ここ」に登場するまでのあり様の側にある。

69 **から衣　きつつなれにし　つましあれば　はるばるきぬる　たびをしぞ思ふ**　（9段）

〔唐衣は着ていると褻れる、そのなれるではないが、馴れ親しんだ妻が（京に）いるので、はるばるやって来た旅をしみじみと思うのだ。〕

70　**いたづらに　ゆきては来ぬる　ものゆゑに　見まくほしさに　いざなはれつつ**　（65段）

〔いつもむなしく行っては帰ってきてしまうけれど、逢いたさに誘われては（また行ってむなしく帰ることになることだ）。〕

71　**ここかしこより、その人のもとへいなむずなりとて、口舌（くぜち）いできにけり。**　（96段）

〔あちらこちらから、「（女が）その男のもとへ行こうとしているそうだ」と（噂が立って）、もめごとが生じてしまった。〕

以上の11用例に共通する用いられ方を踏まえると、残った次の3例の「来ぬ」も、語り手の主たる意識や関心は、話題にしている人物などが「いま・ここ」に来るまでの道のりや事情、あり様などに向けられている、と見て読むべきだろう。

72　**御随身（みずいじん）、舎人して取りにつかはす。いくばくもなくもて来ぬ。**　（78段）

〔御随身や舎人に命じて取りにお遣わしになる。まもなく持って来た。〕

73　**この男、なま宮づかへしければ、それをたよりにて、衛府の佐（すけ）ども集り来にけり。**　（87段）

〔この男は、名ばかりの宮仕えをしていたので、それを縁にして、衛府の次官たちが（男の家に）集まって来た。〕

74　**浮き海松（みる）の浪に寄せられたるひろひて、家の内にもて来ぬ。**　（87段）

〔（根が抜けて）海面に浮いている海松で波に打ち寄せられたものを拾って、家の中に持ってきた。〕

以上のように、『伊勢物語』において、「来ぬ」と「来たり」は表現者の表現しようとする対象（関心の所在）に対応した使い分けがなされていることがわかる。

→P103【移動・往来の動詞＋「たり」】

〔接続〕

活用語の連用形に付く。

●もとはナ変動詞に接続しなかったが、平安時代末期あたりから「死にぬ」という言い方が現れた。

75 **船ふみ沈めて皆死に[ぬ]。** （平家物語・水島合戦）

〔船を踏み沈めて皆死んでしまった。〕

76 **よき敵（かたき）と刺し違へてぞ死に[に]ける。** （平治物語）

〔よい敵と刺し違えて討ち死にしてしまった。〕

●「ぬ」は形容詞・形容動詞にも下接するが、『伊勢物語』にその用例はない。

77 **まめまめしき物は、まさなかり[な]む。** （更級日記）

〔実用的な物は、きっとよくないだろう。〕

78 **さやうにて見たてまつらむはあはれなり[な]んかし。** （源氏物語・柏木）

〔（女三宮の）思うとおり、（女三宮を出家した尼として）お世話申し上げるのが思いやり深いのだろうよ。〕

〔活用〕

基本形	未然形	連用形	終止形	連体形	已然形	命令形	活用の型
ぬ	な	に	ぬ	ぬる	ぬれ	ね	ナ変型

＊［網掛け］は『伊勢物語』に用例あり

●命令形で用いられたものは、本書では「強意」の意として扱う。したがって、「完了」の意の命令形の〔用例〕は空欄とする。

〔用例〕

a　完了〈訳語例〉〜タ。〜テシマッタ。〜テシマウ。

未然形　(1)　**この食物（くひもの）のあらん限りこそ少しづつも食ひて生きたらめ。これ尽き[な]ば、いかにして命はあるべきぞ。**（宇治拾遺物語・四ノ四）

〔この食べ物のある限りは少しずつでも食べて生きておろう。これがなくなってしまったら、どうして生きておられようか。〕

連用形　(2)　**かきくらす　心のやみに　まどひ[に]き　夢うつつとは　今宵さだめよ**（69段）

〔悲しみに真っ暗になった私の心は乱れ乱れて分別もつかなかった。夢だったのか、現実だったのかは、今晩（もう一度来て）決めてください。〕

終止形　(3)　**三河の国八橋といふ所にいたり[ぬ]。**（9段）

〔三河の国八つ橋というところに行き着いた。〕

連体形　(4)　**から衣　きつつなれにし　つましあれば　はるばるき[ぬる]　たびをしぞ思ふ**（9段）

〔唐衣は着ていると褻れる、そのなれるではないが、馴れ親しんだ妻が（京に）いるので、はるばるやって来た旅をしみじみと思うのだ。〕

已然形　(5)　**よろこびて待つに、たびたび過ぎ[ぬれ]ば、**（23段）

〔（女は）喜んで待つけれど、（予告ばかりで）そのたびごとに（男は来ずに）過ぎてしまったので、〕

命令形 ―

b 強意 〈訳語例〉キット〜。〜テシマウ。

未然形 (6) **身も亡びなむ、かくなせそ。** （65段）

〔身も亡びてしまうだろう、このようなことをなさるな。〕

連用形 ―

終止形 (7) **世の中の人の心は、目離（めか）るれば忘れぬべきものにこそあめれ。** （46段）

〔世の中の人の心は、逢わずに離れていると忘れてしまうにちがいないもののようである。〕

連体形 (8) **さのみやはとて、うちいではべりぬるぞ。おのが身は、この国の人にもあらず。月の都の人なり。** （竹取物語）

〔（いつまでも）このようにばかりにはいかないと思って、打ち明けてしまうのです。私の身は、この国の者ではない。月の都の人である。〕

已然形 (9) **山越す風の　ひとり居（を）る　我（あ）が衣手に　朝夕（あさよひ）に　かへらひぬれば** （万葉集・五）

〔山を越えてくる風が　たった一人でいる　私の袖に　朝な夕な　きまって（故郷の方へ）繰り返し吹き返って行くので〕

命令形 (10) **さらに対面すべくもあらず。はや、帰りね。** （平中物語・二四段）

〔まったく会えそうにもない。すぐに、帰りなさい。〕

【り】と【たり】

「り」と「たり」について、高校古典文法書は、上接する動詞の活用の種類に違いがある点には必ず触れているが、意味上の違いについては「つ」「ぬ」の違いのような取り上げ方をしていない。古語辞典も、『角川全訳古語辞典』が〈「り」が動作の継続、「たり」が結果の状態を表す傾向がある〉と述べてはいるものの、基本的には〈本質的に同じ働き〉（『角川全訳古語辞典』）、〈ほぼ同じ〉（『古語林』）と見なしている。

『伊勢物語』において、一連の表現の中で同一の動詞に「り」「たり」両方が接続している例として、次の箇所がある。

1　**その女、世人（よひと）にはまされ［り］けり。その人、かたちよりは心なむまさり［たり］ける。**（2段）

〔その女は、世間の並の人よりすぐれていた。その人は、容貌よりも気立てがすぐれていた。〕

両者に違いはないという目で見れば、同じ動詞「まさる」に下接して、あるものが別のあるものよりもまさるということに関して、両者ともその状態にあることを表していて、相違はないということになる。

しかし、用いられた語が異なる以上、両者に何らかの違いがあるはずだという目で見れば、例えば、世人に対する優越性は「その女」のいわば属性として静的なものであるのに対し、「心」は時とともに育つ動的なものとして「かたち」に対する優越性を獲得した結果、今がある、というような違いを想像してみたくなる。そう想像する根拠は、「たり」の語源が「てあり」で、「て」は完了の助動詞「つ」の連用形、またはそれから生じた接続助詞「て」である、ということだ。「たり」が内包する語の構成要素において完了の助動詞「つ」の性格が強くはたらけば動的表現性に傾き、接続助詞の性格が強くはたらけば静的表現性に傾くのではないか、と考えるのである。

『古今和歌集』(小学館『日本古典文学全集7』が底本とした貞応元年十一月書写の定家本)に、やはり同一の四段活用動詞に「り」「たり」の両方が下接している次の詞書がある。

2 尚侍(ないしのかみ)の、右大将藤原朝臣の四十(よそぢ)の賀しける時に、四季の絵かけ[る]うしろの屏風にかき[たり]ける歌

(古今和歌集・三五七詞書)

〔尚侍が、右大将藤原朝臣の四十の賀をした時に、四季の絵が描いてある背後の屏風に(画賛として)書いた歌〕

一般には、「る」=存続、「たり」=完了と意味を押さえて済ませる用例だろう。だが、「四季の絵かける」がすでに絵が描かれてあるという静的状況の表現、「かきたりける歌」がその場で歌が詠まれて書き加えられたという動的行為の表現と見ると、その対照は用例1で想像した「り」「たり」の違いに合致する。もしそうなら、「四季の絵かきたるうしろの屏風にかけりける歌」のような逆の使い方はないことになるわけだが、そのあたりを検証し得る条件を備えた他の用例は『古今和歌集』には見当たらない。

次に挙げる二つの用例は、いずれも『源氏物語』夕顔の巻の冒頭近くから引いたものである。用例3は病気の乳母を見舞った際、その傍らの家の簾の透き影を見た源氏が、粗末な家の造りには不似合いな様子に好奇心を抱き、そこにどういう人々が集まり仕えて住んでいるのかと疑問に思う場面であり、用例4は源氏が乳母の家で乳母の息子、娘婿、娘などと行き合わせた場面である。

3 いかなる者の集(つど)へ[る]ならむと様(やう)変りて思さる。

(源氏物語・夕顔)

〔どんな女たちが集まっているのだろうと珍しくお感じになる。〕

4　惟光が兄の阿闍梨、婿の三河守、むすめなど渡り集ひたるほどに、かくおはしましたるよろこびをまたなきことにかしこまる。（源氏物語・夕顔）

〔惟光の兄の阿闍梨や、（尼君の）娘婿の三河守、それに娘などが集まってきているところに、（源氏の君が）こうしてお越しくださったことのお礼を、無上の光栄と恐縮して申し上げる。〕

用例3の関心がそこに集まっていることであり、用例4の関心がそこに集まって来ていたことであるのに対応しているかのように、それぞれ「集へる」「渡りつどひたる」と異なる表現がとられ、後者では源氏の来訪をも「おはしましたる」と、やはり「たり」を用いて表現している。これらも先の「り」＝静的、「たり」＝動的に合致するが、まったくの同一場面での使用とは言えない点、例証としては難が残る。

高校古典の定番教材『源氏物語』若紫の巻の次の用例5の一文は、動詞の一つが四段動詞でない点でここまで見てきた条件から逸脱するが、やはり右で想像した「り」「たり」の使い分けに合致している。

5　髪は扇をひろげたるやうにゆらゆらとして、顔はいと赤くすりなして立てり。（源氏物語・若紫）

〔髪は扇を広げたようにゆらゆらとして、顔は手でこすってひどく赤くして立っている。〕

以上のように、「り」と「たり」の使い分けには理由がありそうだとの想像を誘う用例は少なからずある。

○上接する四段活用動詞の偏り

『伊勢物語』を通覧すると、用例1の「まさる」のように「り」「たり」の両語が下接する四段動詞がある一方で、「り」「たり」のいずれかしか下接していない四段動詞が見られる。『伊勢物語』において「り」「たり」に上接している四段動詞を整理すると次のとおりである。

A　「り」のみが下接している四段動詞

余る・誤る・言ふ（20例。「相言ふ」3例を含む）・移ろふ・失ふ・掛かる・書く・籠る（2例）・挿す・好く・立つ（4例）・包む・仕うまつる（2例）・付く・給ふ（6例。本動詞1例を含む）・為す・乗る・這ふ・臥す（4例）・降る・参る・結ぶ・渡す・折る（「手折る」の形）

B　「たり」のみが下接している四段動詞

行く（3例）・出だす（6例。「言ひ出だす」1例を含む）・入る（「死に入る」の形）・置く（3例。「書き置く」1例を含む）・咲く・艶めく・窶（やつ）す

C　「り」と「たり」の両方が下接している四段動詞

あふ　「り」2例　⟷「たり」1例（「逢へり」「わびあへる」／「会ひたり」）
思ふ　「り」4例　⟷「たり」1例
知る　「り」1例　⟷「たり」3例（「知れる」／「相知りたり」2例「思ひ知りたり」）
奉る　「り」2例　⟷「たり」1例
契る　「り」1例　⟷「たり」1例
成る　「り」1例　⟷「たり」1例
優る　「り」3例　⟷「たり」2例
遣る　「り」5例　⟷「たり」3例（「遣れり」4例「言ひ遣れり」／「遣りたり」「言い遣りたり」2例）
詠む　「り」34例　⟷「たり」1例

以上のような偏りが有意の現象であるか否かについても未詳と言わざるを得ず、今後の研究課題の一つである。

【り】

〔語誌〕

「り」は、四段活用動詞、例えば「咲く」の連用形「咲き」にラ行変格活用動詞「あり」が付いた「咲きあり」が母音の連続を避ける傾向によって音韻変化して「咲けり」という形となり、そのうちの一部分「咲け」を「咲く」の活用形と見なし、分離独立させた「り」を助動詞と見なしたものである。

咲き＋あり　↓　咲けり　↓　咲け＋り
言ひ＋あり　↓　言へり　↓　言へ＋り

したがって、「り」に上接する語は、本来、已然形でも命令形でもない。また、サ行変格活用動詞「す」の連用形に「あり」が付いた「せり」からも「り」が分出され、「せ」はサ変動詞の未然形と見なされている。

し　＋あり　↓　せり　↓　せ　＋り

↓P98【「り」の〔接続〕】

なお、「持ち＋あり↓持たり」と変化した例もあるが、「持たり」はふつう一語のラ変動詞と見なされる。

1　**扇もたるべかりけるを、さわがしうてなむ忘れにける。**（大和物語・九一段）

〔扇を持っていなければならなかったが、あわただしくて忘れてしまった。〕

「り」は「たり」に先行して成立したと考えられ、記紀歌謡に「り」の用例はあるが、「たり」の用例はないと言われる。平安時代に入って「たり」が優勢となり、鎌倉時代には「り」は文章語化した。

↓P101【「たり」の〔語誌〕】

〔意味〕

「り」は「完了」「存続」の二つの意を表すが、語の構成要素に「あり」を含み、基本の意は「存続」である。「完了」も厳密な意味での動作・作用の完了の確認を表すことは少なく、状態化された意味を表現する。

○「り」の「存続」の二種類

「り」の「存続」の用法を、イ「状態の存続」とロ「結果の継続」の二つに分類する場合があり、それによるならば、『伊勢物語』の用例では次のような説明となる。

イ　状態の存続…用例2は「思ふ」という心の状態の持続、用例3は「まさる」という見た目や性格の状態の持続を表している。

2　**女もはた、いとあはじとも思へ[ら]ず。**（69段）
〔女もまた、それほど固く逢うまいとも思っていない。〕

3　**その女、世人（よひと）にはまされ[り]けり。**（2段）
〔その女は、世間の並の人よりすぐれていた。〕

ロ　結果の継続…用例4・5・6は、それぞれ「降る」「渡す」「立つ」という動作や作用が完了し、その結果が継続していることを表している。

4　**富士の山を見れば、五月（さつき）のつごもりに、雪いと白うふれ[り]。**（9段）
〔富士の山を見ると、五月の末であるのに、雪がたいそう白く降り積もっている。〕

5　**橋を八つわたせ[る]によりてなむ、八橋といひける。**（9段）
〔橋を八つ渡してあることによって、八つ橋と言ったのだ。〕

6
あだなりと 名にこそ立て【**れ**】**桜花 年にまれなる 人も待ちけり**　（17段）

〔（散りやすく）真心がないと評判になっているけれど、この桜花は一年のうちに稀にしか来ないあなたを（こうして散らずにずっと）待ってきた。〕

〔接続〕

四段動詞の已然形、サ変動詞の未然形に付く。

●「四段動詞の命令形、サ変動詞の未然形に付く」「四段動詞・サ変動詞の命令形に付く」とする場合もある。

●〔語誌〕に記したとおり、「り」は四段動詞の連用形＋ラ変動詞「あり」の縮約形「～エ段音＋り」の、「～エ段音」を動詞の活用形、残った「り」を助動詞と見なしたものである。したがって、「り」に上接する語は、本来、已然形でも命令形でもない。

上代ではエ段音に二種類の音があったカ・ガ・ハ・バ・マ行に活用する四段動詞の、「り」の直前のエ段音が上代仮名遣いの甲類で記された。一方、四段活用の已然形＝乙類、命令形＝甲類であったので、「り」は命令形に接続するとすべきとの考え方もある。しかし、そのエ段音はあくまで「連用形語尾＋あ（り）」の変化したもので、本来、已然形でも命令形でもなく、また、中古には甲類・乙類の音の区別もないことを踏まえ、本書では、意味の上から考えてより自然で、かつ高校古典文法書の主流となっている已然形接続に従う。

また、サ変動詞「す」の連用形に「あり」が付いた「せり」からも「り」が分出され、「せ」はサ変動詞の未然形と見なされる。

〔活用〕

基本形	未然形	連用形	終止形	連体形	已然形	命令形	活用の型
り	ら	り	り	る	れ	れ	ラ変型

＊■は『伊勢物語』に用例あり

〔用例〕

a　存続　〈訳語例〉～テイル。～テアル。

未然形　(1)　**白絹に岩をつつめらむやうになむありける。**　(87段)

〔白絹に岩を包んであるかのようであった。〕

連用形　(2)　**月のかたぶくまでふせりて、去年（こぞ）を思ひいでてよめる。**　(4段)

〔月が（西の方に）傾くまで臥せっていて、去年のことを思い出して詠んだ（歌）。〕

終止形　(3)　**月のおぼろなるに、小さき童（わらは）をさきに立てて人立てり。**　(69段)

〔月の光がおぼろである中に、小さな（召使の）童女を先に立てて人が立っている。〕

連体形　(4)　**道しれる人もなくて、まどひいきけり。**　(9段)

〔道を知っている人もいないで、迷いながら行った。〕

已然形　(5)　**大幣（おほぬさ）と　名にこそ立てれ　流れても　つひによる瀬は　ありといふものを**　(47段)

〔（私は、引く手あまたの）大幣だと噂になっているけれど、（大幣は）流れて行ってもおしまいには流れ寄る瀬があるというのになあ。（私はあなたを最後に寄って頼る女性と慕っている。）〕

命令形　(6)　これは、確かならむものに入れて置きたまへ**れ**。　（うつほ物語・蔵開 下）
〔これは、しっかりしたものに入れて(しまって)おいてください。〕

b　完了〈訳語例〉～タ。～テシマッタ。

未然形　(7)　**つゆも、物、空に駆け**[ら]**ば、ふと射殺したまへ。**　（竹取物語）
〔ちょっとでも、何物かが、空を走ったならば、さっと射殺してください。〕

連用形　(8)　**紀の国の千里(ちさと)の浜にありける、いとおもしろき石奉れ**[り]**き。**　（78段）
〔紀伊の国の千里の浜にあったという、とても趣のある石を(人が)献上してきた。〕

終止形　(9)　**秋の夜の　千夜(ちよ)を一夜(ひとよ)に　なせ**[り]**とも　ことば残りて　とりや鳴きなむ**　（22段）
〔秋の(長い)夜を一夜にしたとしても、(思いを語る)言葉が尽きないで(夜明けを告げる)鶏が鳴いてしまうだろう。〕

連体形　(10)　**むかし、ことなることなくて尼になれ**[る]**人ありけり。**　（104段）
〔昔、格別の事情がなくて尼になった人がいた。〕

已然形　(11)　**いふに従ひて、幣(ぬさ)奉(たいまつ)る。かく奉れ**[れ]**ども、もはら風止まで、**　（土佐日記・二月五日）
〔(楫取りが)言うとおり、御幣(ごへい)を奉る。このように奉ったが、一向に風がやまず、〕

命令形　(12)　**いで、ただ己にあづけたまへ**[れ]**。**　（栄花物語・みはてぬゆめ）
〔さあ、何もかも私にお任せなさってしまいなされ。〕

【たり】

〔語誌〕

「たり」は、完了の助動詞「つ」から成立した接続助詞「て」に、ラ行変格活用動詞「あり」が付いた「てあり」から、母音の連続を避ける傾向により「エ」音が脱落して成立した。

「たり」は「り」と異なり、どんな動詞の下にも付くことができるため、中古の和文で広く用いられるようになった。報告されている数字に『伊勢物語』の数字を並べてみると、それがよくわかる。

	り	たり
万葉集	574例	173例
伊勢物語	109例	94例
源氏物語	3420例	4348例
更級日記	32例	244例

このように「たり」の用例の比率が増加していく中、「り」は全活用形で「給ふ」の下に付く用例や、特に終止形で「あへり」の形をとる用例などに偏っていったと言われる。次の表は「り」の使用例中での「給へり」の占める割合について、報告されている数字に『伊勢物語』の数字を並べたものである。

	給へり
伊勢物語	6%
源氏物語	75%
狭衣物語	94%

〔意味〕

「り」と同様に、「たり」にも「完了」と「存続」の二つの意味がある。「たり」も語の構成要素として「あり」を含んでおり、「存続」の意が基本である。

○「たり」の「存続」の二種類

「たり」の「存続」の用法も「り」と同様に、イ「状態の存続」とロ「結果の存続」の二つに分類することもできる。

イ　状態の存続…用例1は「思ふ」という心の状態の持続、用例2は「なまめく」という見た目や性格の状態の持続を表している。

1　**男は、あるものかとも思ひ[たら]ず。**（19段）
〔男は、（女が）そこにいるのかとも考えていない。〕

2　**その里に、いとなまめい[たる]女はらからすみけり。**（1段）
〔その里に、たいそう優美な姉妹が住んでいた。〕

ロ　結果の存続…用例3・4は、それぞれ「着る」「咲く」という動作や作用が完了し、その結果が継続していることを表している。

3　**着[たり]ける狩衣の裾をきりて、歌を書きてやる。**（1段）
〔着ていた狩衣の裾を切って、歌を書いて贈る。〕

4　**その沢にかきつばたいとおもしろく咲き[たり]。**（9段）
〔その沢に燕子花がたいそう美しく咲いていた。〕

○移動・往来の動詞＋「たり」

「たり」と「ぬ」はともに「完了の助動詞」と呼ばれるが、「てあり」からできた「たり」の表現の中心は物事が継続して存在することにある。そのため、表現された物事や事態が、表現者の眼前、あるいは話題の中心的な場にあって展開しているという傾向がある。これに対し、「往ぬ」からできたとされる「ぬ」によって表現される物事や事態は、表現者の眼前や話の中心的な場から消失しているという傾向がある。

このことを『伊勢物語』中の、移動を表す動詞「出づ」に「たり」「ぬ」が付いた用例を挙げて確認する。

「出でたり」

5 **その宮の隣なりける男、御はぶり見むとて、女車にあひ乗りて出で[たり]けり。いと久しう率ていでたてまつらず。**（39段）

〔その御殿の隣に住んでいた男が、ご葬送を見ようとして、女車に（女と）同乗して出かけた。ずいぶん長く（お待ちしたが）お柩をお出し申し上げない。〕

6 **（女ハ）ものやゆかしかりけむ、賀茂の祭見にいで[たり]けるを、男、歌よみてやる。**（104段）

〔（女は）祭りを見たいと思ったのだろうか、賀茂の祭りを見に出かけていたのを、男が（見つけて）、歌を詠んで贈る。〕

「出でぬ」

7 **（男ガ、女の家ヲ）夜ぶかくいで[に]ければ、**（14段）

〔（男が、女の家を）夜深いうちに出てしまったので、〕

8 **思ひあまり　いでにし魂(たま)の　あるならむ　夜ぶかく見えば　魂結びせよ**（110段）

〔（あなたのことを）思うあまりに（私の身から）抜け出して行った魂があるのだろう。夜が更けてから（また夢に）見えたなら、魂結びのまじないをしてください。〕

「たり」が用いられた用例5・6では、「出づ」の主体が出て行った先においてそれぞれ何らかの行為をしたり、受けたりしていることが表現されている。これに対し、「ぬ」の用いられた用例7では、「出づ」の主体である「男」は話題の中心的な場である「女」のもとから消えて不在となり、また、用例8では、「魂」は表現者である男のもとから離れ去っているのである。

↓P82【移動・往来の動詞＋「ぬ」】・P84【「来＋ぬ」と「来＋たり」の使い分け】

○意味判別の分かれる「たり」

『伊勢物語』の次の二つの用例については、「存続（結果の存続）」か「完了」か、諸家の判断が分かれている。

9 **ことなることなくて尼になれる人ありけり。〈かたちをやつしたれど〉、ものやゆかしかりけむ、賀茂の祭見にいでたりけるを、**（104段）

〔格別の事情がなくて尼になった人がいた。〈　　〉、祭りを見たいと思ったのだろうか、賀茂の祭りを見に出かけていたのを、〕

「存続」の意ととるもの

森野宗明『講談社文庫』＝今までのはなやかな姿からじみな姿に身を変えてはいるけれど

片桐洋一『全読解』＝姿を尼姿にして派手さを捨てているが

他に、阿部俊子『学術文庫』、石田穣二『角川文庫』など。

「完了」の意とるもの
池田龜鑑『精講』＝姿形は地味な尼姿に作ったが
福井貞助『新編全集』＝映えない尼そぎの姿になったが
他に、秋山虔・堀内秀晃『伊勢物語』、森本茂『全釈』など。

10 そこばくのささげ物を木の枝につけて、堂の前に〈立て[たれ]ば〉、山もさらに堂の前に動きいでたるやうになむ見えける。（77段）

〔たくさんのお供え物を木の枝につけて、堂の前に〈　　〉、山も新たに堂の前に動いて出てきたように見えた。〕

「存続」の意とるもの＝「立ててあるので」などと訳している。

森野宗明『講談社文庫』、石田穣二『角川文庫』、片桐洋一『全読解』など。

「完了」の意とるもの＝いずれも「立てたので」と訳している。

池田龜鑑『精講』、秋山虔・堀内秀晃『伊勢物語』、福井貞助『新編全集』、阿部俊子『学術文庫』、森本茂『全釈』など。

〔接続〕
活用語の連用形に付く。
●ラ変動詞には原則として接続しない。

〔活用〕

基本形	未然形	連用形	終止形	連体形	已然形	命令形	活用の型
たり	**たら**	**たり**	**たり**	**たる**	**たれ**	たれ	ラ変型

＊■は『伊勢物語』に用例あり

●『伊勢物語』に已然形「たれ」が2例あるが、いずれも諸家により意味判別が分かれているので、左の〔用例〕には載せない。
↓P104【意味判別の分かれる「たり」】

●連体形「たる」は、鎌倉時代から「る」を脱落させるようになって「た」となり、現代語の助動詞「た」の終止形・連体形となった。

●命令形について、『日本国語大辞典』は〈命令形「たれ」は古くは用いられたが、中世以降は衰え、それに代わってもとの形「てあれ」が復活した〉と説明している。ただし、『宇治拾遺物語』には、「たれ」「てあれ」が各1例ずつ見える。

11　**まかり出でんに、何もあれ、手にあたらん物を取りて、捨てずして持ち[たれ]。**（宇治拾遺物語・七ノ五）
〔退出する際に、何にもせよ、手に触れる物を取って、捨てずに持っていよ。〕

12　**法師になりて、夜昼離れず付きてあれ。**（宇治拾遺物語・五ノ九）
〔法師になって夜昼離れず（私に）付いて（一緒に）いよ。〕

『伊勢物語』には、いずれの用例もない。

〔用例〕

a　存続　〈訳語例〉～テイル。～テアル。

未然形　(1)　**男は、あるものかとも思ひたらず。**　(19段)
〔男は、(女が)そこにいるのかとも考えていない。〕

連用形　(2)　**歌さへぞひなびたりける。**　(14段)
〔歌までが田舎びていた。〕

終止形　(3)　**その沢にかきつばたいとおもしろく咲きたり。**　(9段)
〔その沢に燕子花がたいそう美しく咲いていた。〕

連体形　(4)　**わがみかど六十余国(よこく)のなかに、塩竈(しほがま)といふ所に似たる所なかりけり。**　(81段)
〔帝の治めるわが六十余国のうちに、塩竈という所に似ている所はなかった。〕

已然形　(5)　**我に人こそ付きたれと思ひたる気色もなし。**　(宇治拾遺物語・一二ノ一〇)
〔自分に誰か人が後をつけてきていると思っている様子もない。〕

命令形　(6)　**帯刀(たちはき)に、「近くゐたれ。ただ今来む」と出でたまひぬ。**　(落窪物語)
〔帯刀に、「(お前は姫君の)近くにいなさい。すぐ帰って来よう」と言って出てお行きになった。〕

b　完了　〈訳語例〉～タ。～テシマッタ。

未然形　(7)　**もし人違(たが)へしたらんは、いとほしく不便なるべき事。**　(宇治拾遺物語・一二ノ一一)
〔もし人違いをしたら、かわいそうで気の毒なことになるだろう。〕

連用形　(8)　**この男来たりけり。**（24段）
〔この男が来たのだった。〕

終止形　(9)　**朝（あした）より曇りて、昼晴れたり。**（67段）
〔朝から曇って、昼晴れた。〕

連体形　(10)　**わらはべの踏みあけたるついひぢの崩れより通ひけり。**（5段）
〔童子が踏みあけた築地の崩れから通ったのだった。〕

已然形　(11)　**右大将の君こそおはしたれ。**（うつほ物語・蔵開　中）
〔右大将の君がいらっしゃいました。〕

命令形　(12)　**こなたにな住ませそ。とく置きたれ。**（落窪物語）
〔こちら（＝寝殿）に住まわせるな。早く（雑舎に）移せ。〕

3　推量の助動詞

日本語の文は一般に「事柄的内容の叙述＋表現者の判断」の形をとると言われる。すなわち、まず事柄的内容の叙述として、用言のほか、名詞、助動詞「る」「らる」「す」「さす」「しむ」などによって表現がまとめられ、それに続けて表現者の判断が文の終わりに示されるのである。表現者の判断について、大野晋『日本語の文法を考える』は次の四つの類型に収まるとした。

Ⅰ「～デアル」「～スル」という肯定

Ⅱ「～デナイ」「～シナイ」という否定

Ⅲ「～ウ」「～ダロウ」という意志・推量

Ⅳ「～ダッタ」「～シタ」という確認・回想

Ⅲを表現する古語の助動詞に「む・むず・らむ・けむ・べし・べらなり・らし・けらし・めり・なり・まし」および「じ・まじ」などがある。

これらの助動詞を、高校古典文法書の多くは次のように分類しており、本書もそれにしたがう。

推量の助動詞…む・むず・らむ・けむ・べし・べらなり

推定の助動詞…らし・けらし・めり・なり

反実仮想の助動詞…まし

打消推量の助動詞…じ・まじ

【む】

〔語誌〕

「む」の語源は不詳だが、推量を表す助動詞の基礎となる語と考えられる。上代からすでに見られる「らむ」「けむ」「まし」も「む」から派生したものだろうと考えられている。

上代では[mu]と発音されたが、[m]→[n]と発音するようになり、「ん」とも表記されたと考えられる。中世にはさらに転じて「う」の形が成立し、室町時代には「う」が一般化したといわれる。

〔意味〕

○未実現・未確認の事柄を表す「む」

「む」の基本的用法は、まだ実現していない事柄や確認できない事柄を話し手が不確かな判断として「推量」することである。

主語が話し手（一人称）であれば、自らの将来的な行為を推量するわけだが、その実現への決意や期待がこもれば「意志・希望」の意を表すことになり、実際、その用例が多い。また、主語が聞き手（二人称）であれば、相手の行為を予想する形で相手にそうするのがよいと勧める「適当・勧誘」の意を表すことになる。このため、ふつう「む」の意味と主格の人称との間に相関性が認められると説かれるが、基本的用法はあくまで「推量」であり、文脈に応じた自然な意味合いをとらえなければならない。

さらに、未来に属することや不確かな事柄を表現する際、古文においては「む」がほとんど義務的に用いられる。

次の用例1の「在らむかぎり」などは、現代語ならば「(生きて)いる間」などと表現され、「む」に相当する語はふつう用いられない。高校古典文法書では、「む」の存在を意識するようにあえて「(生きて)いるような間」などと訳し、婉曲として分類することが多い。

1　**翁の在ら[む]かぎりはかうてもいますかりなむかし。**（竹取物語）
〔この翁の(生きて)いる(ような)間はこのように(独身で)もいらっしゃれましょうよ。〕

ただし、「む」を用いていない用例もある。

2　**わが罪のほど恐ろしう、あぢきなきことに心をしめて、生けるかぎりこれを思ひなやむべきなめり、**（源氏物語・若紫）
〔(源氏は)自分の罪業の深さが恐ろしく、どうにもならないこと(＝藤壺への絶望的な恋)に心を奪われて、生きている限りこのことを悩み苦しまねばならないようだ、〕

なお、未実現の事柄を表す「む」は時との関係から見ると未来の事柄に関する推量を表す場合も多く、その点で現在推量の「らむ」、過去推量の「けむ」と対照される。

○一人称主語で「推量」を表す場合

「推量」の意を表す場合、主格の人称は三人称であることが多いが、『伊勢物語』の次の用例のように、主格が一人称で「む」が「推量」の意を表す場合もある。

3　**さむしろに　衣かたしき　今宵もや　恋しき人に　あはでのみ寝[む]**（63段）
〔敷物の上に衣の袖を片敷いて今宵もまた恋しい人に逢わないで(独りで)寝るのだろうか。〕

そもそも「む」の用法は、まだ実現していない事柄について、(1)不確かながらそうなるであろうとその実現を客観的に想像するもの、⑵主観的にそうなってほしいとその実現を願うもの、という二つに大別することもでき、それにしたがえば「意志」は⑵に、「推量」は⑴に属することになる。そして将来における自らのありさまを考える際にも、⑴と⑵の両方の場合があって不思議はない。

用例3の場合、恋しい人に逢えずに寂しく一人寝をするであろう作者自身の将来の姿を客観的に推量しており、あたかも三人称の他者を見るかのようにつき放してとらえている、と言うこともできるだろう。このように、時間的距離をおいた将来における自らのありさまを想像したり、心理的距離をおいて自らを客観的にとらえたりする用例として『伊勢物語』には次のようなものがあるが、こうした用法は他作品にも当然しばしば見られる。

4 **忘れては　夢かとぞ思ふ　おもひきや　雪ふみわけて　君を見［む］とは**（83段）

〔（この現実を）忘れては夢なのかと思う。（かつて）思ったことがあろうか、（このように）雪を踏み分けて（このような所で）わが君にお目にかかるだろうとは。〕

5 **わが方（かた）に　よると鳴くなる　みよしのの　たのむの雁を　いつか忘れ［む］**（10段）

〔私の方に慕い寄ると言って鳴くという三芳野の田の面の雁を（私が）いつ忘れることがあるだろうか。〕

6 **見ずもあらず　見もせぬ人の　恋しくは　あやなく今日や　ながめ暮さ［む］**（99段）

〔（お顔を）見ないでもなく、見たとも言えないあなたが恋しくて、今日はただむやみに物思いにふけって暮らすのだろうか。〕

○「推量」「意志」を表す「むとす」

「むとす」（＝終止形「む」＋格助詞「と」＋サ行変格活用動詞「す」）の形は「推量」または「意志」の意を表す。

7　**夜やうやう明けな[む]とするほどに、**〈推量〉（69段）

〔夜がしだいに明けようとするころに、〕

8　**この女をほかへ追ひやら[む]とす。**〈意志〉（40段）

〔この女をほかへ追い出そうとする。〕

『伊勢物語』では、「むとす」の形が全部で9例あるが、そのうち「意志」の意を表すものが、「わが入ら[む]とする道」「乗りて渡ら[む]とするに」（9段）、「火をつけ[む]とす」（12段）など、7例を占める。

○反語を表す「めや」

文末を已然形「め」＋助詞「や」「やも」「やは」「かも」などの形で結んで、反語を表す。上代に多く見られる形だが、『伊勢物語』にも次の用例9と〔用例〕(3)（P124）の2例がある。

9　**千々（ちぢ）の秋　ひとつの春に　むかは[め]や　紅葉も花も　ともにこそ散れ**（94段）

〔多くの秋を合わせても一つの春に及ぶだろうか（いや、及ばない）。（そうではあるが、秋の）紅葉も（春の）花もともに散るのだ。（どれがすぐれていると言っても、しょせんみなはかなく去っていくのだ。）〕

10　**橘の　下吹く風の　かぐはしき　筑波の山を　恋ひずあら[め]かも**（万葉集・四三七一）

〔橘の木陰を吹く風がかぐわしい。筑波の山を恋しく思わずにいられようか。〕

○「む」の打消が「じ」

次の用例11は、「じ」が「む」の打消表現であることを示す好例である。

11　**あまの刈る　藻にすむ虫の　われからと　音をこそ泣か[め]　世をば恨みじ**（65段）

〔海人が刈る藻に住む虫である「われから」ではないが、自分のせいでと思って泣こう。あの人との仲を恨むまい。〕

ただし、「じ」は多く文末において終止形で用いられたために、「仮定・婉曲」に対応する用法はきわめて稀である。

↓P235「じ」の【「む」の「適当・勧誘」「婉曲」に対応する用法】

また、連体形「じ」は平安時代には係り結びの「結び」になることもきわめて稀で、その役割は「ざらむ」(打消「ず」の未然形＋「む」)が受け持った。

↓P239【「打消推量」の係り結び】

12 **野とならば　うづらとなりて　鳴きをらむ　かりにだにやは　君は来ざら**[**む**]　(123段)

〔(ここが)野原となったら(私は)鶉となってないていよう。(そのなき声を頼りに)狩りにだけでもあなたが来ないことがあろうか、いや、きっとかりそめにでも来てくれるだろう。〕

○「適当・勧誘」は多く「こそ〜め」「てむ」「なむ」の形

「適当・勧誘」の意を表す場合、「む」が単独で用いられることもあるが、「こそ〜め」あるいは「てむ」「なむ」の形をとる場合が多いようである。次の用例は「こそ〜め」＋「てむ」の形をとっている。

13 **時モ移ル程ニ、実因僧都源信内供(ないぐ)ニ云(いは)ク、「今ハ疾(とく)コソ始メ給ヒテ**[**メ**]**。何ゾ遅ク成ルゾ」ト。**
(今昔物語集・一四ノ三九)

〔しばらく時が過ぎた頃に、実因僧都が源信内供に向かい、「もう早くお始めください。どうしてこんなに遅くなるのか」と言う。〕

『伊勢物語』の用例で、「む」が「適当・勧誘」の意を表すと解する解釈のある用例として、3段の歌「思ひあらばむぐらの宿に　寝もしな[む]……」(P118の用例18で詳述)があるが、諸家一致してそれと認める確かな用例は見当たらない。

〔接続〕

活用語の未然形に付く。

▼形容詞への特殊な接続

上代では、推量の助動詞「む」が形容詞に下接する場合、形容詞の古い未然形「―(し)け」に付いて「全けむ」「無けむ」「悲しけむ」「惜しけむ」などの形をとった場合があるので、過去推量の助動詞「けむ」と混同しないように注意が必要である。

中古では、この形は和歌と漢文訓読においてのみ見られると言われ、『伊勢物語』には次の用例がある。

14　**わが世をば　今日か明日かと　待つかひの　涙の滝と　いづれ高けむ**　（87段）

〔私が時勢に合って栄える時は今日か明日かと待っているが、その甲斐もなく流れ落ちる（無念の）涙の滝と（この布引の滝と）どちらが高いだろう。〕

〔活用〕

基本形	未然形	連用形	終止形	連体形	已然形	命令形	活用の型
む	（ま）	○	む	む	め	○	四段型

＊■は『伊勢物語』に用例あり

▼『伊勢物語』における各活用形の出現度数

未然形「ま」に当たる3例を除く、全108例の各活用形の数は次のとおり。

終止形＝68例　・　連体形＝34例　・　已然形＝6例

各活用形における用法や意味には、以下のような一定の傾向が認められる。

▼未然形「（ま）」

○未然形「ま」はク語法の一つの理解形

「ま」は上代において、体言化する接尾語「く」の付いた「まく」（～ヨウナコト）の形でのみ用いられた古い形の未然形とされる。

ただし、このいわゆるク語法は連体形に「コト」の意を表す接尾語「あく」が付いた「むあく」が、母音の重なりを忌避する発音上の傾向から「まく」となったとする説も有力で、その場合、未然形「ま」は認められない。活用表には（　）を付けた。

『伊勢物語』では、「見まくほし」の形、または「見まくほしさ」（＝全体で一語の名詞扱い）の構成要素としてのみ現れる。

15 **老いぬれば　さらぬ別れの　ありといへば　いよいよ見まく　ほしき君かな**（84段）

〔年をとってしまうと避けられぬ死別があるというので、ますます会いたく思われるあなたであるよ。〕

16 **いたづらに　ゆきては来ぬる　ものゆゑに　見まくほしさに　いざなはれつつ**（65段）

〔いつもむなしく行っては帰ってきてしまうけれど、逢いたさに誘われては（また行ってむなしく帰ることになることだ）。〕

17 **ちはやぶる　神の斎垣（いがき）も　こえぬべし　大宮人の　見まくほしさに**（71段）

〔神を祭る神聖な垣根を越えてしまいそうだ。宮中にお仕えするあなたにお逢いしたさに。〕

▼終止形「む」

○終止形は「意志」が多い

『伊勢物語』中の終止形「む」の表す意味は次のとおり。

意志＝54例　・　**推量**＝12例　・　**諸説**＝2例

また、終止形「む」の出現する場面と度数は次のとおり。

① 平叙文の文末（和歌の末尾・句切れを含む）＝19例

② 引用文（心中語を含む）の文末＝38例

③ 「むとす」の形＝10例

④ 「むや・むやは」の形（「や」「やは」は疑問・反語）＝2例

①「平叙文の文末」、②「引用文の文末」、および引用文の変形と見なし得る③「むとす」の形では、一人称の思いを述べたものが多く、そのため終止形の用例の四分の三以上が「意志」の意を表している。

○意味判別の分かれる終止形「む」

終止形の意味で「諸説」に分類したのは、用例18・19の2例である。

18　**思ひあらば　むぐらの宿に　寝もしな**[**む**]　**ひじきものには　袖をしつつも**（3段）

用例18は、思いをかけた女への男の歌で、「ひじき藻といふもの」に添えて女に贈ったものである。「寝もしなむ」の行為の主体を誰ととるかが問題で、それによって「む」の意味の判別に違いが出てくる。

「意志」の意ととるもの

秋山虔・堀内秀晃『伊勢物語』＝あなたに私を思ってくださる気持ちがあるならば、たとえむぐらのおい茂ったようなあばら家にでも寝よというなら寝もいたしましょう。わたしの袖を敷き物として独り寝をするようなわびしいことをくりかえしても。（同書語釈…「『寝もしなむ』は、独り寝もいたしましょう、の意。）

福井貞助『新編全集』＝私を思ってくださる愛情がおありなら、荒れた家でも満足です。あなたと二人、袖を重ね引き敷いて、心あたたかにそこで共寝をいたしましょう。

他に、阿部俊子『学術文庫』、由良琢郎『講説』など。

「推量」の意ととるもの

竹岡正夫『全評釈』＝（人は）愛情があるなら、葎の宿のような賤しい所に共寝だってできましょう。敷物（ヒシキモノ）には（錦といいたいところですが）せめてお互いの袖を、それぞれしながらも——

他に、石田穣二『角川文庫』、森野宗明『講談社文庫』、秋山虔『新大系』、片桐洋一『全読解』など。

「適当・勧誘」の意ととるもの

大津有一・築島裕『旧大系』＝あなたに私を思って下さる心がおありならば、雑草の茂ったあばらやにでも共寝をしてほしいものです。夜具の代りに袖を敷物としながらでも。

他に、渡辺実『集成』など。

「適当・勧誘」の意であるならば、『伊勢物語』における「適当・勧誘」の意を表す「む」の唯一例となるのだが、秋山虔・堀内秀晃『伊勢物語』が〈共寝をしてほしいと解する説もあるが、恋の相手に、気持ちのわからないうちから苦労を強要するのはおだやかではない〉と述べているように、『伊勢物語』の物語展開に即して考えると、「適当・勧誘」の意とするのは無理だろう。

折口信夫『ノート篇』は、本来この歌は女の歌ではないかと指摘する。それを踏まえ、森本茂『全釈』は〈本来は女の立場からよまれた歌であろう。すると、「あなたが私を愛してくださるのなら、私の家はあばら家ですが、あなたを迎えて共寝しましょう。どうせ貧しい家ですから、敷物とて満足にありませんが、そのかわりに私の袖を敷きながらでも」という意味になり、はげしい恋に燃える女の愛情あふれる歌として、自然に理解できるものである〉と解説していて、うなずける。その場合、もともと「む」は「意志」の意を表していたが、この歌が『伊勢物語』に男の歌として取り込まれた結果、「推量」と解し得るはたらきを「む」が担うことになった、と考えられる。

次の用例19は、「私のことはもう忘れてしまったようですね」と手紙で恨みごとを言ってきた女のところへ、男が返した応答の歌である。

19　谷せばみ　峰まではへる　玉かづら　絶え[む]と人に　わが思はなくに　（36段）

「推量」の意ととるもの

大津有一・築島裕『旧大系』＝谷が狭いので（広ければ横にのびるはずだが）、山頂まで延びている玉かづら、その蔓のようにあなたとの仲が絶えようなどとは私は思ってもいないものを。（同書頭注…「絶ゆ」は或いは他動詞で「絶つ」の意かもしれない。）

他に、秋山虔・堀内秀晃『伊勢物語』、森本茂『全釈』、秋山虔『新大系』など。

「意志」の意ととるもの

森野宗明『講談社文庫』＝谷がせまくて、そのままでまっすぐ、峰までずっとのびている玉蔓のように、いつまでもおつきあいを続けたく、切れようなどとは、あなたに対して私は思ったこともありませんのに。（森野による補足説明…「たえむ」は、切れよう、通わなくてしまおう、の意。他動詞「絶つ」と異なる、やわらかいニュアンスをくみとりたい。「人に」を「人を」とするテキストもある。〈……を思ふ〉の方がわかりやすいが、「人に」でもさしつかえない）

他に、福井貞助『新編全集』、渡辺実『集成』、阿部俊子『学術文庫』、竹岡正夫『全評釈』、片桐洋一『全読解』など。

▼連体形「む」

○係り結びの連体形は「推量」、連体用法は「仮定・婉曲」

『伊勢物語』において連体形「む」の出現する場面・意味・度数は次のとおり。

係助詞の結び……推量　＝21例　（＊疑問の副詞「いかに」の結び1例を含む。）

連体用法…………仮定・婉曲＝10例　諸説＝1例

準体用法…………仮定・婉曲＝1例　諸説＝1例

係助詞の結びとなった連体形「む」はすべて「推量」の意で、「意志」の意を表す用例のない点が注目される。

連体用法で諸説としたのは次の用例20の歌である。

20　**いまぞしる　くるしきものと　〈人待た**[**む**]**　里をば〉離**（か）**れず　とふべかりけり**　（48段）

〔今こそ思い知った、（人の来るのを待つということは）苦しいものだと。〈　〉絶えることなく訪ねて行くべきだった。〕

「仮定・婉曲」の意ととるもの

大津有一・築島裕『旧大系』＝人（女）が自分の来るのを待っているような所は

森野宗明『講談社文庫』＝女が待っているような所は

他に、福井貞助『新編全集』、渡辺実『集成』、竹岡正夫『全評釈』、秋山虔『新大系』、片桐洋一『全読解』など。

「推量」の意ととるもの

石田穣二『角川文庫』＝人の訪れを待っているであろう所は

他に、阿部俊子『学術文庫』など。

大方は「仮定・婉曲」の意ととらえているようである。その判断は形の上からも原則どおりだが、内容的にも妥当ではないかと思われる。すなわち、この歌は送別の宴の主賓がなかなか現れて来ないのを待ちかねている「男」が、「男女の仲でも待つ側はつらいのだと気づいた」と述べたもので、かりに「男」が過去ないしは現在の具体的なあれこれを思い浮かべていたとしても、歌に詠まれた「男女の仲」は一般論または仮想の事柄というべきものなのである。竹岡正夫『全評釈』は〈「人待たむ」の「む」は一般化した仮想の意のもので、もし人が自分の来るのを待っているとするなら、そのような場合、その人の里をば…という気持〉と詳しく説明している。なお、「推量」と分類したのは「であろう」という訳語から判断したものなので、あるいは著者の意に反しているかもしれない。ちなみに秋山虔・堀内秀晃『伊勢物語』は「む」を〔語釈・文法〕では「仮定」としながら〔通釈〕では、「であろう」と訳している。

また、準体用法で諸説としたのは次の用例21の歌で、やはり「仮定・婉曲」と「推量」に分かれる。

21　**恋しとは　さらにもいはじ　〈下紐の　解け[む]を〉人は　それとしらなむ**　（111段）

〔（あなたが）恋しいなどともう言うまい。〈　〉私があなたを思っているからだと知ってほしい。〕

「仮定・婉曲」の意ととるもの

福井貞助『新編全集』＝あなたの下紐が解けるのは

渡辺実『集成』＝下紐が自然とほどけるのを

他に、森本茂『全釈』など。

「推量」の意ととるもの

森野宗明『講談社文庫』＝（あなたは下紐が解けないとおっしゃいますが）きっといまに下紐が解けるにちがいないので、それを

阿部俊子『学術文庫』＝あなたの下袴の紐がとけるであろうことを

他に、大津有一・築島裕『旧大系』、秋山虔・堀内秀晃『伊勢物語』、石田穣二『角川文庫』、由良琢郎『講説』、竹岡正夫『全評釈』、秋山虔『新大系』など。

▼已然形「め」

已然形「め」のはたらきには、一般に次の三つがある。

イ　係助詞「こそ」の結びとなる。
ロ　接続助詞「ど」「ども」が下に付く。
ハ　係助詞「や」を下接し、「めや」の形で反語表現を構成する。

『伊勢物語』には、このうちのイ・ハの用例が見られ、次のような形と意味で用いられている。

イ　こそ〜め……推量＝2例　↓（用例）(3)・「今こそは見め」（96段）
　　　　　　　意志＝2例　↓（用例）(6)・「音をこそ泣かめ」（用例11）
ハ　めや…………推量＝2例　↓（用例）(3)・「千々の秋　ひとつの春に　むかはめや」（用例9）

『伊勢物語』では、係助詞の結びとなった連体形「む」はすべて「推量」の意を表しているが、係助詞「こそ」の結

びとなった已然形「め」は、「意志」と「推量」の両方の意を表す。なお、「こそ～め」が「適当・勧誘」の意を疑義なく表している用例は『伊勢物語』にはない。

〔用例〕

a　推量〈訳語例〉～ダロウ。

未然形　―

連用形　―

終止形　(1)　**身も亡びな[む]、かくなせそ。**（65段）

〔身も亡びてしまうだろう、このようなことをなさるな。〕

連体形　(2)　**よき御男ぞいで来[む]。**（63段）

〔よい殿御(とのご)が現れるだろう。〕

已然形　(3)　**植ゑし植ゑば　秋なき時や　咲かざらむ　花こそ散ら[め]　根さへ枯れ[め]や**（51段）

〔(こうしてしっかりと)植えたなら、秋のない時には咲かないだろうか(いや、秋は必ずめぐり来るから毎年美しく咲くだろう)。(また、)花は散ることもあろうが、根まで枯れることがあろうか。〕

命令形　―

b　意志〈訳語例〉～ウ。～ヨウ。～ツモリダ。～タイ。

未然形　―

連用形 ―

終止形 (4) からうじて大和人、「来むといへり。 (23段)
〔ようやく大和の国の男は、「来よう」と言った。〕

連体形 (5) 今宵なむ、物へ渡らむと思ふに、車しばし。 (堤中納言物語・はいずみ)
〔今晩、よそへ行こうと思うので、車をちょっと。〕

已然形 (6) 男はこの女をこそ得めと思ふ、 (23段)
〔男はこの女を妻にしたいと思う、〕

命令形 ―

c 適当・勧誘 〈訳語例〉 ～ガヨイ。 ～テクダサイ。

未然形 ―

連用形 ―

終止形 (7) 夜は明け方になりはべりぬらん。はや帰らせたまひなん。 (源氏物語・夕顔)
〔夜は明け方になりましたでしょう。早くお帰りになってください。〕

連体形 (8) よもぎ生ひて 荒れたる宿を うぐひすの 人来と鳴くや たれとか待たむ (大和物語・一七三段)
〔蓬が生えて荒れている家であるのに、鶯が「人が来る」と鳴いているよ。(あてなどないが)誰が来ると待てばよいのか。〕

已然形 (9) かくいましたること、あるまじきことなり。人してこそ言はせたまは**め**。（大鏡・師尹）
〔このように（ご自分で）おいでになったことは、あってはならないことだ。人に命じて言わせなさるのがよい。〕

命令形 ―

d　仮定・婉曲　〈訳語例〉～トシタラ。～ヨウナ。

未然形 (10) **老いぬれば　さらぬ別れの　ありといへば　いよいよ見まく[*1]　ほしき君かな**（84段）
〔年をとってしまうと避けられぬ死別があるというので、ますます会いたく思われるあなたであるよ。〕

連用形 ―

終止形 ―

連体形 (11) **世心（よごころ）つける女、いかで心なさけあら む 男にあひ得てしがなと思へど、いひいで む もたよりなさに、まことならぬ夢がたりをす。**（63段）
〔好色の心のある女が、なんとかして情愛のある男に逢うことができるようになりたいものだと思うが、それを言い出すにもきっかけもないので、作りごとの夢語りをする。〕

已然形 ―

命令形 ―

【補足説明】

＊1…P117【未然形「ま」はク語法の一つの理解形】を参照。

【むず】

〔語誌〕

「むず」は「むとす」の「と」が脱落、ないしは[mutosu]→[ndosu]→[ndzu]と変化して生じたと考えられている。（「む」の連用形「み」を想定し、それに「す」が付いたとする説もある。）

上代に用例はないと言われる。

平安時代では俗語とみなされていたようで、ふつう会話文・心中語の中に現れ、和歌や地の文では用いられない。『枕草子』に次のような言及があり、「むず（むずる）」に対する当時の意識がうかがわれる。

何事を言ひても、「その事させんとす」「言はんとす」「何とせんとす」と言ふ「と」文字を失ひて、ただ「言はんずる」「里へ出でんずる」など言へば、やがていとわろし。まいて文に書いては、言ふべきにもあらず。

（枕草子・一八六段）

〔意味〕

「むず」は「む」と同じく、「推量」「意志」「適当・勧誘」「仮定・婉曲」の意を表す。ただし、「適当・勧誘」の意味は中世以降に登場するようである。

「むず」のはたらきを「む」と比較した場合、「推量」ではより客観性・確実性のある推量の意を表し、「意志」ではより強い意志を表すと言われる。

○『伊勢物語』でも「むず」は会話文・心中語で

『伊勢物語』中の「むず」は「意志」の意を表す2例のみである。

中古において「むず」は原則的に会話文で使用され、地の文や和歌では用いられなかったと言われるが、『伊勢物語』もその例外ではなく、〔用例〕(4)では、噂として語られた会話文の中で用いられ、〔用例〕(5)でも、車に乗っていた人物の会話文または心中語の中で用いられている。

○『伊勢物語』に「むずらむ」はない

現在推量「らむ」との複合形「むずらむ」があり、まだ実現していない事柄について、これからのちに成立するだろうと表現者が推量する意を表す。 →P136【「むずらむ」の形】

1　**かくて此世(このよ)にあるならば、又うきめをも見むずらん。**（平家物語・祇王）

〔こうしてこの世に生きているならば、またつらい目にあうことになるだろう。〕

『伊勢物語』には「むずらむ」の用例はない。

〔接続〕

活用語の未然形に付く。

〔活用〕

基本形	未然形	連用形	終止形	連体形	已然形	命令形	活用の型
むず	○	○	むず	むずる	むずれ	○	サ変型

＊（網掛け）は『伊勢物語』に用例あり

〔用例〕

a　推量　〈訳語例〉〜ダロウ。

未然形　—

連用形　—

終止形　(1)　**この月の十五日に、かの元の国より、迎へに人々まうで来むず。**（竹取物語）

〔この月の十五日に、あの以前いた(月の)国から、迎えに人々が参上するだろう。〕

連体形　(2)　**頼朝が首をはねて、わが墓のまへにかくべし。それぞ孝養にてあらんずる。**（平家物語・入道死去）

〔頼朝の首を切って、私の墓の前にかけよ。それが(何よりもの)供養であろう。〕

已然形　(3)　**今日のうちに寄せて攻めんこそ、あのやつは存じの外にして、あわて惑はんずれ。**（宇治拾遺物語・一一ノ四）

〔今日のうちに攻め寄せてこそ、あやつは意外に思って、あわてふためくだろう。〕

命令形　—

b　意志　〈訳語例〉〜ウ。〜ヨウ。〜ツモリダ。〜タイ。

未然形　—

連用形　—

終止形　(4)　**ここかしこより、その人のもとへいな[*1]むずなりとて、口舌いできにけり。**（96段）

〔あちらこちらから、「(女が)その男のもとへ行こうとしているそうだ」と(噂が立って)、もめごとが生じ

てしまった。〕

連体形　(5)　**この蛍のともす火にや見ゆらむ、ともし消ちな[むずる]とて、**（39段）

〔「この蛍のともす火で（こちらが）見えているだろうか、（蛍の）火を消してしまおう」と言って、〕

已然形　(6)　**今日より後はつかうまつら[んずれ]ば、参らせ候ふなり。**（宇治拾遺物語・九ノ四）

〔今日から後はお仕えしようと思うので、差し上げるのです。〕

命令形　―

【補足説明】

＊1…〔用例〕(4)の「いなむず」の行為の主体は、96段本文に登場する男女のうちの「女」＝三人称である。しかし、「むず」を「むとす」に置き換えると、「（女は）『（自分が）その人のもとへいなむ』とす」と理解することができ、実質的な行為の主体は一人称と見なすこともできる。

c　適当・勧誘　〈訳語例〉**～ガヨイ。～テクダサイ。**

未然形　―

連用形　―

終止形　(7)　**また誰にものをも申しあはせて過ぐさ[んず]らん。何ごとも院に参りて申さんとこそ思ひしか。**（栄花物語・布引の滝）

〔（院をおいて）ほかにどなたにご相談して過ごしていったらよいのだろう。（これまでは）何ごとも院のもとに参上して申し上げようと思ったのだが。〕

連体形 (8) 俊寛僧都、「さてそれをばいかが仕らむずる」と申されければ、西光法師、「頸をとるにしかじ」とて、瓶子のくびをとッてぞ入りにける。（平家物語・鹿谷）

〔俊寛僧都が、「さてそれをどうするのがよいだろう」と申されたところ、西光法師が、「首を取るのに越したことはない」と言って、瓶子の首を取って奥へ入ってしまった。〕

已然形 (9) 梅檀（せんだん）といふ木は二葉より香（かう）ばしからんなるものを。和子（わこ）どもも、そのごとくにてこそあらむずれ。（保元物語）

〔梅檀という木は双葉のころからよい香りがするというのになあ。お前たちも、そのようにこそあるがよい。〕

命令形 ―

d 仮定・婉曲 〈訳語例〉～トシタラ。～ヨウナ。

未然形 ―

連用形 ―

終止形 ―

連体形 (10) さる所へまからむずるも、いみじくはべらず。（竹取物語）

〔そのようなところへ参りますようなことも、うれしくもありません。〕

已然形 ―

命令形 ―

【らむ】

〔語誌〕

語の成立は文献時代以前にさかのぼる。

北原保雄は馬淵和夫『日本文法新書　上代のことば』の中で、上代における「妻立てり　見ゆ」（原文＝都麻多弖理美由）（古事記・下・一〇八）や「海人漕ぎ来　見ゆ」（原文＝安麻許伎久見由）（万葉集・三四四九）のような表現を踏まえ、二つの述語を有して次のような構造を持つ、「複述語構文」と呼ぶべき表現を想定した。

> 事物＋述語1（事物の動作や状態の客観的な表現）＋述語2（表現主体の対象把握の仕方の表現）
>
> 妻　立てり、　見ゆ。
>
> 花　咲く、　あらむ。　↓らむ
>
> 雪　降る、　あらし。　↓らし

この「複述語構文」の「述語2」を形成する「あらむ」などが次第に形式化する中でア音が脱落して、「らむ」などの語が生まれ、以下同様に、「あり」の形容詞形「あらし」から「らし」が、「音あり」から「なり」（伝聞・推定）が、「見あり」から「めり」が、「うべし」から「べし」が生まれたとした。そして、このようにして成立した終止形接続の助動詞「らむ」「らし」「なり」「めり」「べし」などが、共通して「推量」という表現主体の認識の仕方を表すのは当然のことである、と指摘した。

〔意味〕

「らむ」は本来、発話時点においてすでに実現している、または実現しているはずの事柄について推量する。「らむ」が現在の事柄について推量するのに対し、「けむ」は過去の事柄について推量し、対照的である。一方、「む」の推量は必ずしも時間と関係するわけではないが、まだ実現していない事柄を推量するはたらきに特に着目して未来の事柄について推量すると見れば、過去「けむ」―現在「らむ」―未来「む」という時制的な役割分担を考えることもできる。

「らむ」が推量する現在の事柄は、その実現が不確かな場合と目や耳でその実現が確かに確かめられる場合とがあり、それによって次のように分類できる。

a　**現在推量**…現在目や耳で確認できない場所である事柄が起こっているであろうと推量する。
〈訳語例〉**（今ゴロ）～テイルダロウ。**

b　**原因推量**…現在見たり聞いたりしている事柄について、その実現を導いた原因・理由を推量する。
〈訳語例〉**（ドウシテ）～ノダロウ。**

これら本来のはたらきのほか、次のようなはたらきがある。

c　**伝聞**…ある事柄が人から伝え聞いたり、文献を読んで知ったりしたことであることを表す。
〈訳語例〉**～トカイウ。**

d　**単純な推量**…「現在」という時間と関係ない一般的な事柄について推量する。
〈訳語例〉**～ダロウ。**

e　**婉曲**　〈訳語例〉**～（テイル）ヨウナ。**

ｃとｅは明確には区別しづらい場合が少なくないため、高校古典文法書ではふつうまとめて「伝聞・婉曲」として示しており、本書もそれにしたがう。

〇「原因推量」の表現パターン

「らむ」が「原因推量」を表す場合、次のような形をとる。

考えられる原因を文中に示す形

1 **あさみこそ　袖はひつ[らめ]　涙河　身さへながると　聞かば頼まむ**　（107段）

〔（私を思って流す）涙の川が浅いから袖しか濡れないのだろう。（涙が深い流れとなり）身までが流れると聞いたならば（あなたを）頼りにしよう。〕

用例1の歌の作者は「袖はひつ」という状態の原因が「あさみ」にあるだろうと推量している。「あさみ」は形容詞「浅し」の語幹「浅」＋接尾語「み」で「浅いから」の意。

疑問の副詞を用いて「なぜなのか」と自問する形

2 **いかでかは　とりの鳴く[らむ]　人しれず　思ふ心は　まだ夜ぶかきに**　（53段）

〔どうして（今ごろ）鶏が鳴くのだろうか。ひそかに（あなたを）思っている私の心は（あなたに伝えるべきことが残っていて）まだ夜深いものと思っていたのに。〕

用例2の「らむ」は「いかでかは」（疑問の副詞＋疑問の係助詞）とともに用いられ、作者は今ごろ「とりの鳴く」原因はなぜなのかと推量している。

疑問の副詞を用いないで「なぜなのか」と自問する形

3 **あふことは　玉の緒ばかり　おもほえて　つらき心の　長く見ゆ[らむ]**　（30段）

――〔（あなたに）逢うことは玉の緒ほどの短い間に思われて、（それに引きかえ）どうして（あなたの）冷淡な心が長く感じられるのだろう。〕

用例3の歌の作者は「つらき心の長く見ゆ」ことの理由はなぜなのかと推量しており、現代語訳では「どうして」を補う。なお、「らむ」は和歌や会話文の中の主格「～の」を受ける述部の結びで、連体形である。

ただし、最後の形の「らむ」は意味判別に異説が多い。

有名な「久方の　光のどけき　春の日に　静心なく　花の散る**らむ**」（古今和歌集・八四）の「らむ」の意味も通説の「原因推量」説＝〔光がのどかな春の日にどうして落ち着いた心もなく花は散るのだろう〕のほか、「現在推量」説＝〔…落ち着いた心もなく花が散っているのだろうか〕、「婉曲」説＝〔…落ち着いた心もなく花が散っているようだ〕、「詠嘆」説＝〔…落ち着いた心もない花が散っていることだ〕、が言われるとおりである。なお、「原因推量」説には通説のほか、「静心なく」を推量した原因ととらえる説＝〔…落ち着いた心がないから花が散っているのだろう〕もある。

用例3の「らむ」にも、次の諸家のように「現在推量」「（単純な）推量」「詠嘆」の意ととる見方がある。

大津有一・築島裕『旧大系』＝あなたにお逢いすることは、玉の緒のように短く思われ、それに比べて、つれないあなたの心が長くいつまでも私に見えているのでしょうよ。

阿部俊子『学術文庫』＝あなたに逢うことは玉と玉との間の紐ぐらいごく短く思われて、なかなか逢ってくださらない冷淡無情な御心はいつまでも長く続いて見えるのでしょう。お逢いできる楽しい時はまことに短く思われて逆にそれだけあなたの無情な気持の方は長く心にのこるでしょうね。

池田龜鑑『精講』＝相逢う時といったらほんのみじかい間だのに、それにひきかえあなたのつれないお心は、なんと長い間続くことなのでしょう。

渡辺実『集成』＝逢うことはまことに短い間だったと思われて、あの後のあなたのつれない心が長く感じられることよ。

○「伝聞・婉曲」を表す「らむ」

文の途中に用いられた連体形「らむ」は「伝聞・婉曲」の意の場合が多い。↓〈用例〉(8)〈P143〉

ただし、次の用例4のように係り結びの結び以外の連体形であっても「現在推量」の意と見るべき場合もある。

4　さりともと　思ふ[らむ]こそ　悲しけれ　あるにもあらぬ　身をしらずして　〈65段〉

〔それでも（何時かは逢える）と（あの方が）思っているだろうことが悲しい。生きているとも言えない私の有様を知らないで。〕

『伊勢物語』には「伝聞・婉曲」の意を表す確かな用例はない。

○「むずらむ」の形

すでに実現している事柄について推量する「らむ」は、基本的にまだ実現していない事柄（未確認の事柄も含む）について推量する「む」とは対象のあり方・とらえ方が異なり、直接連接することはない。

しかし、「む」と近似の助動詞ととらえられる「むず」と連接した「むずらむ」の形はしばしば用いられる。この形については、〈「むずらむ」は、むず（むとす）＋らむ、の語構成だが、らむの現在推量よりも、むずの未来のある事態を推量する意味が強い〉（『新編日本古典文学全集34　大鏡』P254頭注七）とか、〈「むず」と複合した「らむ」には、現在推量の意はなく、単なる推量の助動詞として使われている〉（「國文學」第29巻8号）などと説明されるが、大修館書店『古語林』は次のように説明していて丁寧である。

「〜むずらむ」の「〜」の内容は未成立のものであり、これからのちに成立するだろうということを現在状況から判断して推量している。「む」「むず」を深めてやわらかに推量する表現となり、普通「〜（こと）になるだろう」と訳出される。

次の用例5は、入水を決意した平維盛が、都に残してきた妻子を思いやっている場面である。

5 **「すでに只今をかぎりとは、都にはいかでか知るべきなれば、風のたよりのことつても、いまやいまやとこそまたんずらめ。遂にはかくれあるまじければ、此世になきものと聞いて、いかばかりかなげかんずらん」なンど思ひつゞけ給へば、**（平家物語・維盛入水）

〔「もはやただ今が最期だとは、都ではどうして知ることができよう、いや、知るはずがないのだから、それとなく聞こえてくる言づてなども、今か今かと待つことになるだろう。（しかし、自分の入水も）ついには知れわたるだろうから、この世にすでにないと聞いて、どれほど嘆くことになるだろうか」などと思い続けられると、〕

「またんずらめ」は、この後、維盛が入水した後になっても都では維盛の死を知らぬまま維盛からの消息を「待つことになるだろう」と推量、さらに、最終的に維盛の死を伝え聞くであろう時には妻子は「どれほど嘆くことになるだろうか」と推量しており、『古語林』の示す「〜（こと）になるだろう」の訳がよくあてはまる。

ただし、いずれも「待たんずれ」「嘆かんずる」と言い換えてもほぼ同じ内容が伝わると考えられ、「むずらむ」については「む」や「むず」とは異なるニュアンスにこそ注意を払わなければならない。そういう意味で、『古語林』の〈「む」「むず」を深めてやわらかに推量する〉という説明はいま少し精密かつ丁寧な言語化が望まれる。

すなわち、〈「む」「むず」を深めて〉とは、「推量」の意を単に「〜だろう」と提示するのでなく、例えば、「〜だろうと今の私は思っている」というように、憶測の表現を重ねるということであり、〈やわらかに推量〉とは、表現者が自ら推し量った内容を控えめに提示するということであって、その結果として、聞き手にも〈やわらかに〉同意または共感を求めているとの印象を与える、ということだろう。

『伊勢物語』には「むずらむ」の用例はない。

○「つらむ」「ぬらむ」と「けむ」

現代語訳した場合に「〜た(の)だろう」と訳すことができる表現に、「つらむ」「ぬらむ」と「けむ」がある。

『伊勢物語』には「つらむ」の用例はないが、3例の「ぬらむ」(用例7〜9)がある。

6　**思ひつつ　寝ればや人の　見えつ[らむ]　夢と知りせば　覚めざらましを**　(古今和歌集・五五二)

〔一途に思いながら寝たのであの人が夢に現れたのだろうか。もし夢とわかっていたなら、目が覚めないままでいただろうに。〕

7　**年だにも　十とて四つは　経にけるを　いくたび君を　頼み来ぬ[らむ]**　(16段)

〔年月でさえも四十年も過ぎ(て今に至っ)たのだから、(その長い間、あなたの妻は)いったい何度あなたを頼みにしてきたのだろう。〕

8　**いつのまに　うつろふ色の　つきぬ[らむ]　君が里には　春なかるらし**　(20段)

〔(あなたの心には、この楓のように)いったいいつの間に変わっていく色がついてしまったのだろう。あなたの住む里には春がない(にちがいなく、人を飽きるという秋ばかりしかない)にちがいない。〕

9　**われ見ても　久しくなりぬ　住吉の　きしの姫松　いくよ経ぬ[らむ]**　(117段)

〔私が見てからでも年久しくなった。この住吉の岸の姫松はいったいどれほどの年を経てきたのだろう。〕

これらの用例に用いられた「らむ」によって推量されている事柄は、いずれも現在から近い時点で完了した行為、または、完了した結果の、現在にも続く状態である。これは「けむ」によって推量されるのが、例えば次の用例10に見られるように、現在と直接的につながっていない過去の事柄であることと対照的である。

10 **君や来し　われやゆき けむ**　　（69段）

〔あなたが来たのか、（それとも）私が行ったのだろうか。〕

「つらむ」「ぬらむ」は事柄の完了を単に推量するだけではなく、完了した／していることに対して驚きや落胆などの感情が込められる、とも言われるのは、右に見た「つらむ」「ぬらむ」の持つ現在性が、表現者の臨場的な生々しい思いを伝え得ることと関係していると考えられる。

現在とのかかわりの有無ないし濃淡は、「つらむ」と「けむ」がそれぞれ打消「ず」と連接した「ざりつらむ」と「ざりけむ」の用例を比較した場合、いっそう顕著に示される。

11 **左大将、東宮に参りたまへりければ、宮、「などか久しく参りたまはざりつ らむ。……」**　　（うつほ物語・嵯峨の院）

〔左大将が、東宮に参上なさったところ、東宮は、「どうして長らく参られなかったのだろうか。……」〕

用例11の「つ」は継続の終了を表し、長らく参上しない時期が続いていたのが今まさに直前で終了し、参上してきた左大将は現在眼前にいるのである。その直前まで継続してきた事柄の原因・理由を「らむ」は推量している。

→P68【継続終了を表す「つ」】

一方、「ざりけむ」によって推量されるのは過去のある一時点における事柄である。

12 **むかし、はかなくて絶えにける仲、なほや忘れざり けむ、女のもとより、**　　（22段）

〔昔、さして深くもない愛情のまま絶えてしまった仲を、やはり忘れなかったのだろうか、女のもとから、〕

用例12のように語りはじめられた『伊勢物語』22段は、女からの歌をきっかけにかつて恋人同士だった二人が歌を交わし合い、最終的に「いにしへよりもあはれにて通ひける」と、こまやかな情愛を結び得て終わるのであるが、その後の二人がどのようになり、現在とどのようにつながるのかは表現の埒外のことである。

同じく「〜なかったのだろう」と訳される「ざりつらむ」と「ざりけむ」であるが、両者の間には大きな違いがあるのである。

〔接続〕

活用語の終止形に付く。ラ変型の活用語には連体形に付く。

●特殊な接続として、上一段動詞に付く場合、「見らむ」などの形をとることがある。ただし、『古今和歌集』の「見らむ」1例、「見るらむ」2例を見るかぎり、意味・用法に相違はないようである。

13　**春たてば　花とや見らむ　白雪の　かかれる枝に　うぐひすの鳴く**　（古今和歌集・六）

〔春になったので（鶯は雪を）花と思っているのだろうか。白雪の降りかかっている（梅の木の）枝で鶯が鳴いていることだ。〕

14　**わが屋戸に　咲ける藤波　立ちかへり　すぎがてにのみ　人の見るらむ**　（古今和歌集・一二〇）

〔私の家に（きれいに）咲いている藤の花は（紫色の）波が立っているようだが、その波が立ち返るように立ち帰って、（あまりの美しさに）通り過ぎてしまうことができないので人が見るのだろう。〕

15　**色なしと　人や見るらむ　昔より　深き心に　染めてしものを**　（古今和歌集・八六九）

――〔(「染めぬ袍(うへのきぬ)の綾」を贈ったので)無色の絹を贈るとは色のない(=無風流な)人間だとあなたは思っているだろうか。(しかし、実はこの絹は)以前から(あなたを思う)深い心で染められていたのだがなあ。〕

同様に、例えば「似べし」「煮らし」など、他の終止形接続の助動詞が上一段動詞に接続する場合も同じ形が見られる。

これらの接続について、「上一段型には連用形(一説に未然形)に付くことがある」と説明されることがあるが、「見」「似」「煮」の形は、古くは終止形のはたらきを持っていたとも言われ、それにしたがえば、これらの形は助動詞側の接続の事情から生じたものではなく、発生的には終止形に接続しているものの、連用形に接続しているように見える、ということになる。

『伊勢物語』に、その用例はない。

〔活用〕

基本形	未然形	連用形	終止形	連体形	已然形	命令形	活用の型
らむ	○	○	**らむ**	**らむ**	**らめ**	○	四段型

＊［網掛け］は『伊勢物語』に用例あり

●一般に、已然形「らめ」は係助詞「こそ」の結びとなるか、下に助詞「ど・ども」が続く場合に用いられ、下に助詞「ば」が続く用法は見あたらない。

『伊勢物語』においても、已然形全4例のうち「こそ〜らめ」「らめど」が各2例である。

〔用例〕

a　現在推量　〈訳語例〉（今ゴロ）～テイルダロウ。

未然形　―

連用形　―

終止形　(1)　**忘る[らむ]と　思ふ心の　うたがひに　ありしよりけに　ものぞ悲しき**　（21段）

〔（今はもう、あなたは私をすっかり）忘れているだろうと思う疑いの心から、以前よりいっそうもの悲しいことだ。〕

連体形　(2)　**風吹けば　沖つしら浪　たつた山　夜半にや君が　ひとりこゆ[らむ]**　（23段）

〔風が吹くと沖の白波が立つ、その名の龍田山をこの夜半にあの人は一人で越えているのだろうか。〕

已然形　(3)　**大原や　小塩(をしほ)の山も　今日こそは　神代(かみよ)のことも　おもひいづ[らめ]**　（76段）

〔この大原の小塩山（に鎮座する神）も（ご子孫である春宮の御息所の行啓を仰いだ）今日という日には、（天孫をお守りなさった）神代のことを思い出しているだろう。〕

命令形　―

b　原因推量　〈訳語例〉（ドウシテ）～ノダロウ。

未然形　―

連用形　―

終止形　(4)　吹くからに　秋の草木の　しをるれば　むべ山風を　嵐といふ[らむ]　（古今和歌集・二四九）

〔吹くとたちまち秋の草木がしおれるので、なるほど（それで）山から吹き下ろす風をあらし（＝荒らし・嵐）と言うのだろう。〕

連体形　(5)　**いかでかは　とりの鳴くらむ　人しれず　思ふ心は　まだ夜ぶかきに**　〈53段〉

〔どうして（今ごろ）鶏が鳴くのだろうか。ひそかに（あなたを）思っている私の心は（あなたに伝えるべきことが残っていて）まだ夜深いものと思っていたのに。〕

已然形　(6)　**あさみこそ　袖はひつらめ　涙河　身さへながると　聞かば頼まむ**　〈107段〉

〔（私を思って流す）涙の川が浅いから袖しか濡れないのだろう。（涙が深い流れとなり）身までが流れると聞いたならば（あなたを）頼りにしよう。〕

命令形　―

c　伝聞・婉曲　〈訳語例〉～トカイウ。～（テイル）ヨウナ。

未然形　―

連用形　―

終止形　(7)　**鴨は、羽の霜うちはらふらむ[*1]と思ふに、をかし。**〈伝聞〉　〈枕草子・能因本・四八段〉

〔鴨は、羽に置いた霜をうち払うとかいう、そう思うと、おもしろい。〕

連体形　(8)　**地獄にて、罪人共が、地蔵菩薩を見奉るらんも、かくやとおぼえて哀れなり。**〈伝聞〉　〈平家物語・小教訓〉

〔地獄で、罪人どもが、地蔵菩薩を拝するとかいうのも、こんなかと思われて哀れである。〕

已然形

(9) 老いばみたる者こそ、火桶のはたに足をさへもたげて、物言ふままに押しすりなどはす[らめ][*2]。〈婉曲〉（枕草子・二六段）

〔年寄りめいた（みっともない）人こそ、きまって火鉢のふちに足までひょいとかけて、ものを言いながら足をこすったりなどするようだ。〕

命令形 ―

【補足説明】

＊1…〔用例〕(7)は能因本を底本とする『日本古典文学全集』（旧全集）の本文で、同本では類似の表現・内容が「鴛鴦」の条にも見える。また、三巻本を底本とする『新編日本古典文学全集』（新全集）でも、この内容はやはり「鴛鴦」の条に見え、その本文は次のとおりである。

(10) 水鳥、鴛鴦（をし）いとあはれなり。かたみにゐかはりて、羽の上の霜はらふ[らむ]ほどなど。〈伝聞・連体形〉（枕草子・三九段）

〔水鳥としては、鴛鴦がとてもしみじみと趣深い。互いに位置を交替して、羽の上の霜を払うとかいう、その様子など。〕

＊2…「伝聞・婉曲」の已然形「らめ」の用例は極めて稀である。〔用例〕(9)についても、小学館『新編日本古典文学全集18　枕草子』は頭注で〈「すらめ」の「らむ」は現在推量の助動詞であるが、ここでは習慣的にきまって起ること、確実なことに対する推量〉としているが、〈確実なことに対する推量〉とはどういうことなのか、わかりにくい。また、田中重太郎『枕冊子全注釈』は「語釈」で〈「らめ」は推量の助動詞「らむ」の已然形だが、常習的状態についての推量〉と述べ、「通釈」では「…足をこすったりなどもするようだ」と訳している。本書は、作者が年寄りじみた人のそのような行為や傾向を自らの観察を通して確かな事実と認識しているものと考え、「婉曲」の意に分類した。

次の〔用例〕⑾の「らめ」なども、ふつう「現在推量」の意とされるが、現代語訳に示したような理解において「伝聞」の意と解し得るかもしれない。

⑾ **ねぎごとを　さのみ聞きけむ　社こそ　はてはなげきの　森となる［らめ］**　（古今和歌集・一〇五五）
〔（お参りに来た人の）願いごとをそんなにたくさん聞き届けたという社は、最後には人々の数々の嘆きが多くの木となって森になるとかいうそうだ（＝あまり男の甘言に乗ると最後には泣かされることになると聞いている）。〕

d　（単純な）推量　〈訳語例〉～ダロウ。

［未然形］　―

［連用形］　―

［終止形］　⑿ **わが道を　守らば君を　守る［らん］[*3]　齢(よはひ)はゆづれ　住吉の松**　（新古今和歌集・七三九）
〔わが国の和歌の道を守るなら、わが君（後鳥羽院）をも守ることであろう。（おまえの千年の）寿命を（わが君に）お譲りせよ、住吉の松よ。〕

［連体形］　⒀ **ゆく水と　すぐるよはひと　散る花と　いづれ待ててふ　言(こと)を聞く［らむ］**　（50段）
〔流れゆく水と、過ぎ去る年齢と、散る桜の花と、どれが待てという言葉を聞いてくれるだろう。（どれ一つ聞いてはくれない。人の心も同じことで、移ろうものだ。）〕

［已然形］　⒁ **一人当千とはこれをこそ申し候ふ［らめ］。**　（保元物語）
〔一人当千とはこのような者をこそ申すのでしょう。〕

命令形　―

【補足説明】

＊3…〔用例〕⑿は、ある場合を仮定し、その条件下で生じ得る結果を「推量」したものと解した。同様に、『伊勢物語』の次の〔用例〕⒂〔「らむ」は連体形〕も、仮定条件に対する帰結を表していると解し得る。ただし、この用例の「らむ」については、「現在推量」や「原因推量」と見る説も含め、後に示したようにさまざまに解説されている。

⒂　**問へばいふ　問はねば恨む　武蔵鐙(むさしあぶみ)　かかるをりにや　人は死ぬ［らむ］**　〔13段〕

〔便りをすれば（「うるさし」と）言うし、しなければ（私を）恨む。（どうすればよいのか困るが、）こんなときに人は（思いまどって）死ぬのだろうか。〕

＊「武蔵鐙」は「かかる」を導き出す枕詞、または序詞。

池田亀鑑『精講』＝この「らむ」は「折にや」の疑問の助詞を受けて、推しはかっている。自分が見ていない所で行なわれ、または存在する動作として、直接経験しない事柄について、しかも現在あるかもしれぬ事実を推量している。

秋山虔・堀内秀晃『伊勢物語』＝「らむ」はここでは、原理的に承認されるはずの事実を推測する助動詞。

森野宗明『講談社文庫』＝末尾の「らん」は、現在の心境から類似の状況一般を類推する推量の用法で、現在推量としては、やや特殊なケース。

竹岡正夫『全評釈』＝助動詞「らむ」は、現実に存在する「人は死ぬ」という一般的事実について、その原因・理由を推察し、推察した理由を「かかる折に」と自分の体験から当ててみて、なおそうだと断言しかねるので、疑問の「や」助詞を添えているのである。

【けむ】

〔語誌〕

語源は不詳。一説に、『古事記』などに見られる過去の助動詞「き」の古い未然形「け」に、推量の助動詞「む」が付いてできたと言われる。

もともとの発音[kemu]が、平安時代中期以降[kem]→[ken]と変化し、それに伴って「けん」とも表記されるようになったと考えられる。

〔意味〕

「む」がまだ実現していない、いわば未来の事柄についての推量、「らむ」がすでに実現している現在の事柄についての推量であるのに対し、「けむ」は過去の事柄についての推量を表すのが基本である。

○表現者自身についての過去推量

過去推量は、表現者自身の身に起こったのではない過去の事柄に向けてなされるのがふつうだが、「けむ」が表現者自身の過去の行為を表す動詞に付いて、その行為に関して推量する場合がある。

1 **かぎりの日とも思はでぞ出で[けん]かし。**（讃岐典侍日記）

〔これが最後の日とも思わないで出たのだろうよ。〕

用例1の「出で」の主体は作者讃岐典侍（＝一人称）で、作者の仕えた堀河天皇が二年ほど前に内裏から堀河院に移られた際、作者もまたそれに付き従って内裏の門を出た、その時の自らの行為を「けむ」を使って表現したもの。

この用例では、「けん」が直接付いている「出で」という行為自体は確かな事実であって、推量しなければならない不確かな点はなく、それより上の部分「かぎりの日とも思はで」という自らの心の過去におけるありさまを推量したと考えられる。

なお、石井文夫『新編日本古典文学全集26　讃岐典侍日記』（P455頭注）は、これを〈「出でけるかし」をやわらげた言い方〉と説明している。

2　**君や来し　われやゆき［けむ］　おもほえず　夢かうつつか　寝てかさめてか**　（69段）

〔あなたが来たのか、（それとも）私が行ったのだろうか、よくわからない。（あれは）夢だったのか現実だったのか、眠っていたのか目覚めていたのか。〕

3　**塩竈（しほがま）にいつか来に［けむ］とよめりける。**　（81段）

〔「塩竈にいつ来てしまったのだろうか」と詠んだのだった。〕

用例2では上接する「ゆき」（行く）という、用例3では上接する「来に」（来＋ぬ）というそれぞれ自らの行為について、その存否や時期に対する疑いを「けむ」を用いて言い表しているが、それらの行為はその遂行が無意識状態であったか、記憶が不確かになっているものである。

○過去の疑問表現は「けり」ではなく、「けむ」

過去の事柄に関する疑問の表現には、原則として「けむ」が用いられ、「けり」が用いられることは稀である。

→P41【疑問文における「けり」】

4　**ついでおもしろきことともや思ひ［けむ］。**　（1段）

〔事のなりゆきがおもしろいことだとも思ったのだろうか。〕

○「けり」の「気づき」と「けむ」の「気づき」

「けり」には、以前から続いてきたことに今はじめて気づいて驚いたり、納得したりすることを表す「気づき」の用法がある（P12・19）。その場合、次の用例5に見るように、気づきの対象は気づいた時点において今まさに眼前にある事柄や今にまで続いてきている事柄である。

5 **火に焼けぬことよりも、けうらなることかぎりなし。「うべ、かぐや姫好もしがりたまふにこそありけれ」とのたまひて、**（竹取物語）

〔火に焼けないこと（が特徴というが、それ）よりも、華麗なことにおいて最高である。「なるほど、かぐや姫がほしがりなさるほどの物であったのだなあ」とおっしゃって、〕

これに対し、「昔はこうだったのだなあ」というように、気づいた時点から見て過去に属する事柄を対象とし、今となって初めて気がついたという場合も想定されるが、それを表すのに「けむ」が用いられたのではないか、と思わせる用例がある。

6 **このあひだに、雲の上も、海の底も、同じごとくになむありける。むべも、昔の男は、「棹は穿つ波の上の月を、舟は圧（おそ）ふ海の中（うち）の空を」とはいひけむ。**（土佐日記・一月一七日）

〔この間に、（空が海の底に映って見え）雲の上も、海の底も、同じようであった。なるほどまあ、昔の詩人は、「棹は突き刺す、波の上に浮かぶ月を、舟は圧しつけて進む、海の中に映る空を」と言ったのだろうなあ。〕

7 **うべこそ雪山（せっせん）童子身にもかへけめ。**（栄花物語・つるのはやし）

〔なるほど（それで）雪山童子が身に替え（てもこれを聞こうとし）たのだろうなあ。〕

用例6を「…言ったのだろう」、用例7を「…身に替えたのだろう」と一般的な「過去推量」の意としても意味はとれそうだ。しかし、それぞれの表現者には、用例5の「うべ」とちょうど同じように、「むべも」「うべこそ」と言い添えたい強い思いがある。そこに注目すると、「けむ」を単に「過去推量」の意ととらえるだけの理解では、表現者の強い思いの表出を担う要素として重要な助動詞のはたらきを、十分汲み取っているとは言えないのではないか。そうした用法と考えられる『伊勢物語』の用例として、次のようなものを挙げることができる。

8　塩竈（しほがま）に　いつか来に［けむ］　朝なぎに　釣する船は　ここによらなむ　（81段）

〔塩竈に、いったいいつの間に来てしまったのだろうかなあ。この（すばらしい）朝なぎ（の景色の中）に釣をする舟はこの浦に寄ってほしい（そうすれば、いよいよ本物の塩竈の風情が加わるだろうから）。〕

用例8は、〈源融が塩釜に模して作った庭をほんとうの塩釜に見たてた〉（秋山虔・堀内秀晃『伊勢物語』）歌で、〈（左大臣のお邸にいると思っていたのに）塩竈にいつのまに来てしまったのであろうか〉（阿部俊子『学術文庫』）などと訳される。ここの「けむ」が単なる「過去推量」の意を越えたニュアンスを表現していることは諸家の認めるところで、例えば、森野宗明『講談社文庫』は〈そんなはずはないのだが、いったい、いつのまに……という気持ちが、推量の「けむ」でよく出ている〉と述べ、石田譲二『角川文庫』も〈過去の推量の意をあらわす「けむ」に、そんなはずはないのだが、いったいいつの間に、という驚きの気持が分明である〉と述べている。「けむ」は過去のある時点で起こっていた塩竈への「ワープ」に今初めて気づいて驚いた、というニュアンスを表していると見ることができる。

9　むかしもかかることは、世のことわりにやあり［けむ］。　（93段）

〔昔もこのような（身分違いの恋の苦しさという）ことは、世間の道理であったのだろうかなあ。〕

用例9は、高貴な女性への思いを遂げられずに苦しむ男の話の、末尾に付された物語作者の感想である。「かかること」は身分違いの恋愛に苦しむこと。「けむ」は、ここでも過去の事柄を単に推量する以上のはたらきをしている。片桐洋一『全読解』は〈この物語が、自分の知らない「昔」のことを語っているという体である。「…ありけん」という過去推量が印象的である〉と述べ、森本茂『全釈』も〈物語作者は男に同情して、「むかしもかかることは、世のことわりにやありけむ」と疑い嘆息している〉と述べ、さらに、秋山虔・堀内秀晃『伊勢物語』は〈よき時代であったといわれる業平の時代でさえもこうだった。ましてや現代はさらにきびしくなった身分制度のもと、恋の不毛の時代となっている、――そうした同時代への作者の嘆きがこの段にはこめられている〉と評している。このような「嘆き」の底に、昔もこうだったのだという「気づき」があって、それを「けむ」が表しているのではないか、と考えられるのである。

ただし、反する用例もある。右の理解を踏まえるならば、次の用例10でも「けむ」が用いられてしかるべきと思われるが、実際には「気づき」の「けり」が用いられている。過去の事柄に対する「気づき」の用法についてはなお検討を続ける必要がある。

10 **むべ、故殿には、あはれなりとはのたまひけり、と思して、**（うつほ物語・国譲 上）

〔なるほど、（それで）故太政大臣殿が、心配でたまらないとおっしゃったのだ、とお思いになって、〕

○**「過去の原因推量」の表現パターン**

「けむ」が「過去の原因推量」を表す場合、次のような形をとる。

考えられる原因を文中に示す形

11 **馬筏をつくッて、わたせばこそわたしけめ。**（平家物語・橋合戦）

〔馬筏を作って、渡したからこそ渡せたのだろう。〕

川を渡したこと自体は過去の事実としてあり、話者はその事実を可能にした理由を推量している。

疑問の副詞を用いて「なぜなのか」と自問する形

12　かうて、つれづれとながむるに、などか物詣でもせざりけむ。（更級日記）

〔こうして、何をするでもなく物思いにふけっている間に、どうして物詣でもしなかったのだろうか。〕

「けむ」を疑問の副詞「などか」とともに用い、物詣でをしなかった理由を自らに向かって問うている。

疑問の副詞を用いないで「なぜなのか」と自問する形

13　よそにのみ　聞かましものを　音羽河　渡るとなしに　水馴(みな)れそめけむ（古今和歌集・七四九）

〔縁のないこととしてだけ（あなたのうわさを）聞いていればよかったのに、どうして音羽川を渡るということもなく水になじんでしまったのだろう。（＝晴れて契りを結ぶこともせず、どうしてあなたとひそかに馴染んでしまったのだろう。）〕

作者は「渡るとなしに　水馴れそめ」た原因はなぜなのかと推量しており、現代語訳では「どうして」を補った。『伊勢物語』には、疑問の副詞を用いて「なぜなのか」と自問する形の〈用例〉(5)（P156）が見える。

○過去の伝聞・婉曲の形

「過去の伝聞・婉曲」の意は、係り結びの結びとしてでなく文中で用いられた連体形によって多く表されるが、そのような連体形でも、次の用例14のように「過去推量」を表す場合がある。

14　今日もこの蔀の前渡りしたまふ。来し方も過ぎたまひけんわたりなれど、ただはかなき一ふしに御心とまりて、いかなる人の住み処ならんとは、往き来に御目とまりたまひけり。（源氏物語・夕顔）

〔（源氏は）今日もこの蔀の前をお通りになる。これまでにもお通りになっただろう所であるが、ほんの些細な一件でお心にかかって、どのような人の住みかなのだろうと、行き来のたびにお目にとまった。〕

『伊勢物語』の次の用例15も、同様の形で「過去推量」の意を表している、ととらえる見方もある。

15 **男、みそかに語らふわざもせざりければ、いづくなり[けむ]、あやしさによめる。**（64段）

〔ある男が、（女と）ひそかに情を交わすこともしなかったので、（その女は）どこの誰だったろうか（と）、不審のあまりに詠んだ（歌）。〕

「けむ」の下に読点を打った右の本文は福井貞助『新全集』によるが、この場合、「いづくなりけむ」は挿入句的にそこで句を結ぶととらえる。池田亀鑑『精講』、森野宗明『講談社文庫』、渡辺実『集成』、森本茂『全釈』、竹岡正夫『全評釈』、秋山虔『新大系』などがこのとらえ方をしている。

これに対し、大津有一・築島裕『旧大系』、秋山虔・堀内秀晃『伊勢物語』、阿部俊子『学術文庫』、石田穣二『角川文庫』、片桐洋一『全読解』などは、「けむ」の下に読点を打たずにそのまま続け、連体形「けむ」のはたらきを体言「あやしさ」を修飾する連体用法ととらえたうえで、「過去推量」の意とする。例えば、秋山虔・堀内秀晃『伊勢物語』は〔語釈・文法〕で〈手紙の主の女はいったいどこの誰だったろうかという不審のままに〉と訳している。

〔接続〕

活用語の連用形に付く。

●上代・中古では、形容詞・形容動詞には接続しない。

●助動詞のうち、「けり」「めり」「なり（伝聞・推定）」「ごとし」などには接続しない。

●打消の助動詞に下接する場合、中古以降では「ざりけむ」だが、上代では「ずけむ」であった。

16 **古に　ありけむ人も　我(あ)がごとか　妹に恋ひつつ　寝(い)ねかてずけむ**　（万葉集・四九七）

〔いにしえに生きていたような人も、私と同じように、妻に恋して眠れなかっただろうか。〕

17 **心かしこくやあらざりけむ、**　（62段）

〔賢明ではなかったのだろうか、〕

●助動詞「けむ」に類似していて紛らわしい形に「形容詞＋む」がある。上代では、推量の助動詞「む」が形容詞に下接する場合、形容詞の古い未然形「―(し)け」に付き、「無けむ」「さぶしけむ」などの形をとった。

18 **橘は　常花(とこはな)にもが　ほととぎす　住むと来鳴かば　聞かぬ日なけむ**　（万葉集・三九〇九）

〔橘は常の花であってほしい。ほととぎすが住みついて鳴いたなら、聞かない日はないだろう。〕

中古では、この形は和歌と漢文訓読においてのみ見られると言われ、『伊勢物語』には次の用例がある。

19 **わが世をば　今日か明日かと　待つかひの　涙の滝と　いづれ高けむ**　（87段）

〔私が時勢に合って栄える時は今日か明日かと待っているが、その甲斐もなく流れ落ちる（無念の）涙の滝と（この布引の滝と）どちらが高いだろう。〕

〔活用〕

基本形	未然形	連用形	終止形	連体形	已然形	命令形	活用の型
けむ	○	○	けむ	**けむ**	けめ	○	四段型

＊ ■ は『伊勢物語』に用例あり

●上代では未然形「けま」があり、ク語法として接尾語「く」が付いて「けまく」（〜たであろうこと〔は・には〕）の形で用いられた。ただし、これを連体形「けむ」＋接尾語「あく」の音韻変化と見なす場合、未然形「けま」は認められない。

20　**うち嘆き　語り<u>けま</u>くは**　（万葉集・四一〇六）

〔嘆いて　語っただろうことは〕

▼連体形

○「けむ」の用例の大半は連体形

一般に「けむ」の多くは連体形で用いられており、『伊勢物語』でも全35例すべてが連体形である。ただし、そのうち体言を修飾する連体用法の確かな用例は〔用例〕(8)（P157）の1例のみである。

『伊勢物語』の「けむ」が表している意は「過去推量」が33例、「過去の原因推量」が1例、「過去の伝聞・婉曲」が1例である。

「過去推量」33例のうち、次の用例21のように、過去の事実を述べる際に表現者の想像を加える挿入句の「結び」となる用例が26例と大部分を占め、「けむ」全体から見ても三分の二を超えている。

21　**男、京をいかが思ひ<u>けむ</u>、東山にすまむと思ひ入りて、**　（59段）

〔男が、京（の生活）をどう思ったのだろうか、東山に住もうと心に深く思い決めて、〕

〔用例〕

a　過去推量・過去の気づき　〈訳語例〉～タダロウ。～タノダロウ。

未然形　—

連用形 ―

終止形 (1) かの人々の言ひし葎(むぐら)の門(かど)は、かうやうなる所なり**けむ**かし、（源氏物語・末摘花）

〔あの連中の言っていた（佳人の住む）葎の門というのは、このような所だったのだろうよ、〕

連体形 (2) **なにとも思はずやあり けむ**。（32段）

〔（女は）何とも思わなかったのだろうか（何も言ってこなかった）。〕

已然形 (3) さるべき契りこそはおはしまし**けめ**。（源氏物語・桐壺）

〔こういうことになる宿縁がおありになったのだろう。〕

命令形 ―

b　過去の原因推量　〈訳語例〉（ドウシテ）〜タノダロウ。

未然形 ―

連用形 ―

終止形 (4) 昔の世にいかなる罪をつくりはべりて、かう妨げさせたまふ身となりはべり**けむ**。（蜻蛉日記）

〔前世でどのような罪を作りましたために、このように（あなたから）お妨げを受ける（わが）身となったのでございましょう。〕

連体形 (5) **などてかく　あふごかたみに　なりに けむ　水もらさじと　むすびしものを**（28段）

〔どうしてこのように逢うことが難しくなってしまったのだろう。（二人の仲は）水も漏らさないでいよう（＝堅く結び合っていよう）と誓い合ったのに。〕

已然形　(6) もろこしの人は、これをいみじと思へばこそ、記しとどめて世にも伝へ**けめ**、これらの人は、語りも伝ふべからず。（徒然草・一八段）
〔中国の人は、これを立派だと思うからこそ、書き留めて後世にも伝えたのだろうが、我が国の人は、語り伝えさえしそうもない。〕

命令形　―

c 過去の伝聞・婉曲　〈訳語例〉～タトカイウ。～タソウダ。～タヨウダ。

未然形　―

連用形　―

終止形　(7) まつはりなき致仕(ちじ)の大臣(おほゐまうちぎみ)高基の朝臣さへ、いふことあり**けむ**かし。（うつほ物語・内侍のかみ）
〔女には無関心な大臣を辞した高基の朝臣までも、求婚したことがあったそうだよ。〕

連体形　(8) **荒れにけり　あはれいく世の　宿なれや　すみ**〔けむ〕**人の　訪れもせぬ**（58段）
〔荒れてしまったものだ。ああ、（住まなくなってから）幾世を経た家なのだろうか。（むかし）住んでいたとかいう人の訪れもしないことだ。〕

已然形　(9) **むかし若かりし時こそ、さまよひ歩(あり)くも、目安く見まほしく思ひたまふ人もあり**〔けめ〕。（うつほ物語・楼の上 上）
〔むかし（私が）若かった頃には、あちこち渡り歩くのも、見苦しくなく（かえってそういう姿を）見たいとお思いになる人もあったようだ。〕

命令形　―

【べし】

〔語誌〕

語源は副詞「うべ（宜）」＋強意の副助詞「し」の「うべし」であろうと言われる。「うべ」と「べし」は「べ」の上代仮名遣いがともに乙類で、意味的にも類似性が認められる。

「…べきだ」「…べからず」「恐る（悲しむ）べき…」など、現代なお日常語としてもしばしば用いられる。多くの古文助動詞が衰退した中で珍しく息の長い助動詞の一つである。

○「複述語構文」起源の終止形接続の助動詞

「らむ」の〔語誌〕でみたように、「べし」の語源と考えられる「うべし」もまた、古くは次のような「複述語構文」を構成したとの見方がある。

事物 ＋	述語1（事物の動作や状態の客観的な表現）＋	述語2（表現主体の対象把握の仕方の表現）
つま屋	さぶしく思ほゆ、	うべし。
〔つま屋が	さびしく思われる、	本当にそのようだ。〕

このような「複述語構文」において、表現主体の情意の表現である述語2が付属語化して、「つま屋さぶしく思ほゆべしも」〔夫婦の寝室がさびしく思われるにちがいないよ〕（万葉集・七九五）という形となり、助動詞「べし」が成立した、と考えるのである。

→P132【「らむ」の〔語誌〕】

〔意味〕

○「べし」の基本的用法

「べし」は、その語源「うべし」から考えて、「なるほどもっともだ」「いかにも道理である」とうなずく思いを表明するはたらきが出発点だったろう、と推測できる。

道理や経験、周囲の状況、話し手の心的状況などを判断の根拠として、「当然そうなるはずだ」と推量するのが「べし」の原義である。

○「べし」の意味の二系統

「べし」の意味は高校古典文法書にふつう六つも挙げられ、複雑に見える。その上、意味判別に際しては使用場面全体の解釈や文脈把握を踏まえ、個々の場面に合わせて考えるべきことが説かれていて、学習上の難所の一つと思われている。しかし、一見雑多で難しく見える「べし」の意味が、実は二系統に大別して整理できることを押さえると、理解は格段に容易になる。

「べし」は、まだ実現していない事柄について述べる助動詞であり、その内容は大きく二つに分けられる。一つは、⑴その事柄が実現の可能性大である性質を持つこと、もう一つは、⑵その事柄が実現することを望むことである。高校古典文法書の挙げる六つの意味を当てはめて整理すると次のようになる。

⑴その事柄が実現の可能性大である性質を持つこと

a　**推量**　〈訳語例〉**～ダロウ。～(シ)ソウダ。～ニチガイナイ。**

b　**当然・義務**　〈訳語例〉**～ハズダ。～ベキダ。～ネバナラナイ。**

c　**可能**　〈訳語例〉**～コトガデキル。～ラレル。**

(2)その事柄が実現することを望むこと

d　**意志**　〈訳語例〉**〜ウ。〜ヨウ。〜ツモリダ。**

e　**適当・勧誘**　〈訳語例〉**〜(ノ)ガヨイ(ダロウ)。〜(スル)ガヨイ(ダロウ)。**

f　**命令**　〈訳語例〉**〜セヨ。**

この大別を押さえた上で、しばしば言われる「べし」の意味判別の手がかりを目安にするとより有効だろう。すなわち、「べし」を含む述語に対応する主格の人称が、一人称ならば「意志」、二人称ならば「勧誘」「命令」、三人称ならば「推量」の意を表すことが多い。

なお、小学館『古語大辞典』なども「べし」の意味を二系統に分けるが、そこでは〈大きく推量や決意・意志など表現主体の情意の表現と、当然・可能・義務など客体的な表現にあずかるものに二分される〉とされており、本書の分け方とは観点が異なっている。

○「意志」の意について

小学館『古語大辞典』は〈⑦(多く終止形で)決意や意志を表す。…しよう。…するつもりだ。…する決心だ。〉の用法について、〈⑦の決意・意志の用例は、中古後期以後中世に入ってから認められるようで、中古中期以前の例は⑦の意に解釈しない方がよい〉としている。

しかし、次の用例などには「意志」の意が込められていると解釈できそうである。

1　**紅の　花にしあらば　衣手に　染め付け持ちて　行く[べく]思ほゆ**　(万葉集・二八二七)

〔(あなたが)紅の花であったら、衣の袖に染めつけ持っていきたいと思われる。〕

2　**仰せのことのかしこさに、かの童を参らせむとて仕うまつれば、「宮仕へにいだしたてば死ぬ[べし]」と申**

す。

〔お言葉のもったいなさに、あの娘を入内させようといたしましたところ、「もし宮仕えに差し出すならば死ぬつもりだ」と申します。〕（竹取物語）

『伊勢物語』には、「べし」が「意志」の意で用いられた確かな用例はないが、「意志」の意で訳されることがある用例として次のようなものがある。

3 **くらべこし　ふりわけ髪も　肩すぎぬ　〈君ならずして　たれかあぐ べき〉**（23段）

〔（あなたと）比べあってきた（私の）振り分け髪も肩を過ぎ（るほど伸び）てしまった。〈　　　　〉。〕

「意志」の意ととるもの

福井貞助『新編全集』＝あなたのためでなくて、だれのために髪上げをしましょうか

森野宗明『講談社文庫』＝あなた以外の誰のために髪上げをいたしましょう。当然夫と定めたあなたのためにいたすのです

「推量」の意ととるもの

森本茂『全釈』＝あなたのためでなくて、だれのために髪を結い上げましょうか（ほかならぬあなたのためです）

秋山虔・堀内秀晃『伊勢物語』＝あなた以外の誰のためにこの髪をゆいあげることがありましょうか

「可能」または「適当」の意ととるもの

阿部俊子『学術文庫』＝あなたでなくて、だれが私の髪上げをしてくださることができましょうか（あなただけが私の成人式をして結婚してくださることができる方です）

竹岡正夫『全評釈』＝あなたでなくて、一体誰が、あなたと親しく比べ合ったこの髪を上げてよいものですか

池田龜鑑『精講』＝あなた以外の誰に髪上げをしてもらってよいものでしょうか。夫ときめたあなた以外にはありません

石田穣二『角川文庫』＝あなたでなくてほかの誰が、この髪を結い上げてよいものでしょうか

4

その宮の隣なりける男、御はぶり見むとて、女車にあひ乗りて出でたりけり。いと久しう率ていでたてまつらず。〈うち泣きてやみぬ[べかり]けるあひだに〉、（39段）

〔その御殿の隣に住んでいた男が、御葬送を見ようとして、女車に（女と）同乗して出かけた。たいそう長い間（柩車を）引き出し申し上げない。〈　　　〉、〕

「意志」の意ととるもの

池田龜鑑『精講』＝しようがないのでただ泣いて哀しみ申し上げるだけで、帰ってしまおうとしているところに

秋山虔・堀内秀晃『伊勢物語』＝死を悲しみ嘆くだけでお見送りはやめて帰ろうとしている間に

福井貞助『新編全集』＝そのまま悲しみの涙を流すだけで、帰ってしまおうとするうちに

阿部俊子『学術文庫』＝（あまり長くなるので）お別れを悲しんで泣くだけで実際に柩車のお見送りをしないで、すませてしまおうと考えていた折に

森本茂『全釈』＝そこで男は皇女の死を悲しみ泣いて、拝観をやめて帰ろうとしていたあいだに

「推量」の意ととるもの

森野宗明『講談社文庫』＝お若くておなくなりになったことをいたんで、ほろほろ涙をこぼし、もうそれだけで御葬儀を拝見する気持ちがなくなってしまいそうになっていた、そのときに

石田穣二『角川文庫』＝(皇女を悼んで)泣くだけで終りになってしまいそうだった、その(お待ち申し上げていた)時に

「当然(予定)」の意ととるもの

竹岡正夫『全評釈』＝「うち泣く」とは、前掲「喪葬令」にいう「挙哀(きょあい)」。ここでは納棺後、死者のために声をあげて泣く礼で(中略)「やむ」とは、一般に事が決着するのに言う。「やみぬべかりけるあひだに」とは、御殿内で一同が挙哀して、それで故内親王への告別の儀が一通り終了するはずになっていたのだが、その間に、という意味である。

用例4では、諸家によって異なる状況理解に応じて、「べし」の解釈も異なったものになっている。ちなみに、古注釈の契沖『勢語臆断』、賀茂真淵『伊勢物語古意』などは「意志」の意でとらえている。

○「適当・勧誘」の意について

「べし」の意味分類は、高校古典文法書においても、例えば「当然・義務」の意に「予定」の意を加えたり、「勧誘」と「命令」の意を合わせて一項にしたりするものもあり、あくまで便宜的なものととらえておくのがよい。先に記した「『べし』の基本的用法」と「『べし』の意味の二系統」を大まかに押さえることがまずは大切に思われる。

しかし、「便宜的なもの」と割り切ったように言ってはみるものの、例えば「勧誘」「命令」の意について小田勝『実例詳解　古典文法総覧』が次のように述べるのを前にすると、なお迷いが生じるのも事実である。

「べし」に勧誘・命令の意があるとされることがあるが、当然・適当と判断される行為が2人称の行為である場合に結果として出る意であって、基本的に当然・適当の意と同質のものである。「べし」に勧誘や命令の意を積極的に認めない方がよいと思われる。

なお、『伊勢物語』には「勧誘」や「命令」の意と見るべき用例はない。

○「ざるべし」の「べし」は推量

中古の仮名文学において、「ざるべし」は基本的に打消推量の意を表すと言われる。

5 **わが門(かど)に　千ひろあるかげを　植ゑつれば　夏冬たれか　かくれざる<u>べき</u>**　（79段）

〔我が一門に千尋もある影を作る竹を植えたから、夏も冬も（一門の）誰が（この陰に）隠れ守られないことがあろうか（いや、皆そのお蔭で必ず繁栄するだろう）。〕

〔接続〕

活用語の終止形に付く。ラ変型の活用語には連体形に付く。

●上代では、上一段活用動詞に付く場合、「見べし」「似べし」などの形をとる用例がある。類似の用例に「見らむ」「煮らし」「見とも」などがあり、この「見」「似」「煮」はしばしば連用形（一説に未然形）と説明されるが、古くは終止形のはたらきを持っていたとの見方もある。

→P140【「らむ」の〔接続〕】

6 **我がやどの　萩咲きにけり　散らぬ間に　はや来て見<u>べし</u>　奈良の里人**　（万葉集・二二八七）

〔私の家の萩の花が咲いた。散らないうちに早く見に来てください。奈良の里人よ。〕

●中古でも、右の形が稀に見られる。

7 **しろたへの　波路を遠く　行き交(ゆか)ひて　われに似<u>べき</u>は　たれならなくに**　（土佐日記・一二月二六日）

〔白波の立ち騒ぐ海路をはるばると私と入れ替わりにおいでになって、やがてまた私と同じように無事に任期を終えて帰京なさるはずなのは、他の誰でもありません、あなたですのに（だから気を落とされることなど決してあり

ません）。〕

8 海人の浜屋にも見べき物とも思したらず。＊「海人」に「尼」の意を掛けている。（狭衣物語）
〔漁師の浜辺の小屋（ならぬ尼の住まい）にふさわしいものとも思っていらっしゃらない。〕

●中世では、下二段活用のエ段に付く例が見られる。これに似た現象は「まじ」にも現れるが、中世になって連体形の形が終止形として用いられるようになり、新たな形の終止形に「べし」などを接続させることへの違和感が影響したとも言われる。

9 一人あらせべきことならねば、（住吉物語）
〔独り身でいさせるわけにはいかないので、〕

10 義経名をつけべし。（義経記）
〔義経が名前を付けよう。〕

11 あれ体に計らはれべくは、（曾我物語）
〔あのようにお取り計らいになるならば、〕

〔活用〕

基本形	未然形	連用形	終止形	連体形	已然形	命令形	活用の型
べし	（べく） べから	べく べかり	べし	べき べかる	べけれ	○	形容詞型

＊■は『伊勢物語』に用例あり

●上代には「べく・べし・べき」と活用し、已然形はなかった。

●未然形「べから」は下に助動詞「む」「ず」「まし」などを伴う。『伊勢物語』には未然形「べから」の用例はない。

○「べし」の打消表現

「べし」の打消は「べからず」のほか、「べくもあらず」「べくもなし」が用いられた。「べくもなし」は「べからず」と異なり、和文でもしばしば用いられ、『伊勢物語』にも「べくもあらず」の用例がある。

↓P246【「まじ」と「べからず」「べくもあらず」「べくもなし」】

12　**消息をだに言ふ［べく］もあらぬ女のあたりを思ひける。**（73段）

〔便りさえすることもできない女のことを思った（歌）。〕

13　**さらに聞こえやるべくもなし。**（堤中納言物語・はいずみ）

〔まったく申し上げようもない。〕

○「べからず」の意味

「べからず」は漢文訓読系の表現として多く見られ、『伊勢物語』には用例がない。現代語では禁止の意にほぼ限定されるが、古語では次のように意味に幅がある。

不可能

14　**博学の士もはかる［べから］ず。**（徒然草・一四三段）

〔学識豊かな人も測定することはできない。〕

打消当然

15 えさらぬ事のみいとどかさなりて、事の尽くるかぎりもなく、思ひ立つ日もある**べから**ず。（徒然草・五九段）

〔避けられない用事ばかりがいっそう重なって、俗事のなくなる際限もなく、（出家を）決心する日もあるはずがない。〕

禁止

16 通盛いかになるとも、なんぢはいのちをすつ**べから**ず。（平家物語・小宰相身投）

〔通盛が討ち死にをしても、お前は命を捨ててはならない。〕

○「べけむ」の形

漢文訓読表現に「べけむ」があるが、一般の散文ではごくまれで、高校古典文法書ではふつう未然形「べけ」を活用表に入れない。

17 心は朋友にならふ。いかがえらばざる**べけ**ん。（十訓抄・五ノ序）

〔心は友にならい従う（ものである）。どうして（友を）選ばないでいられようか。〕

▼**連用形「べく」**

○仮定表現「べくは」

連用形「べく」＋係助詞「は」で順接の仮定条件を示す。この表現法は平安時代に起こったもので、上代には見られないと報告されている。

なお、この「べくは」を未然形「べく」＋接続助詞「ば」の清音と説明する場合があり、その立場においてのみ未然形に「べく」を認める。

18 **ゆくほたる　雲の上まで　いぬ べく は　秋風吹くと　雁につげこせ**（45段）
〔（空へ飛んで）行く蛍よ、雲の上まで行くことができるのなら、（下界ではもう）秋風吹いて（雁が来る頃になって）いると雁に知らせてほしい。〕

▼連体形には「べき」と「べかる」がある

○『伊勢物語』における連体形「べき」のはたらき

連体修飾語となる

19 **ことわりと思へど、なほ人をば恨みつ べき ものになむありける。**（94段）
〔無理もないと思うものの、やはりあなたを恨んでしまうにちがいない気持ちであることだなあ。〕

下に助動詞が付く

20 **それにぞあなるとは聞けど、あひ見る べき にもあらでなむありける。**（65段）
〔（男が）そこにいるようだとは聞くが、互いに顔を合わせることもできないのであった。〕

下に助詞が付く

21 **雨のふりぬ べき になむ見わづらひはべる。**（107段）
〔雨が今にも降りそうなので（空を）見て（行こうかどうしようか）迷っています。〕

係り結びの「結び」となる

22 **思ふこと　いはでぞただに　やみぬ べき　われとひとしき　人しなければ**（124段）
〔（心に）思うことを言わずに、そのままやめてしまうのがよいだろう。自分と同じ思いの人などいないのだから。〕

○「べかる」と「べか(ん)」

連体形「べかる」は「べかなり」「べかめり」などのように、撥音便「べかん」の撥音無表記の形「べか」で用いられることが多い。『古典語 現代語 助詞助動詞詳説』に次のように説明されている。

「べかん」は一般散文に用いられている。これは「べかん」が「べかる」に交替してもっぱら用いられたためである。「べかる」の平安時代の用例は和歌に用いられた二例だけのようだといわれる。今昔物語には、

文無(モン)クシテ世ニ何(イカ)ニシテカ可有(アルベ)カルラム　(巻二四・一〇)

の用例があるから、平安時代でも、男性を中心とする世界では行なわれることがあったかもしれない。

ただし、平安時代の用例は少なくとも次の4例がある。(語の組み合わせは「しるべかるらむ」「言ふべかるらむ」の二種類で、和歌での用例のみ。)

23 **咲きそむる　梅の花笠　いつよりか　あめの下をば　しるべかるらん**　(元輔集・一〇〇)

〔咲き初めた梅の花のような新生児さまは、いつの日から天下をばお治めになることでございましょうか(お楽しみでございます)。〕

24 **海にのみ　ひちたる松の　ふかみどり　いくしほとかは　しるべかるらむ**　(古今和歌六帖・三五一三)

〔いつも海に浸かっている松の深緑は、幾度染めたか知れないほど(深い色)だ。〕

25 **露にのみ　色もえぬれば　ことのはを　いくしほとかは　知るべかるらむ**　(蜻蛉日記)

〔露だけで燃えるような紅葉になりましたことゆえ、(あなたの)お言葉という葉は、幾たび染め上げ(て飾り立て)たのかわからないことです。〕

26　**とにかくに　右は心に　かなはねば　左勝ちとや　言ふ[べかる]らん**　（続詞花和歌集・九九六）
〔何にせよ、右の歌は気に入らないので、左の歌の勝ちであるというべきであろうか。〕

なお、中世以降においては、『平治物語』『太平記』『義経記』などにそれぞれ数例ずつの用例があるほか、『保元物語』などにも用例が見られる。

▼已然形「べけれ」の出現は平安時代になってからである

已然形のなかった上代において、「こそ」に応じる結びは「べき」であった。形容詞の活用に照らして、この「べき」もふつう連体形と見なす。

27　**玉釧（たまくしろ）　まき寝る妹も　あらばこそ　夜の長けくも　嬉しかる[べき]**　（万葉集・二八六五）
〔手枕を交わして寝る妻でもいるならば、夜の長いのもうれしいに違いないが。〕

▼音便形

○「べう」「べい」「べかん」

「べし」の音便形には、連用形「べく」→「べう」、連体形「べき」→「べい」、連体形「べかる」→「べかん」があるが、いずれも『伊勢物語』には見られない。

28　**その外はつゆ難つく[べう]もあらず。**　（源氏物語・野分）
〔そのほかはまったく非の打ちどころもない。〕

29　**これみなあ[べい]ことなり。**　（栄花物語・花山たづぬる中納言）
〔これらはみなそうあってしかるべきことである。〕

30　**前（さき）の世の宿世といふものあ[べかん]めれば、思ふにかなはぬわざなり。**　（夜の寝覚）

——〔前世からの宿縁というものがあるようだから、思うに任せぬことである。〕

▼特殊な形

「べし」の語幹相当部分「べ」を含む「べみ」と「べらなり」という形がある。

〇原因・理由「べみ」

「べみ」は「べし」の語幹相当部分「べ」に原因・理由の接尾語「み」が付いたもので、「〜だろうから」の意を表し、上代や中古初期の和歌に見られる。

31 **いでていなば　かぎりなる[べ]み　ともし消ち　年経ぬるかと　泣く声を聞け**（39段）

——〔柩が御殿を〕出ていったならば〔それがこの世における皇女の〕最後だろうから、〔蛍の〕灯が消え〔るように亡くなった皇女は、この世に〕長く生きただろうか〔いや、はかない命だった〕と〔皆が偲んで〕泣く声を聞きなさい。〕

〇推量「べらなり」

「べらなり」は「べし」の語幹相当部分「べ」に接尾語「ら」（「清ら」「さかしら」などの「ら」）が付き、さらに副詞を構成する「に」とラ変動詞「あり」が熟合して出来た語と言われ、推量「〜ノヨウダ」「〜シソウナ様子ダ」の意を表す。平安時代初期の漢文訓読文で用いられたほか、『古今和歌集』『後撰和歌集』『拾遺和歌集』を中心に主に男性歌人の和歌に見られるようで、平安時代初期の男性の口語だったのではないかと言われる。平安時代中期にはすでに古語と意識され、中世以降は衰退した。

32 **鳴きとむる　花しなければ　鶯も　はては物憂く　なりぬ[べらなり]**（古今和歌集・一二八）

——〔鳴いて〔散るのを〕とどめるべき花が〔もう散ってしまって〕ないので、鶯もついに鳴くのが面倒になったようだ。〕

『伊勢物語』に「べらなり」の用例はない。

〔用例〕

a　推量　〈訳語例〉～ダロウ。～（シ）ソウダ。～ニチガイナイ。

未然形　(1)　**やがて首（かうべ）をはねられん事、いかが候［べから］ん。**（平家物語・小教訓）
〔すぐに首をお刎ねになるというのは、いかがでございましょうか。〕

連用形　(2)　**男、わづらひて、心地死ぬ［べく］おぼえければ、**（125段）
〔男が、病気になって、死にそうな気持ちがしたので、〕

連用形　(3)　**むかしはさても侍りぬ［べかり］し。**（うつほ物語・国譲 中）
〔むかしはそのようでもあったのでしょう。〕

終止形　(4)　**武蔵野の心なる［べし］。**（41段）
〔（これは、あの）「（紫のひともとゆゑに）武蔵野の（草はみながらあはれとぞ見る）」の歌の趣（を詠んだの）であろう。〕

連体形　(5)　**目離（めか）るれば忘れぬ［べき］ものにこそあめれ。**（46段）
〔逢わずに離れていると忘れてしまうにちがいないもののようである。〕

連体形　(6)　下には思ひくだく［べか］めれど、誇りかにもてなして、つれなきさまにしありく。（源氏物語・須磨）
〔内心では苦にしているにちがいないようだけれど、意気盛んなふうを装って、平気なようすであれこれふるまっている。〕

已然形　(7)　**身もいたづらになりぬ［べけれ］ば、**（65段）
〔（自分の）身も役立たずになってしまいそうなので、〕

命令形　―

b　当然・義務　〈訳語例〉～ハズダ。～ベキダ。～ネバナラナイ。

未然形　(8)　**都の中に多き人、死なざる日はある［べから］ず。**（徒然草・一三七段）

〔都の中に大勢いる人の、死なない日はあるはずがない。〕

連用形　(9)　**違ふ［べく］もあらぬ心のしるべを、思はずにもおぼめいたまふかな。**（源氏物語・帚木）

〔人違いをするはずもない心の手引きで（やって参ったので）あるのに、心外にもおとぼけになるのだなあ。〕

連用形　(10)　**いまぞしる　くるしきものと　人待たむ　里をば離れず　とふ［べかり］けり**（48段）

〔今こそ思い知った、（人の来るのを待つということは）苦しいものだと。女が（自分の来るのを）待っているような所は絶えることなく訪ねて行くべきだった。〕

終止形　(11)　**十月に朱雀院の行幸ある［べし］。**（源氏物語・若紫）

〔十月に朱雀院への行幸が予定されている。〕

連体形　(12)　**けしう、心置く［べき］こともおぼえぬを、なにによりてか、かからむと、いといたう泣きて、**（21段）

〔どうもわからない、（私に対して女が）心を隔てなければならないことも思い当たらないのに、どうしたわけで、こうなのだろうと、たいそうひどく泣いて、〕

連体形　⒀　某（それがし）が討たる**べかる**らん咎（とが）はそもそも何事ぞや。（太平記）

〔私が討たれねばならないという過ちはいったい何か。〕

已然形　⒁　「明日御物忌なるに籠る**べけれ**ば、丑になりなばあしかりなむ」とてまゐりたまひぬ。（枕草子・一三〇段）

〔「明日は（宮中の）御物忌なので殿上に詰める予定だから、丑の刻になってしまったら不都合だろう」と言って参内なさった。〕

命令形　――

c　可能

〈訳語例〉～コトガデキル。～ラレル。

未然形　⒂　「消息をつきづきしう言ひつ**べから**む者一人」と召せば、（枕草子・三三段）

〔「言伝てをふさわしく言えそうな者を一人（呼んでおくれ）」とお呼び寄せになると、〕

連用形　⒃　消息をだに言ふ**べく**もあらぬ女のあたりを思ひける。（73段）

〔便りさえすることもできない女のことを思った（歌）。〕

連用形　⒄　月夜には　それとも見えず　梅の花　香を尋ねてぞ　知る**べかり**ける（古今和歌集・四〇）

〔（花も月の光も白いので）月夜にはどれが梅の花だか見当がつかない。香りを目当てに探し求めれば（どれが梅の花であるか）わかるというものだ。〕

終止形　⒅　これを射そんずる物ならば、世にある**べし**とは思はざりけり。（平家物語・鵺）

〔これを射損じでもしたら、世に生きていられるとは思わなかった。〕

連体形 ⒆ それにぞあなるとは聞けど、あひ見る［べき］にもあらでなむありける。（65段）

〔（男が）そこにいるようだとは聞くが、互いに顔を合わせることもできないでいたのだった。〕

連体形 ⒇ 露にのみ　色もえぬれば　ことのはを　いくしほとかは　知る［べかる］らむ（蜻蛉日記）

〔露だけで燃えるような紅葉になりましたことゆえ、（あなたの）お言葉という葉は、幾たび染め上げ（て飾り立て）たのかわからないことです。〕

已然形 ㉑ すぐに渡らば、その日の中に攻めつ［べけれ］ば、（敵ノ）忠恒、渡りの舟どもをみな取り隠してけり。（宇治拾遺物語・一一ノ四）

〔（迂回せず）まっすぐに渡れば、その日のうちに攻めることができるので、忠恒は、渡しの舟どもをみな取り隠してしまった。〕

命令形 ——

d　意志

〈訳語例〉～ウ。～ヨウ。～ツモリダ。

未然形 ㉒ 「今より後はかかる事さらにさらにす［べから］ず」など神もいへば、「さらばよしよし、今より後はかかる事なせそ」と言ひ含めて許しつ。（宇治拾遺物語・一〇ノ六）

〔「これからはこのようなことは決して決していたさぬ」などと神も言うので、「それならばよいよい。これからはこのようなことをするなよ」と言い含めて許した。〕

連用形 ㉓ 家を出で世をのがれ、山林流浪の行者ともなりぬ［べう］こそ候へ。（平家物語・城南之離宮）

〔出家遁世し、山林を流浪する行者ともなってしまいとうございます。〕

連用形＊1 ㉔ 十六歳まで形の如く学問を仕り、さても京都に候ふ［べかり］しを、平家内々方便を作る由承り候ひし間、奥州へ下向仕り、秀衡を頼みて候ひつるが、（義経記）

〔十六歳まで型どおり学問を修め、そのまま京都にいるつもりでしたが、平家がひそかに（私を討つ）方策を巡らしている旨を噂に聞きましたので、奥州へ下向いたし、秀衡を頼っておりましたが、〕

終止形 ㉕ 毎度ただ得失なく、この一矢に定む［べし］と思へ。（徒然草・九二段）

〔射るたびにいつも仕損じなく、この一本の矢で決着をつけようと思え。〕

連体形 ㉖ 何の遺恨をもッて、此一門ほろぼす［べき］由の結構は候ひけるやらん。（平家物語・小教訓）

〔何の恨みがあって、この（平家）一門を滅ぼそうという旨の計画を立てたのでしょうか。〕

連体形 ㉗ 「殺させたまふ［べか］なるこそ」とて、（和泉式部日記）

〔「お殺しになるおつもりとは」と言って、〕

已然形 ㉘ 現心も失せ果てて、這ひも入りぬ［べけれ］ど、すべき方もなくて、（宇治拾遺物語・三ノ一九）

〔気もとり乱してしまって、（女の方へ）這い入りもしたいけれど、どうしようもなくて、〕

命令形 ―

【補足説明】

＊1…『伊勢物語』39段の用例4「うち泣きてやみぬ［べかり］けるあひだに」（P162）を「意志」の意ととらえている注釈書も少なくない。

e　適当・勧誘　〈訳語例〉～（ノ）ガヨイ（ダロウ）。～（スル）ガヨイ（ダロウ）。

未然形 ㉙ 返事(かへりごと)いかがす**べから**む。(枕草子・一二七段)
〔返事はどうしたらよいのだろう。〕

連用形 ㉚ 軍(いくさ)どもに問はれけるに、軍ども、「さらに渡し給ふべきやうなし。まはりてこそ寄せさせ給ふ**べく**候へ」と申しければ、(宇治拾遺物語・一一ノ四)
〔兵士たちに問われると、兵士たちは、「とても(まっすぐに)お渡しになれる方法はない。迂回してお攻めになるのがよいでしょう」と申したので、〕

連用形 ㉛ なかなかに 恋に死なずは 桑子(くはこ)にぞ なる**べかり**ける 玉の緒ばかり(14段)
〔なまじっか(人に生まれて)恋い焦がれて死んだりせずに、(夫婦仲のよい)蚕になるのがよかったなあ。(蚕の命のように)ほんの短い間でも。〕

終止形 ㉜ あふなあふな 思ひはす**べし** なぞへなく たかきいやしき 苦しかりけり(93段)
〔身分相応に恋はするのがよい。比べようがないほど身分の高い者と低い者(との恋)は苦しいものだったのだ。〕

連体形 ㉝ 京にはあらじ、あづまの方にすむ**べき**[*2]国もとめにとてゆきけり。(9段)
〔京には居るまい、東国の方に住むのによい国を求めにと思って出かけて行った。〕

連体形 ㉞ かくてしばしも生きてありぬ**べかん**めりとなむおぼゆる。(枕草子・二五九段)
〔このままでしばらくは生きていてもよさそうだと感じられる。〕

已然形 ㉟ くはしく書く**べけれ**ど、むつかし。(落窪物語)
〔詳しく書くのがよいだろうが、煩わしい(ので省略する)。〕

命令形　―

【補足説明】

＊2…〔用例〕(33)の「べき」の意味判別について、池田亀鑑『精講』〔現代語訳「よい住み場所」〕、森野宗明『講談社文庫』〔現代語訳「住むにふさわしいところ」〕などは「適当・勧誘」の意とする。阿部俊子『学術文庫』、福井貞助『新編全集』、秋山虔・堀内秀晃『伊勢物語』、竹岡正夫『全評釈』、片桐洋一『全読解』などは「可能」の意とする。

f　命令　〈訳語例〉～セヨ。

未然形　(36)　大方はまことしくあひしらひて、偏(ひとへ)に信ぜず、また疑ひ嘲(あざけ)る**べから**ず。（徒然草・七三段）

〔だいたいは真実のこととして対応しておいて、（心中では）いちずに信じたり、また疑ってバカにしたりしてもいけない（ものである）。〕

連用形　(37)　延喜の御時、若宮の御袴着(はかまぎ)御屏風の歌、ただ今詠みてたてまつる**べく**、伊衡(これひら)中将の御使ひにて、おほせられたりけるに、（無名草子）

〔醍醐天皇の御時、若宮の御袴着の（式場に飾る）御屏風の和歌を、今すぐに詠んで差し上げよと、伊衡中将がお使いとして、お申し付けになったところ、〕

連用形　(38)　＊3

終止形　(39)　「相構へて夜を日についで、勝負を決す**べし**」と仰せ下さる。（平家物語・逆櫓）

〔「必ず昼夜兼行で、勝負を決せよ」と仰せ下された。〕

連体形　(40)　ただ今惟光朝臣の宿る所にまかりて、急ぎ参る**べき**よし言へと仰せよ。（源氏物語・夕顔）

〔今すぐ惟光朝臣の泊まっている所へ行って、急いで参るように言えと（随身に）申し付けよ。〕

連体形　(41)　＊4

已然形　(42)　ここにこそ、いとかしこく思し落とさざる べけれ。（うつほ物語・嵯峨の院）

〔私のことを、もっと真剣に思って軽んじないでください。〕

命令形　—

【補足説明】

＊3・4…「命令」の意の連用形「べかり」、連体形「べかる」の用例はまだ見あたらない。「べかり」「べかる」が「命令」の意を表す場合は想定しにくく、あるいはその用例はないのかもしれない。

4　推定の助動詞

推量を表す助動詞のうち、客観的な事実を根拠として持つ「らし」「めり」「なり」および「けらし」を特に推定の助動詞として分類する。

推定の助動詞を含む述語は、主語に一人称が立つことがない点や、疑問表現を受けて用いられることが原則的にない点でも、推量の助動詞「む」「べし」などと異なっている。

【らし】

〔語誌〕

語の起源については、ラ行変格活用動詞を形容詞化した「有らし」とする説のほか、「有り」に「らし」の付いた「あるらし」が「あらし」→「らし」と変化したとする説など、複数説あるが、不詳である。→P132【「らむ」の〔語誌〕】

おもに上代に用いられた語である。ただし、上代においても文末終止にしか用いられず、助動詞としてすでに衰えを見せていたとされる。

平安時代には、ほとんど和歌でのみ用いられた。『伊勢物語』に見える3例もすべて和歌での用例である。十世紀末頃の藤原公任『新撰髄脳』(『日本歌学大系　第壱巻』所収)に〈かも、らしなどの古詞などは常に詠むまじ〉と見え、当時すでに古めかしい語ととらえられていたことがわかる。平安時代中期以降、和歌では「らむ」に、散文では「めり」にとってかわられた。

中世の歌人は「らし」と「らむ」を類義と考えていたらしく、〈鎌倉時代の歌人、上覚の『和歌色葉』には、ある和歌に注して、「恋ふらしとは恋ふらんかしなり」と記しているし、『毘沙門堂本古今集註』にも、「消ぬらしといふは、消えぬらむといふ心なり」という類の注がある。「らし」のほうが「らむ」より強い表現になるといった程度の違いと考えていたらしい〉(「國文學」第29巻8号)と指摘されている。

近世に用いられた「らし(い)」は体言や連体形に接続し、形容詞型に活用する。これは接尾語「らしい」とともに室町時代ごろに生じて新たに発達し、現代語「らしい」につながったもので、これと中古以前の「らし」との直接の関係は認められないとされる。

〔意味〕

「らし」は、上代ではほぼ断定に近い推量を表したと言われ、漠然とした推量ではない。表現者が客観的事実を認定したうえでする根拠を持った自信・確信のある推量で、ふつう推定の根拠となった事実が明示される。

「らし」と「らむ」の違い

「らむ」と「らし」は現在の事柄について推し量るという点で共通するものの、両者には性質に違いがある。『伊勢物語』の次の用例1には、二つの助動詞の本来的な性質の違いが明確に表れている。

1　**いつのまに　うつろふ色の　つきぬらむ　君が里には　春なかるらし**（20段）

〔（あなたの心には、この楓のように）いったいいつの間に変わっていく色がついてしまったのだろう。あなたの住む里には春がない（にちがいなく、人を飽きるという秋ばかりしかない）にちがいない。〕

「らむ」が上に「いつのまに？」という疑問・疑念の語を置いて、驚きとともに不明確な色合いの濃い推量（ここでは、時に関する不明確さ）を表しているのに対し、「らし」は「うつろふ色のつきぬ」という事実を根拠として、確信を持って「君が里には春なかる」と推定している。このように根拠のある推定を表す「らし」は確信の程度が強く、元来疑問表現を受けて用いられることはなかった。中世になり、疑問表現を伴う例が増加する。これは、中世の歌人が「らし」と「らむ」を類義語と見ていたためであろうと考えられる。

2　**草深き　霞の谷に　はぐくもる　うぐひすのみや　昔恋ふらし**（金槐和歌集・一四）

〔草深い（深草の里の）霞の立ちこめた谷に生い出でた鶯だけが昔を恋い慕っているのだろうか（その鳴く声が聞こえるよ）。〕

なお、次の用例3のように根拠を明示していない用例もないわけではない。この場合には、一般に流布している「月の桂」という文学的な知識が言外の根拠としてはたらいているのだろう。

3 水底（みなそこ）の 月の上より 漕ぐ舟の 棹にさはるは 桂なる **らし**　（土佐日記・一月一七日）

〔水底に映っている月の上を漕いでゆく（私どもの）舟の棹に触るのは（月に生えているという、あの）桂であるにちがいない。〕

○原因・理由の推定

「らむ」に「現在推量」「原因推量」の両義があったように、「らし」にも「原因・理由の推定」の意があった。

4 我が背子が かざしの萩に 置く露を さやかに見よと 月は照る **らし**　（万葉集・二二二五）

〔あなたが髪に挿している萩に置く露をはっきり見よというわけで月は照っているにちがいない。〕

用例4では「月は照る」という眼前の明らかな事実に対し、月がそのように照っている理由は「我が背子が かざしの萩に 置く露を さやかに見よ」ということにちがいないと推定している、ととらえることができる。

この用法は〈中古以降の確例はない〉（『角川古語大辞典』）と言われ、『伊勢物語』にもその用例はない。

〔接続〕

活用語の終止形に付く。ラ変型の活用語には連体形に付く。

▼「らし」の特殊な接続

イ　ラ変型（形容詞のカリ活用・形容動詞型を含む）に付く場合、しばしば「高からし」「ならし」などとなる。

5　**秋の夜は　露こそことに　寒からし　草むらごとに　虫のわぶれば**　（古今和歌集・一九九）

〔秋の夜は（おしなべて寒いが）露がことに冷たいにちがいない。どの草むらでも虫が辛そうに鳴いているところを見ると。〕

ロ　上代では、上一段・上二段活用動詞に付く場合、連用形（一説に未然形）に付いた。ただし、これらを「見らむ」「似べし」などと同様の現象と見て古代の終止形の名残との見方もある。また、用例7の「恋ひらし」について、『新編日本古典文学全集9　萬葉集④』頭注が〈恋フラシの訛りか。あるいは、東国語では上二段動詞もラム・ラシ・ベシの類に連用形から接続したか〉と述べているように、東国方言だったという見方もある。

6　**春日野に　煙立つ見ゆ　娘子（をとめ）らし　春野のうはぎ　摘みて煮らしも**　（万葉集・一八七九）

〔春日野に煙が立っているのが見える。おとめたちが春野のヨメナを摘んで煮ているにちがいないよ。〕

7　**我（わ）が妻は　いたく恋ひらし　飲む水に　影（かご）さへ見えて　よに忘られず**　（万葉集・四三二二）

〔私の妻はひどく恋い慕っているにちがいない。飲む水に面影まで映って見えて、とても忘れられない。〕

→P140【「らむ」の〔接続〕】

〔活用〕

基本形	未然形	連用形	終止形	連体形	已然形	命令形	活用の型
らし	○	○	らし	らし（らしき）	らし	○	無変化型（形容詞型とも）

＊網掛け（終止形・已然形）は『伊勢物語』に用例あり

●上代では「こそ」に応じる結びは「らしき」だった。形容詞の活用に照らし、これを連体形としている。平安時代以降は語形の変化はない。

8 **古(いにしへ)も　然(しか)にあれこそ　うつせみも　妻を争ふ[らしき]**　（万葉集・一三）

〔昔もこうだったからこそ、今の世でも（一人の）妻を取り合って争うにちがいない。〕

●連体形「らし」は、上代に体言に上接した例が少数あるが、中古では係り結びの結びとしてのみ用いられた。

9 **大君の　継ぎて見(め)す[らし]　高円(たかまと)の　野辺(のへ)見るごとに　音(ね)のみし泣かゆ**　（万葉集・四五一〇）

〔先帝（亡き聖武天皇の霊）が今もご覧になっているにちがいない高円の野辺を見るたびに声をあげて泣けてくる。〕

●已然形は中古から用例が見え、〔用例〕(3)のように「こそ」の結びとしてのみ用いられた。

〔用例〕

推定　〈訳語例〉（確カニ）〜ニチガイナイ。〜ラシイ。

未然形　—

連用形　—

終止形　**(1)** **百年(ももとせ)に　一年(ひととせ)たらぬ　つくも髪　われを恋ふ[らし]　おもかげに見ゆ**　（63段）

〔百歳に一歳足らない老女が私を恋うているにちがいない。その姿が幻に見える。〕

連体形　**(2)** **たつた河　色紅に　なりにけり　山のもみぢぞ　今はちる[らし]**　（後撰和歌集・四一三）

〔竜田川は色が紅になったなあ。山の紅葉は今は散っているにちがいない。〕

已然形

(3)　**ぬき乱る　人こそある らし 白玉の　まなくも散るか　袖のせばきに**　(87段)

〔(真珠をつないだ)緒を抜いて散り散りに乱している人がいるにちがいない。真珠が絶え間なく散りかかってくることよ、(それを受ける私の)袖は狭いのに。〕

命令形

—

【けらし】

〔語誌〕

語の成り立ちについての主な説として次の二説がある。

(1) 過去の助動詞「けり」の連体形に、推定の助動詞「らし」が付いた「けるらし」の縮約形。

(2) 過去の助動詞「けり」の上代の未然形「けら」に形容詞を作る接尾語「し」が付き、助動詞化したもの。

(1)の説は「る」の脱落を説明しづらい点に難があるとされる。(2)の説は過去の助動詞「けり」に対する形容詞形ということもでき、「なつかし」を動詞「なつく」の形容詞形とするのと同じ見方であり、これにしたがえば、「あらし」「ならし」も「あり」「なり」の形容詞形ということになる。→P181【「らし」の〔語誌〕】

推定の助動詞「らし」と同様に、元来は次の用例1のように推定の根拠として確かな事実が示されたが、平安時代以降は根拠が示されない例も多くなった。

1 **夕されば　小倉の山に　鳴く鹿は　今夜(こよひ)は鳴かず　寝(い)ねに<u>けらし</u>も**（万葉集・一五一一）

〔夕方になると（いつも）小倉の山で鳴く鹿は今夜は鳴かない。（もう）寝てしまったにちがいないよ。〕

○和歌以外における「けらし」

「けらし」は和歌で用いられることが多いが、地の文で用いられることもある。

『伊勢物語』には「らし」の用例が全部で3例あるが、用いられた場はそれぞれ異なる。

地の文

2　**ひとりのみもあらざり**[**けらし**]**。**（2段）

〔独り身（で、通って来る男がいない）というわけでもなかったらしい。〕

会話文

3　**よろこぼひて、「思ひ**[**けらし**]**」とぞいひをりける。**（14段）

〔（女はその後も）ずっと喜んで、「（あの人は私を）思っていたにちがいない」と（人々に）言っていた。〕

和歌

4　**まろがたけ　過ぎに**[**けらし**]**な　妹見ざるまに**（23段）

〔私の背丈は（井筒を）越してしまったにちがいないよ。あなたを見ないうちに。〕

〔意味〕

過去、または過去から現在まで存続した事実について、「〜（テキ）タニチガイナイ」「〜（テキ）タラシイ」と確信をもって推量する意を表す。

○近世俳人の「過去の婉曲」用法

主に近世の用法として、「過去の婉曲」（〜タコトヨ）の意がある。「けり」と言い切ってよいところを婉曲に表現し、余情を込める表現で、井本農一・久富哲雄『新編日本古典文学全集71　松尾芭蕉集②』は頭注で、次の用例5の「けらし」について〈芭蕉のよく使う語法で「けり」より詠嘆性が強い〉とし、用例6の「けらし」については〈「けり」でよいところをぼかして詠嘆的に言った。芭蕉や俳人たちの慣用的語法〉としている。

5 まことに愛すべき山のすがたなり**けらし**。（鹿島詣）

〔まことにめでたき山の姿であったことよ。〕

6 あはれさしばらくやまざり**けらし**。（奥の細道・市振）

〔かわいそうな気持ちがしばらく収まらなかったことよ。〕

〔接続〕

活用語の連用形に付く。

〔活用〕

基本形	未然形	連用形	終止形	連体形	已然形	命令形	活用の型
けらし	○	○	**けらし**	けらし（けらしき）	けらし	○	無変化型（形容詞型とも）

＊ ■は『伊勢物語』に用例あり

●連体形「けらしき」は「らし」の連体形「らしき」同様、上代でのみ用いられた。平安時代以降は語形の変化はない。

7　**白砂**（しらまなご）　**清き浜辺**（はまへ）**は　行き**（ゆ）**帰り　見れども飽かず　うべしこそ　見る人ごとに　語り継ぎ　しのひけらしき**　（万葉集・一〇六五）

〔白砂の清い浜辺は、行き来のたびに見ても飽きない。なるほどそれだからこそ、見る人が皆、語り伝え、賞美したにちがいない。〕

〔用例〕

過去の推定　〈訳語例〉～（テキ）タニチガイナイ。～（テキ）タラシイ。

未然形　—

連用形　—

終止形　(1)　**よろこぼひて、「思ひけらし」とぞいひをりける。**　（14段）

〔（女はその後も）ずっと喜んで、「（あの人は私を）思っていたにちがいない」と（人々に）言っていた。〕

連体形　(2)　**忍びて心かはせる人ぞありけらし。**　（源氏物語・帚木）

〔（この女には）こっそりと情を交わしている男があったにちがいない。〕

已然形　(3)　**ほのぼのと　春こそ空に　来にけらし　天の香具山　霞たなびく**　（新古今和歌集・二）

〔ほんのりと春が空にやってきたにちがいない。天の香具山に霞がたなびいているよ。〕

命令形　—

【めり】

〔語誌〕

語源は「見あり」(動詞「見る」の連用形＋ラ行変格活用動詞「あり」)の転とする説が有力である。視覚に基づく推定で、聴覚推定の「なり」と対比される。↓P132【「らむ」の〔語誌〕】

中古になって発達した語で、上代では次の用例1が唯一例と言われるが、東歌である点で、また連用形に接続している点で、問題が残るとされる。用例中の「潮船の」は「並べ(て)」の枕詞である。

1 **乎久佐男と　乎具佐受家男と　潮船の　並べて見れば　乎具佐勝ち［めり］**(万葉集・三四五〇)

〔乎久佐男と乎具佐受家男とを並べて見ると、乎具佐の方が(風采が)優れているようだ。〕

「めり」が疑問の語とともに用いられた用例はごく少なく、用いられても、ふつう次のように反語表現をとり、確信的に表現する点で「らし」に近い。

2 **(道長の観相をした人物ハ)いみじかりける上手かな。当て違はせたまへることやおはします［める］。**(大鏡・道長)

〔(道長の観相をした人物は)すばらしい(観相の)名人でしたよ。人相を見損なわれたことがおありでしょうか(いや、その後のご運勢はすべてその相人が言い当てたとおりでした)。〕

「らし」が中古になって文語化し、もっぱら和歌に用いられるようになったのと入れ替わる形で「めり」が散文で用いられたと考えられる。中古・中世における使用状況については、小学館『古語大辞典』が次のように解説している。

「めり」は中古初期の竹取物語・伊勢物語・大和物語・土左日記などには、用例が少ない（松尾捨治郎の調査ではこの四文献で二十三例）。また和歌では、八代集を通じて二十七例に過ぎない。和歌にはあまり用いられなかった。それが中古中期以降散文用語として急速な発展を遂げ、源氏物語・枕草子・大鏡・栄花物語などにはおびただしく用いられるようになる。中世に入ると急激に減じ、擬古的な文章以外には用いられることはまれになる。

〔意味〕

「推定」と「婉曲」の意を表すが、「推定」と「婉曲」の区別はしばしば微妙である。平安時代後半には「推定」よりも「婉曲」と解した方がよい例が多くなるようである。

○『伊勢物語』では「推定」の意

『伊勢物語』における用例は、全4例がいずれも「推定」の意と考えられ、「婉曲」の意の確かな用例はない。用いられている場面は、会話文中と和歌中が各2例ずつである。用例数自体が少ないものの、八代集での状況と比べ、『伊勢物語』では和歌中の使用が目立つと見てよいのではないだろうか。

なお、和歌で用いられたうちの1例である次の用例3は、高校教科書にしばしば採られる「梓弓」に見える。高校一年の段階で「めり」に出会う稀少な例と思われるが、一般に使用例の少ないとされる和歌での用例である点、注意を要する。

3　**あひ思はで　離**（か）**れぬる人を　とどめかね　わが身は今ぞ　消えはてぬめる**　（24段）

〔私の思いが通わないで離れてしまった人を引き止めることができず、私の身はいま死んでしまうようだ。〕

〔接続〕

活用語の終止形に付く。ラ変型活用語には連体形に付く。

●ラ変型に付く場合は、ラ変型の語末の「る」が撥音便「ん」となり、その撥音が表記されず、「あめり」「なめり」「多かめり」などの形になることが多い。→〔用例〕(2)・(4)・(7)・(8)

〔活用〕

基本形	未然形	連用形	終止形	連体形	已然形	命令形	活用の型
めり	○	めり	**めり**	**める**	**めれ**	○	ラ変型

＊■は『伊勢物語』に用例あり

▼連用形「めり」

連用形「めり」は下に助動詞が付く用法に限られ、連用中止法はない。そのため活用表では（　）を付けて示す場合もある。なお、『伊勢物語』には連用形の用例はない。

参考＝連用形「めり」に下接する助動詞（『源氏物語』について報告されている用例数）

「き」……終止形「めりき」＝3例
　　　　連体形「めりし」＝36例
　　　　已然形「めりしか」＝13例　（合計52例）
「けり」……終止形「めりけり」＝3例
「つ」……連体形「めりつる」＝2例

〔用例〕

a　推定　〈訳語例〉～ト見エル。～ノヨウダ。

未然形　―

連用形　(1)　**はかなき御くだものをも聞こしめしふれず、ただ弱りになむ弱らせたまふ[めり]し。**（源氏物語・総角）

〔ほんのわずかの御くだものもお召し上がらず、ただお弱りになる一方のようだった。〕

終止形　(2)　**「忘れぬるな[めり]」と、問ひ言しける女のもとに、**（36段）

〔「（私のことを）忘れてしまったようだ」と、詰問してきた女のところに、〕

連体形　(3)　**うぐひすの　花を縫ふてふ　笠もがな　ぬる[める]人に　着せてかへさむ**（121段）

〔鶯が（梅の）花を縫って作るという笠があってほしい。濡れて見える人に着せて（里に）帰したい。〕

已然形　(4)　**世の中の人の心は、目離(めか)るれば忘れぬべきものにこそあ[めれ]。**（46段）

〔世の中の人の心は、逢わずに離れていると忘れてしまうにちがいないもののようである。〕

命令形　―

b　婉曲　〈訳語例〉～ヨウダ。～ニ思ワレル。

未然形　―

連用形　(5)　**七月(ふみづき)にぞ后ゐたまふ[めり]し。**（源氏物語・紅葉賀）

〔七月には后がお立ちになるようだった。〕

終止形　(6) **御前の花、心ばへありて見ゆ[めり]。**（源氏物語・紅梅）
〔お庭先の花が、風情があるように思われる。〕

連体形　(7) **和歌もあそばしけるにこそ。古今にも、あまたはべ[める]は。**（大鏡・良房）
〔（太政大臣良房は）和歌もよくお詠みになられた。『古今和歌集』にも、たくさん歌が入っているようですよ。〕

已然形　(8) **昔物語にも人の御装束（さうぞく）をこそまづ言ひた[めれ]。**（源氏物語・末摘花）
〔昔物語にも人の御装束のことを真っ先に言っているようだ。〕

命令形　—

【補足説明】

『伊勢物語』の4例すべてについて、その表す意味とその周辺的な事情について確認しておく。

用例3　**「わが身は今ぞ　消えはてぬ[める]」**（P192）

諸注のほとんどが「推定」の意ととらえており、意味の判別自体に問題はなさそうである。ただし、池田龜鑑『精講』は「…今、私は死んでしまいます」と訳しており、「婉曲」の意ととらえていた可能性はある。

ところで、歌の作者の女が視覚推定の「めり」を用いて「私の身はいま死んでしまうようだ」と判断した、その視覚的根拠は何だったのだろうか。女の死については、著者未詳の『伊勢物語嬰児抄』が〈ふかき清水におち入りてはかなくなりたり〉と記しているといい、新井無二郎『評釈伊勢物語大成』は〈女は恰も狂気の如く、あとを追うたが及ばず。遂に心臓麻痺で死んだ〉としている。これら恣意的かつ大胆な見解はさておいても、女が「清水のある所」に倒れ伏した理由として〈追って行くうちに息苦しくなり、水をもとめて清水の所で倒れ伏したのである〉（森本茂『全釈』）に類した想像は古注釈以来少なくない。その当否も不明と言うしかないが、倒れた所が「清水のある所」であったことにより、「清水」が視覚推定「めり」の契機ないしは根拠となったのかもしれないことは、『大和物語』一五五段で女が「山の井」に映った自らの衰えた容色に絶望してやがて息絶えた状況を思い合わせると、必ずしも排除できないだろうと思われる。

〔用例〕(2)　「**忘れぬるなめり**」

多くの注釈書が「推定」の意ととらえているが、視覚的根拠が明示されていないこともあってか、「婉曲」の意ととらえているものもある。竹岡正夫『全評釈』は明確に〈断定を避け婉曲に言う意〉とし、渡辺実『集成』も〈(私を)忘れてしまったのですね〉と訳している。

森野宗明『講談社文庫』が次のような丁寧な注を加えており、頷ける。

> この場合の「めり」は、婉曲としても解せるが、「見たところ……のようだ」という、本来の視覚推量の用法が生きているものとみてよい。そう解すると直線的に思うところを述べた発言になり、次の「とひごとす」と直結する。

〔用例〕(3)　「**ぬるめる人**」

この歌が詠まれた事情として、「男、梅壺より雨にぬれて人のまかりいづるを見て」という視覚的根拠が明示されており、「める」は「推定」の意。

〔用例〕(4)　「**忘れぬべきものにこそあめれ**」

用例の直前に「(あなたハ私ヲ)忘れやしたまひにけむと、いたく思ひわびてなむはべる」とある。推量の助動詞「けむ」に注目すれば、用例が述べる世間一般の事情について、確かな事実であって間違いないと断定するには至っていないものと思われる。したがって、断定しうる内容を遠回しに述べたというよりも、「忘れてしまうにちがいないもののようである」と「推定」したものと判別した。

【なり】（伝聞・推定）

〔語誌〕

「音あり」または「なあり」から成立したと考えられている。後者の「な」は「鳴く」「泣く」「鳴る」などの語幹である。
↓P132【「らむ」の〔語誌〕】

上代においては体言にのみ接続した断定「なり」が、中古初期からは活用語の連体形にも接続するようになり、伝聞・推定「なり」と区別の紛らわしいものが生じた。

「活用語＋なり」識別の目安

推定「なり」と断定「なり」の識別の目安として、次のような着眼点を挙げることができる。

(1) **上接語の活用形（接続）から判断する場合**

・終止形＋「なり」**↓推定**　（例）行きぬなり＝連用形＋「ぬ」（完了の終止形）＋推定「なり」

・連体形＋「なり」**↓断定**　（例）行かぬなり＝未然形＋「ぬ」（打消の連体形）＋断定「なり」

(2) **特徴的な形から判断できる場合**

a上接の形　・ア段音（＋ん）＋なり　**↓推定**

（例）あ（ん）なり・をかしか（ん）なり・な（ん）なり・ざ（ん）なり・べか（ん）なり・まじか（ん）なり

・形容詞型「（…し）き」＋なり　**↓断定**

b下接の語　・「なり」＋推量の助動詞（ならむ・なりけむ・なるらむ・なるべし）　**↓断定**

・推定「なり」は推量表現とともには用いられない。

(3) **文脈から判断できる場合**

・聴覚に関連した文脈　　**↓推定**

・「なり」を含む述語の動作主が一人称　　**↓断定**

・疑問語とともに用いられている　　**↓断定**

(4) **「なり」自体の活用から判断できる場合**

・未然形「ならむ・ならず」の形・連用形「なりき・なりけり」・命令形「なれ」　　**↓断定**

・推定「なり」に未然形・命令形はなく、連用形も限定的。

以上のような目安はあるものの、両者の識別において慎重を期すべき用例は少なくない。このことについて『國文學』(第29巻8号)が次のように注意を喚起している。

前後にやや離れて、情報を耳に入れる環境にあると理解できるような記述があったり、見えないが、物音をとらえているなどの記述を正確にとらえなければならない。

あるいは、ふつう「推定」の意と解される『伊勢物語』59段の用例「**わが上に　露ぞ置く[なる]　天の河　とわたる船のかいのしづくか**」について、森野宗明『講談社文庫』が次のような考察を加えている。

「おくなる」の「なる」が問題。終止形承接の聴覚判断の「なり」、いわゆる推定、伝聞の「なり」とすると、判断のもとになった聴覚材料が何かという点がつかみにくい。あるいは、水を顔にそそぎかけるときの音などを考えるべきか。「かいのしづく」も聴覚印象と連合するが、やはり、この「なる」が聴覚判断のそれであることと関連するか。断定とみれば簡単だが、散文的でありすぎ無味乾燥な感じが強い。

〔意味〕

○原義「…の音（声）がする」

上代では単に音響が聞こえることを表す用法が基本で、「…の音（声）がする」「…が聞こえる」と訳せる場合が多い。

1 **吉野なる　夏実（なつみ）の川の　川淀に　鴨そ鳴く［なる］　山影にして**（万葉集・三七五）

〔吉野にある夏実の川のよどんでいる所で鴨が鳴いているのが聞こえる、山の陰になった所で。〕

中古でもそのように解釈できる用例が少なくない。次の用例2もその一例だが、高校古典文法書ではふつうこれらも含めて「推定」の意とまとめている。

2 **暁に、「花盗人あり」と言ふ［なり］つるを、なほ枝などすこし取るにやとこそ聞きつれ。**（枕草子・二六〇段）

〔明け方に、「花盗人がいる」と言う声がしたが、それでもやはり（桜の）枝などを少し折りとるのだろうかと聞いたのに。〕

この元来の用法から、目に見えていない事柄について聴覚的根拠をもとに「推定」する用法や、自分が直接確かめたことではない事柄を人から伝え聞いたことを表す「伝聞」の用法が生じた。

「めり」が視覚推定を表すのに対し、「なり」は聴覚推定を表すが、次の用例3のように、音声などのいわゆる聴覚的根拠ではなく、人の話などをもとにして推定する場合もある。

3 **さては扇のにはあらで、くらげのな［なり］。**（枕草子・九八段）

〔それでは扇の（骨）ではなくて、海月のであるようだ。〕

○『伊勢物語』における原義的用法

『伊勢物語』における全13例の「なり」の用例のうち、「伝聞」は9例、「推定」は4例で、「伝聞」が優勢である。原義的用法である「…の音（声）がする」「…が聞こえる」の意を表す用例として次のようなものがある。

4　**おきなさび　人なとがめそ　かりごろも　今日ばかりとぞ　鶴（たづ）も鳴く**[**なる**]　（114段）

〔（私が）年寄りくさいのを人々咎めてくださるな。（私が）この狩衣を着るのも今日限りと思っているが、今日限りの命だと（今日の獲物になる運命の）鶴も鳴くのが聞こえる。〕

○江戸時代に生じた「詠嘆」用法

江戸時代の和歌や俳諧などに、終止形接続の「なり」を詠嘆の意で用いた用例がある。これは中古の和歌に用いられた伝聞・推定の「なり」を詠嘆の意と解釈したために誤って広まったと推測されている。「～（コト）ダナア」「～デアルコトヨ」などと訳す。

5　**月きよみ　さけはととへど　をとめども　ゑみてこたへも　なげにみゆ**[**也**]　（大隈言道『草径集』二五〇）

〔月が美しいので、酒は（あるか）と尋ねるが、少女たちは笑って答えもなさそうに見えることだなあ。〕

〔接続〕

活用語の終止形に付く。ラ変型活用語には連体形に付く。

●上代では、ラ変動詞にも、終止形に接続した。

6　**葦原中国（あしはらなかつくに）は、いたくさやぎてあり**[**なり**]。（原文「阿理那理」）　（古事記・中）

〔葦原中国は、ひどく騒がしいようである。〕

〔活用〕

基本形	未然形	連用形	終止形	連体形	已然形	命令形	活用の型
なり	○	（なり）	**なり**	**なる**	なれ	○	ラ変型

＊ ▭ は『伊勢物語』に用例あり

●連用形「なり」は平安時代以降に現れたが、過去「き」や完了「つ」が下接する用例が少数あるのみで、連用中止法がないなど、用法がきわめて限定的なので（　　）を付けた。

〔用例〕

a　推定〈訳語例〉～ヨウダ。～ガ聞コエル。

未然形 —

連用形 (1) **いとど愁ふなりつる雪かきたれいみじう降りけり。**（源氏物語・末摘花）

〔（先ほど女房が）苦にしているようだった雪がいっそうはげしく降っているのだった。〕

終止形 (2) **「火危し」と言ふ言ふ、預りが曹司の方に去ぬなり。**（源氏物語・夕顔）

〔「火の用心」と言い言い、番人の部屋の方角に去っていくようだ。〕

連体形 (3) **声はをかしうてぞ、あはれにうたひける。かかれば、この女は蔵にこもりながら、それにぞあなるとは聞けど、あひ見るべきにもあらでなむありける。**（65段）

〔（男は）声は趣あるさまで、しみじみと心打つように歌った。こういうわけだから、この女は蔵に籠りながら、（男が）そこにいるようだとは聞くが、互いに顔を合わせることもできないのであった。〕

已然形　(4)　**台盤所なる人々、「宰相中将こそ、参りたまふなれ[*1]。例の御にほひ、いとしるく」など言ふほどに、**

（堤中納言物語・このついで）

〔台盤所にいる女房たちが、「宰相の中将が、参上なさるようだ。いつもの（お召し物の）薫物のにおいが、たいそうはっきりと」と言っているうちに、〕

命令形　―

【補足説明】

＊1…〈用例〉(4)の「宰相の中将が参上なさるようだ」という判断も、やはり足音などの聴覚的根拠によると見るべきだろう。会話文に直接示されているのは嗅覚的根拠「例の御にほひ」ではあるが、これは聴覚推定に間違いがなかったことを他の証拠を挙げて言い添えたものと考えられる。

b　伝聞　〈訳語例〉～ソウダ。～トイウ。～ラシイ。

未然形　―

連用形　(5)　宮、「男とかいふなりつ」とのたまへば、

（うつほ物語・国譲 上）

〔宮が、「（生まれたのは）男皇子とか言っていた」とおっしゃると、〕

終止形　(6)　**「この野はぬすびとあなり」とて、火つけむとす。**

（12段）

〔「この野は盗人がいるそうだ」と言って、火をつけようとする。〕

連体形　(7)　**いままで、巻きて文箱（ふばこ）に入れてありとなむいふなる。**

（107段）

〔今でも、（その手紙を）巻いて文箱に入れてあるそうだ。〕

已然形

(8) 京中の上下、「祇王こそ入道殿より暇給はつて出でたんなれ。誘見参(いざげんざん)してあそばむ」とて、（平家物語・祇王）

〔都中のすべての人々は、「祇王は入道殿からお暇をいただいて（邸から）出たそうだ。さあ（祇王に）会って遊ぼう」と言って、〕

命令形

—

5　反実仮想の助動詞

【まし】

〔語誌〕

「まし」は推量の助動詞「む」が形容詞化した語と考えられる。

事実や現実に反する仮想という点で「む」とは意味上の役割を異にするが、「む」と類義と見られる用例もある。

鎌倉時代末あたりからは文語化したとされる。

〔意味〕

「まし」の基本的な意味は「反実仮想」と「ためらいの気持ち」であるが、「反実仮想」の意のバリエーションとして「実現不可能な願望・残念な気持ち」がある。

○「まし」の基本的意味とそのバリエーション

a　反実仮想

事実と異なることや現実にはあり得ないことを仮に想定し、その仮想の下での推量判断を表すのが「まし」の基本的用法である。『岩波古語辞典　補訂版』は「まし」と「らし」を比較して、次のように説明している。

「らし」が現実の動かし難い事実に直面して、それを受け入れ、肯定しながら、これは何か、これは何故かと問うて推量するに対し、「まし」は動かし難い目前の現実を心の中で拒否し、その現実の事態が無かった場面を想定し、かつそれを心の中で希求し願望し、その場合起るであろう気分や状況を心の中に描いて述べるものである。

b　**実現不可能な願望・残念な気持ち**

高校古典文法書では、bをaに含めて、別項として分類しないものや、bとcを合わせて一項とするものもある。

「反実仮想」の仮定条件を伴わず、願っても実現不可能なことを前提としての願望を表すのが「実現不可能な願望」の意で、後悔や不満など「残念な気持ち」を伴うのがふつうである。「反実願望」などとも呼ぶ。

c　**ためらいの気持ち**

多く疑問を表す語「いかに」「や」などとともに用いて、迷いやためらいの気持ちを表す。

d　**「む」と同義（「推量」「意志」「適当・勧誘」「仮定・婉曲」）**

高校古典文法書では、〈中世以降、「まし」が単純な推量（…ダロウ）の意を表す場合がある〉（『体系古典文法』）と説明されることが多い。しかし、その用例は中古作品にも散見される。また、その表す意味は「推量」が多いものの、「推量」に限られるものではない。

1　**おもとに大将の朝臣馴らしたまはむ、せちにも咎めざら[まし]。ことわりなりと見ゆるところぞ少しあら[まし]。**（うつほ物語・内侍のかみ）

〔あなたに大将の朝臣が親しんでおられることは、しいて咎めまい。無理もないと思われる点が少しはあるだろう。〕

○「む」と同義の「まし」の用法

推量

2　うららかに言ひ聞かせたらんは、おとなしく聞こえなまし。（徒然草・二三四段）

〔何のこだわりもなく明快に説明してやるようであれば、きっと穏当に思われるだろう。〕

意志

3　「式部卿の宮の宰相権中将、参らせたまへり。上りて対面せましと。たまへ。」（夜の寝覚）

〔「式部卿の宮の宰相権中将が、お見えになりました。参上してお目にかかりたいと（のことです）。おいでください」〕

適当・勧誘

4　我が身の事知らぬにはあらねど、すべき方のなければ、知らぬに似たりとぞいはまし。（徒然草・一三四段）

〔自分の身のことを知らないのではないが、なすべき方法を知らないから、まるで知らないのと同様だと言ってよい。〕

＊ただし、『新編日本古典文学全集44　徒然草』は〈「まし」は、主観的な推量・意思を表す助動詞。言いたい、言えようかの意〉としている。

仮定・婉曲

5　なかなか、我とおぼしたたましよりは、世の聞き耳さらぬ顔にて、（夜の寝覚）

〔かえって、自分が（入内すると）決意されるのよりは、世間の耳目をそらしておいて、〕

『伊勢物語』には、「む」と同義の「まし」の用例はない。

○反実仮想の基本形「〜ば〜まし」

反実仮想を表す基本的な形は「〜ば〜まし」（仮定条件部＋帰結部）である。このうち、中古において多く見られるのは「〜ましかば〜まし」の形であるが、『伊勢物語』にはその用例がない。

「〜ましかば〜まし」

6 **龍を捕へたらましかば、また、こともなく我は害せられなまし。**（竹取物語）

〔龍を捕えたならば、また、問題なく私は殺されていただろうに。〕

他の典型的な形を『伊勢物語』の用例に沿って示すと次のとおりである。

「〜ば〜まし」　…〔用例〕(4)（P217）のほか、次の1例。

7 **忘れ草　植うとだに聞く　ものならば　思ひけりとは　しりもしなまし**（21段）

〔（あなたが私を忘れようとして）忘れ草を植えているとだけでも聞いたとしたら、（あなたが私のことを）思っていたのだと知りもしただろうに。〕

「〜せば〜まし」　…「せ」は過去の助動詞「き」の未然形。→P36【「き」の〔活用〕】

8 **世の中に　たえてさくらの　なかりせば　春の心は　のどけからまし**（82段）

〔この世の中にまったく桜がなかったならば、春をめでる人の心はのどかだろうに。〕

「〜ませば〜まし」　…未然形「ませ」は主に上代に用いられた。

9 **うちわびて　おち穂ひろふと　聞かませば　われも田づらに　ゆかましものを**（58段）

〔（あなたたちが）暮らしに困って落ち穂を拾っていると聞いていたならば、私も田のほとりに行っ（てお手伝いし）ただろうに。〕

「〜なくは〜まし」「〜ずは〜まし」「〜べくは〜まし」

…「なくは」「ずは」「べくは」の「は」は係助詞。接続助詞「ば」を用いる他の基本形とは異なるが、いずれも順接の仮定条件「〜ナラバ」を表すので、基本形に含めてまとめた。

10　**かたみこそ　いまはあたなれ　これなくは　忘るる時も　あらましものを**（119段）

〔この形見の品こそが今となっては（かえって私を苦しめる）恨みのたねだ。これがないならば（あの人のことを）忘れる時もあるだろうに。〕

11　**朽ちもせぬ　この川柱　のこらずは　昔のあとを　いかで知らまし**（更級日記）

〔朽ちもしないこの川の中の柱がもし残っていなかったならば、昔の（まのの長者の屋敷）跡をどうして知ることができただろう、いや、知ることはできなかっただろうに。〕

12　**さま容貌（かたち）のなのめにとりまぜてありぬべくは、いとかうしも、何かは苦しきまでもて悩まし、**（源氏物語・東屋）

〔姿や容貌が一通りでほかの娘たちと同様にしておいてよいのなら、まったくこのように、なんで苦しくなるまで思い悩むことがあろうか、いや、思い悩むことはなかっただろうに、〕

○仮定条件部・帰結部を複数持つ用例

仮定条件部が複数ある用例

13　世におはしながらへたまはましかば、御匣殿（みくしげどの）人並々におはしまさましかば、いかにめでたき御有様ならまし。（栄花物語・後くゐの大将）

〔ご存命であられたなら、（そして）御匣殿が一人前でいらっしゃったなら、どんなにか素晴らしい御有様だろうに。〕

帰結部が複数ある用例

14　**今日来ずは　明日は雪とぞ　ふりなまし　消えずはありとも　花と見ましや**　（17段）

〔（私が）今日訪ねて来なかったとしたら、（この桜の花は）明日は雪のように降り散ってしまうだろうに。（散った花は雪のようには）消えないとしても、もとの桜の花として賞（め）で見るだろうか。〕

用例14の二つの帰結部のうち、⑴「明日は雪とぞふりなまし」に対する仮定条件部が「今日来ずは」であることはすぐにわかる。しかし、⑵「花と見ましや」に対する仮定条件部は一考を要する。

「今日来ずは」と類似した形「消えずは」があるが、これは「消えず」を強めて「あり」にかかる連用修飾語で、仮定条件を表していない。

「消えずはありとも」は逆接の仮定条件を表すものの、「（散った花は雪とは異なり）消えずに残ったとしても」という内容はそれ自体必ずしも「反実」とは言えず、それが「反実」の意味合いを持つのはあくまで「今日来ずは」という大前提の条件のもとにおいてである。

以上から、⑵に対する仮定条件部もまた「今日来ずは」であることがわかる。

○仮定条件部または帰結部の省略

仮定条件部の省略

15　**九条殿、このころ六十にすこしや余らせたまはまし**。　（栄花物語・月の宴）

〔九条殿は、（ご存命であれば）今ごろ（まだ）六十歳を少し余るご年齢であられたろうに。〕

帰結部の省略

16 それにつけても、大臣(おとど)のおはせましかばと、思しめすこと多かるべし。（栄花物語・月の宴）

〔それにつけても、大臣が生きていらっしゃったならば（よかっただろうに）と、お思いになられることも多いにちがいない。〕

○基本形からはずれる反実仮想の表現形

仮定条件部が「～ば」の形をとらない表現形

「～とも（ても・ては）、～まし」の形

17 世に生きたりとも、さばかりの家、領ずばかりにはあらざらまし。（落窪物語）

〔たとえこの世に生きていたとしても、あれほどの邸を、持てるほど（の身分）ではないだろうに。〕

18 他人(ことひと)はいみじき道理(だうり)を立ててもなにならまし。（夜の寝覚）

〔他人がいかに見事に筋を通したとしても何にもならないだろうに。〕

19 大殿も、かく聞きたまひては、子ある宿世こそとて、いかばかりか、もて騒ぎたまはまし。（夜の寝覚）

〔（私の父の）関白殿も、このようなことをお聞きになっては、子の生まれた縁こそが大切だと言って、どんなにか、（中の君の方を）もてはやされるだろうに。〕

「～まし、～まし」の形

20 ただもとの内大臣におはせまし、いかにめでたからまし。（栄花物語・みはてぬゆめ）

〔もしもただ元の内大臣でおられたなら、どんなかによかっただろうに。〕

「～まし＋体言、～まし」の形

21 また聞く人もあらまし時、聞き過ぐいてあらましや。（夜の寝覚）
〔もしもほかに聞く人があったとしたら、その時には、聞き捨てにしておくだろうか。〕

「～まし＋助詞、～まし」の形

22 待たましも　かばかりこそは　あらましか　思ひもかけぬ　今日の夕暮（和泉式部日記）
〔（私はお出でをお待ちしているわけではないが）もしお待ちするとしたら、このようなつらさなのだろうに。（後朝の今日というのに）今日の夕暮れのご来訪を思いもかけてくれなかったとは。〕

23 かねて、かう、おはしますべしと承らましにも、いとかたじけなければ、たばかりきこえさせてましものを、（源氏物語・浮舟）
〔もし前もって、これこれで、お越しになりますと承っていたとしたら、まことに畏れ多いので、ひと工夫させていただいたでしょうに、〕

帰結部を「～まし」で結ばない表現形
推量や意志の気持ちを込めて結ぶ

24 見落とす人もはべらましかば、いかにいみじかんべかりけることなり。（夜の寝覚）
〔さげすむ人がもしいましたならば、どれほどみじめであっただろうことであるか（わからない）。〕

25 かねて仰せられ、気色承らましかば、みづからも参りはべるべかりけるものを。（うつほ物語・楼の上下）
〔あらかじめ仰せくださり、（御幸の）ご意向をうかがっておりましたら、こちらから伺いましたでしょうものを。〕

26 帝となりたまひ、国しりたまはましかば、天の下豊かなりぬべき君なり。（うつほ物語・藤原の君）
〔もし帝となられて、国をお治めになったとしたら、きっと国が繁栄したにちがいないお方である。〕

願望の気持ちを込めて結ぶ

27 絵かく身ならましかば、つゆたがへずかきて人にも見せまほしかりしかど、（讃岐典侍日記）
〔もし（私が）絵を描く身であったならば、少しもたがえずに描いて人にも見せたく思ったけれど、〕

28 あり所を聞かましかば、尋ねてしがな。（うつほ物語・楼の上　上）
〔もし居場所を聞き出せるのだったら、訪ねて行きたいものだ。〕

断定の気持ちを込めて結ぶ

29 笑ひなましかば、不用ぞかし。（枕草子・八〇段）
〔もし笑ってしまったら、（それで）ぶちこわしだよ。〕

30 かからぬほどならましかば、さばかり思ひ離れつる心地に、よろしくもあらねど、（夜の寝覚）
〔こうした際でなかったならば、（日ごろ）あれほど離れ（ようと努め）ていた心に、（相手を）許せるわけもないが、〕

○反実仮想に込められる表現意図

事実や現実に反する仮想をすることによって何を表現し、何を伝えようとするのかは、文脈および表現者によってさまざまである。

手に入れられなかったより良い条件や事態を仮想し、残念な気持ちなどを込める

31 昼ならましかば、のぞきて見たてまつりてまし。（源氏物語・帚木）
〔昼間でしたら、（私も）のぞいて拝見するだろうに。〕

32 かかるべしとだに知りたりせば、今井を勢田へはやらざらまし。（平家物語・河原合戦）
〔こんなことになろうとさえ知っていたなら、今井を勢田へは遣らなかっただろうに。〕

陥る危険性もあった悲惨な事態を仮想し、驚きや安堵感などを表す

33 「さは入りたら**まし**かば、みな数を尽して射殺されな**まし**」と思ひけるに、（宇治拾遺物語・三ノ一）

〔「ならば、もしも（その家に）入ったとしたら、みな一人残らず射殺されただろうに」と思うと、〕

現実に反するあり様を仮想し、現実の対象の姿や意味などを改めて明確にする

34 鏡に色・かたちあら**まし**かば、うつらざら**まし**。（徒然草・二三五段）

〔鏡にもし色や形があったとしたら、（ものは）映らないだろうに。〕

無理かもしれないが、非現実的とも言い切れない最良の状況を思い描いて望む

35 この殿のさやうなる心ばへものしたま**はまし**かば、一ところをうしろやすく見おきたてまつりて、いかにうれしから**まし**と、をりをりのたまはせしものを。（源氏物語・総角）

〔あの殿（＝薫）が万一そうしたご意向でいらっしゃるのなら、（お二人のうちの、大君）お一方だけは安心してお残しすることができて、どんなにかうれしいだろうにと、（お父上の八の宮様は）ときおり仰せられたのですから。〕

○『伊勢物語』に「ためらいの気持ち」の用例はない

『伊勢物語』には「まし」を用いた表現が全部で7例ある（ただし、「ませば〜まし」の形は1例と数える）。その内訳は次のとおり。

反実仮想＝6例　・　**実現不可能な願望・残念な気持ち**＝1例　・　**ためらいの気持ち**＝用例なし

なお、平安時代における反実仮想の中心的表現形「〜ましかば〜まし」の用例は『伊勢物語』には見られない。

〔接続〕
活用語の未然形に付く。

〔活用〕

基本形	未然形	連用形	終止形	連体形	已然形	命令形	活用の型
まし	**ませ** ましか	○	**まし**	**まし**	ましか	○	特殊型

＊■は『伊勢物語』に用例あり

●過去の助動詞「き」のサ行系列の活用「せ・○・○・し・しか・○」に似ており、そこから「き」との意味上の関連性を想定して、「まし」は「む」と「き」の意味を併せ持つ、などという説も出されている。

●上代には、未然形「ませ」・終止形「まし」・連体形「まし」しかなかった。

●平安時代になり、已然形「ましか」が現れて、「こそ」の結びとして用いられたほか、少数ながら接続助詞「ど」が下接する用例もある。

已然形「ましか」＋「ど」

36　**いま一所（ひとところ）おはしまさば、月日の光を並べたるやうにこそあら[ましか]ど、いかがはせむ。**（夜の寝覚）

〔もうお一方おいでになれば、月と日の光を並べたよう（に結構なこと）だったろうが、（まあ、それは）いたし方ない。〕

「ましか」の形はまた「ましかば〜まし」の反実仮想の表現で用いられ、「ましかば」が仮定条件部を成すことから、高校古典文法書ではふつうこの「ましか」を未然形と見なしている。

●連体形「まし」の多くは係り結びの結びか、「ましを」の形をとるが、連体用法や準体用法なども見られる。

連体形「まし」＋「を」

37 **殿おはせましかば、行く末の御宿世宿世は知らず、ただ今はかひあるさまにもてなしたまひて まし を。**（源氏物語・竹河）

〔殿がもしご存命であったら、行く末までのご運まではわからないにしても、さしあたっては宮仕えしがいのあるようにきっとお取り計らいくださったでしょうに。〕

連体用法

38 **婿取りせ まし 儀式にしたてて、十一月（しもつき）のついたちごろに参らす。**（夜の寝覚）

〔婿を迎えでもするかのような支度を調えて、十一月の初めごろに（娘を）出仕させる。〕

39 **一人ならましかば、つねよりも心尽くしなら まし 寝覚めを、慰む心地もし、**（夜の寝覚）

〔もし（今夜）私一人だったら、いつもよりさまざまに気をもんで寝覚めがちであったろうに、（この人のおかげで）慰められた思いもし、〕

準体用法

40 **むかしながら対面賜はら まし よりも、まして心ざしまさることこそあれ。**（うつほ物語・内侍のかみ）

〔もし昔のままでお会いくださることがあったとして、それよりも、（こうして中絶えの後の方が）いっそう愛情も勝るというものだ。〕

41　恥づかしさは、その折聞きつけられたら**まし**にも劣らぬ心地のみしたまへば、（夜の寝覚）
〔恥ずかしさは、仮にその当時聞きつけられたとして、その時の（恥ずかしさ）にも劣らない気持ちにばかりおなりになって、〕

42　いみじからん事ありとも、絶え入り果てなば、かひなくてこそやみな**まし**。（宇治拾遺物語・七ノ五）
〔（観音のご利益のような）ありがたいことがあっても、死んでしまったら、何の甲斐もなくなってしまうだろう。〕

●次の用例42の「まし」は、「単純な推量」の意を表しているが、「こそ」の結びでありながら已然形とならず、終止形ないしは連体形で文を結んでいる。

〔用例〕

a　反実仮想　〈訳語例〉～（タ）ナラバ～（タ）ダロウニ。

未然形　(1)　うちわびて　おち穂ひろふと　聞か**ませ**ば　われも田づらに　ゆかましものを（58段）
〔（あなたたちが）暮らしに困って落ち穂を拾っていると聞いていたならば、私も田のほとりに行っ（てお手伝いし）ただろうに。〕

未然形　(2)　かかる心を起こさざら**ましか**ば、極楽、天上にも生れなまし。（宇治拾遺物語・一一ノ一〇）
〔こんな心を起こさなかったならば、極楽や、天界にも生まれただろうに。〕

連用形　―

終止形　(3)　世の中に　たえてさくらの　なかりせば　春の心は　のどけから**まし**（82段）
〔この世の中にまったく桜がなかったならば、春をめでる人の心はのどかだろうに。〕

連体形　（4）**栗原の　あねはの松の　人ならば　みやこのつとに　いざといは[まし]を**　（14段）
〔栗原のあねはの松が人であるならば、都への土産に、さあ（一緒に行こう）と言うだろうに。〕

已然形　（5）**すこし世のつねにもてなしたまはましかば、つゆの心をも慰めてこそはあら[ましか]。**（夜の寝覚）
〔もう少し人並に扱ってくださったなら、いくらかは（私の）心も慰められていただろうに。〕

命令形　―

b　実現不可能な願望・残念な気持ち　〈訳語例〉～バイイノニ。～バヨカッタノニ。

未然形　―

連用形　―

終止形　（6）「さることこそあれ」と、うち笑ひも、あさみも、したまひて[まし]。　（夜の寝覚）
〔「こんなことがあるのだ」と言って、笑ったり、あきれたり、してくださればいいのに。〕

連体形　（7）**白玉か　何ぞと人の　問ひし時　つゆとこたへて　消えな[まし]ものを**　（6段）
〔「（あの光っているのは）真珠なのか、何なのか」と愛しい人が尋ねた時に、「露です」と答えて（私の身も露のように）消えてしまえばよかったのに。〕

已然形　（8）**あなうらやましのことや。われにこそ聞かせたまは[ましか]。**　（うつほ物語・嵯峨の院）
〔まあうらやましいことよ。私にこそ（お話を）聞かせてくださればいいのに。〕

命令形　―

c　ためらいの気持ち　〈訳語例〉〜ヨウカシラ。

未然形　—

連用形　—

終止形　⑼　**これに何を書か[まし]。**（枕草子・この草子、目に見え心に思ふ事を）

〔これに何を書こうかしら。〕

連体形　⑽　**「走りやいでな[まし]」と千たび思ひけれども、**（大和物語・一六八段）

〔「走って出て行こうかしら」と何度も思ったが、〕

已然形　⑾　＊1

命令形　—

【補足説明】

＊1…「ためらいの気持ち」の意の已然形「ましか」の用例は未見。

次の〈用例〉⑿の已然形「ましか」は、『新編日本古典文学全集14　うつほ物語①』頭注に〈「まし」は弱い疑問を表す〉と記された特殊なものであるが、とまどいつつ事実を確認しようとしている心の動きが表現されており、「ためらいの気持ち」の意に通じるものが感じられる。

⑿　**やがて失せぬる人にてこそあら[ましか]。**（うつほ物語・俊蔭）

〔（もしや、昔）あのままいなくなってしまった人ではないかしら。〕

6　打消の助動詞

【ず】

〔語誌〕

「ず」の活用表の三系統のうち、最も古いのは四段型の活用であるとされる。このことに関し、林巨樹が次のように記していて興味深い。

古く「な・に・ぬ・ぬ・ね・ね」のような活用をもった打消の語があったことを推測させる。ナ行系の音が打消の語であることは、世界の諸語における傾向と一致するし、後世にも「ぬ」「ね」は残り、「ない」にも通じるのであるから合点できる。（『古典語　現代語　助詞助動詞詳説』）

この四段型の連用形「に」にサ行変格活用動詞「す」が付き、[nisu]→[nsu]→[nzu]→[zu]のように変化して、無変化型「ず」が成立したと考えられている。

さらに「ず」に「あり」が付いてラ変型の補助活用が成立した。

〔意味〕

「ず」の表す「打消」の意味自体に問題とすべき点は特に見あたらない。

ニュアンスをとらえるのにやや注意が必要かと思われる二重否定と「ずなりぬ」の用法、および「ず」の「打消」の及ぶ範囲について取り上げる。

○二重否定の多様なニュアンス

「ず」「じ」「なし」などの否定語を重ねて用いた二重否定は、単に肯定の意味を強調するというだけではなく、さまざまな意味合いを表す。

次の用例1〜3はいずれも肯定の意味を強調しようとする表現と言える。

1 **京に思ふ人なきにしもあら[ず]。**（9段）

〔京に愛する人がいないわけではない。〕

2 **いままでに　忘れ[ぬ]人は　世にもあらじ　おのがさまざま　年の経ぬれば**（86段）

〔（長い年月が経った）今まで忘れないでいる人はまさかあるまい。お互いにそれぞれの生活をもって年が経ったのだから。〕

3 **当て[ざら][ざり]しことかは。**（大鏡・兼家）

〔実によく言い当てたものですよ。〕　＊「かは」は感嘆を表す。

『伊勢物語』の用例1は「京には愛する人がいる」ということを、用例2は「誰でも昔のことは忘れてしまうだろう」ということを、『大鏡』の用例3は「言い当てる」ということを強く述べている。

4 **見[ず]もあら[ず]　見もせぬ人の　恋しくは　あやなく今日や　ながめ暮(くら)さむ**（99段）

〔（お顔を）見ないでもなく、見たとも言えないあなたが恋しくて、今日はただむやみに物思いにふけって暮らすのだろうか。〕

用例4は、「見なかったというでもないが、では、見たのかと言えば、それほどはっきり見てはいない」というように、肯定とも否定ともはっきりしない状態を述べており、二重否定を用いて事実の曖昧さを表現している。

5　男、われて「あはむ」といふ。女もはた、いとあはじとも思へらず。（69段）

〔男は、無理に「逢いたい」と言う。女もまた、それほど固く逢うまいとも思っていない。〕

用例5は、心中語「いとあはじ」の打消推量「じ」と地の文の打消「ず」とで二重否定になったものである。「男の誘いに乗るべきではない、とは思うものの、男には惹かれていて、男に逢うまい、と固くきっぱりとは思い切ってしまえない」という心の揺れを述べており、二重否定を用いて複雑な心理を表現しようとした例と言えよう。

6　植ゑし植ゑば　秋なき時や　咲かざらむ　花こそ散らめ　根さへ枯れめや（51段）

〔（こうしてしっかりと）植えたなら、秋のない時には咲かないだろうか（いや、秋は必ずめぐり来るから毎年美しく咲くだろう）。（また、）花は散ることもあろうが、根まで枯れることがあろうか。〕

用例6は『古今和歌集』『大和物語』にも載せられている。男（在原業平）がある人の邸の前栽に菊を贈った際に詠んだ歌（一説に、ある人が自邸の前栽に菊を植え、その際、男が詠んだ歌）である。菊の根は永遠に枯れず、毎年花を咲かせるというめでたい内容で、相手の末永い繁栄を祈ったものであり、『新編日本古典文学全集12　大和物語』一六三段頭注はこの歌に用いられた二重否定について、〈かならず咲く、ということの強い表現〉と解説している。私自身の印象としては、そうした強調のはたらきに加え、二重否定と反語を重ねた表現に『古今和歌集』の特色とされる理知的技巧性が感じられ、知的趣向の凝らされた歌であるように思う。この歌を高く評価する森本茂『全釈』は〈省略と屈折の多い歌であり、「心余りてことば足らず」（古今集仮名序）と評された業平の歌の特色が、よくあらわれている作である。この歌は「植ゑし植ゑば」の語勢、「なき」と「ざら」の打消語、二つの反語「や」と係り結び、強調逆接法などの技巧を多く用いて、普通の場合なら、うるおいのとぼしい駄作に終るであろうが、この歌は、「咲かざらむ」で清楚な菊の花が眼前に浮かび、次に「花こそ散らめ」で眼前から消え、その美しいたまゆらから、さらに地味な菊の根へ移る、いわば華麗と地味が交錯して、印象に残る歌になっている〉と称賛しているが、逆に〈理屈っぽくて面白味のない歌という感じ〉（渡辺実『集成』）とか、〈表現はいささかオーバーな感じがしないでもないが〉（阿部俊子『学術文庫』）とかの感想もあるようである。

○「〜ずなりぬ」の異なる二つの意味

「〜ずなりぬ」の形は、「〜しなくなった」という変化を表す場合と、「〜しないままになった」（最初から最後までしないで終わった）という非実現を表す場合がある。

『伊勢物語』の「〜ずなりぬ」はすべて過去の助動詞を伴った「〜ずなりにけり」の形をとっており、次のような用例がある。

変化「〜しなくなった」の意

7 **うはがきに、「むさしあぶみ」と書きて、おこせてのち、音もせ[ず]なりにければ、**（13段）

〔上書きに、「むさしあぶみ」と書いて、（手紙を）よこしてから、音沙汰がなくなったので、〕

8 **かぎりなくかなしと思ひて、河内へもいか[ず]なりにけり。**（23段）

〔この上なく愛しいと思って、（以後）河内の国（の女のところ）へ行かなくなってしまった。〕

非実現「〜しないままになった」の意

9 **五条わたりなりける女を、え得[ず]なりにけることとわびたりける、**（26段）

〔五条あたりに住む女を、自分のものにすることができないままになったことだと嘆いていた、〕

10　**男、いとかなしくて、寝ずなりにけり。**（69段）

〔男は、ひどく悲しくて、寝ないで起きたままでいたのだった。〕

しかし、次の用例11のように、直接上接していない活用語の表す内容に対しても、併せて同じはたらきを及ぼす場合があり、注意を要する。

○「ず」の「打消」の及ぶ範囲

「ず」は「活用語＋ず」の形をとり、原則として直前の活用語の表す内容を打ち消すはたらきをする。

11　**よき人の、のどやかに住みなしたる所は、さし入りたる月の色も、一きはしみじみと見ゆるぞかし。今めかしくきららかならねど、木だちものふりて、わざとならぬ庭の草も心あるさまに、簀子（すのこ）・透垣（すいがい）のたよりをかしく、うちある調度も昔覚えてやすらかなるこそ、心にくしと見ゆれ。**（徒然草・一〇段）

〔身分が高く教養がある人が、ゆったりと住みならしている所は、射し込んでいる月の光も、いちだんとしみじみと見えるものだよ。当世風でもなくきらびやかでもないが、木立が古めかしくて、わざわざ手を入れたわけでもない庭の草も風情のある様子で、濡れ縁や透垣の配置もおもしろく、ちょっと置いてある道具類も古風で落ち着いているのこそ、奥ゆかしいと思われる。〕

打消「ず」の已然形「ね」は、直前の「きららかなら」であることを打ち消すとともに、その上の「今めかしく」あることをもまた打ち消している。試みに数式的に書き表してみるならば、次のようになるだろうか。

今めかしくきららかならね…（今めかしく＋きららかなら）ね＝今めかしからず＋きららかならね

以上のように考えれば、「当世風でもなくきらびやかでもない」と訳すことができる。

↓Ｐ255【「まじ」の意味の及ぶ範囲】

〔接続〕

活用語の未然形に付く。

〔活用〕

基本形	未然形	連用形	終止形	連体形	已然形	命令形	活用の型
ず	（な）	（に）	○	ぬ	ね	○	四段型
	（ず）	ず	ず	○	○	○	無変化型
	ざら	ざり	○	ざる	ざれ	ざれ	ラ変型

＊▒は『伊勢物語』に用例あり

▼『伊勢物語』における四段型活用（活用表の一列目）

四段型の未然形の「（な）」は古い形の未然形で、活用表には（　）を付けた。『伊勢物語』では、全9例のすべてが「なくに」（未然形「な」＋接尾語「く」＋接続助詞「に」）の形で用いられ、かつ、すべてが和歌での用例（1段・36段・46段・71段・72段・82段・83段・96段・111段）である。

ただし、「なく」のような、いわゆるク語法を、連体形＋接尾語「あく」（この場合「ぬ＋あく」）と見て、それが音変化したものとする説も有力で、その場合、未然形「（な）」は認められない。

○「なくに」には順接と逆接とがある

「なくに」の形は、次の用例12のように逆接の確定条件「～ナイノニ」を表す場合と、用例13のように順接の確定条件「〜ナイノデ」を表す場合がある。

12 **あか**[**な**]**くに　まだきも月の　かくるるか　山の端にげて　入れずもあらなむ**　〈逆接〉　（82段）

〔（もっと眺めていたく）まだ十分満足していないのに、早くも月は隠れるのか。山の端が逃げて（月を）入れないようにしてほしいものだ。〕

13 **枕とて　草ひきむすぶ　こともせじ　秋の夜とだに　たのまれ**[**な**]**くに**　〈順接〉　（83段）

〔（今夜、ここで）旅寝の草枕を結ぶことはいたしますまい。秋の夜ならば夜長を頼みにゆっくりすることもできるが、（春の短夜では）それを頼みにする事さえできないので。〕

○「えに」は「〜デキナイデ」の意

四段型の連用形「（に）」は古い形の連用形で、活用表には（　）を付けた。『伊勢物語』では、次の用例14の「えに」（動詞「得」の未然形＋「に」）の形をとる1例のみで、「〜デキナイデ」と訳す。

14 **いへばえ**[**に**]　**いはねば胸に　さわがれて　心ひとつに　嘆くころかな**　（34段）

〔（口に出して）言おうとすれば（うまく）言えないで、言わなければ胸の中にどうしても思い乱れて、私の心の中だけで嘆くばかりのこのごろであるよ。〕

○逆接の「ねば」

已然形＋接続助詞「ば」は一般に順接の確定条件を表すが、已然形「ね」＋「ば」は逆接の確定条件を表す場合がある。

15 **天の河　浅瀬しらなみ　たどりつつ　渡りはて**[**ね**]**ば　明けぞしにける**　〈逆接〉　（古今和歌集・一七七）

〔（彦星は）天の川の浅瀬（がどこか）を知らないので、川の白波を（かき分けて）迷いながらたずねて行ったので、（川を）渡り切らないのに、夜が明けてしまったなあ。〕

16 **まきもくの　檜原もいまだ　曇らねば　小松の原に　淡雪ぞ降る**　〈逆接〉（新古今和歌集・二〇）

〔巻向（山の麓）の檜の生えている原もまだ曇らないのに、この小松が生えている原にはもう淡雪が降っていることだ。〕

▼『伊勢物語』における無変化型活用（活用表の二列目）

〇「ずは」の二つの用法

無変化型活用の連用形が係助詞「は」を伴った「ずは」には二つの場合がある。

次の用例17には、「ずは」の二つの用法――順接の仮定条件「モシ～ナイナラバ」を表す用法と連用修飾語「～ナイデ」となる用法が用いられている。

17 **今日来ずは　明日は雪とぞ　ふりなまし　消えずはありとも　花と見ましや**（17段）

〔（私が）今日訪ねて来なかったとしたら、（この桜の花は）明日は雪のように降り散ってしまうだろうに。（散った花は雪のようには）消えないとしても、もとの桜の花として賞で見るだろうか。〕

初句「今日来ずは」が順接の仮定条件の用例であるが、これを未然形「ず」＋接続助詞「ば」の清音と説明する場合があり、その立場においてのみ未然形「ず」を認める。第四句「消えずは」が連用修飾語の用例で、「消えずありとも」を強めた表現である。

→P209「まし」の【帰結部が複数ある用例】

▼『伊勢物語』におけるラ変型活用（活用表の三列目）

下に助動詞が付く場合、原則として活用表三列目のラ変型の活用形が用いられる。

18 **人の国にても、なほかかることなむやまざりける。**（10段）

〔（京を離れた）よその国においても、やはり（男の）このようなこと（＝このような色好み）はやまなかったのである。〕

ただし、ラ変型の活用形が用いられるのは助動詞が下接する場合とは限らない。次の用例19はラ変型の活用形に体言が下接した例である。

19　**まろがたけ　過ぎにけらしな　妹見ざるまに**　（23段）

〔私の背丈は（井筒を）越してしまったらしいよ。あなたを見ないうちに。〕

また逆に、下に助動詞が付く場合でも、「ぬなり（断定）」のように四段型の活用形が用いられることもある。『伊勢物語』には「ぬなり（断定）」が1例あるが、「ざるなり（断定）」の用例はない。

20　**駿河なる　うつの山辺の　うつつにも　夢にも人に　あはぬなりけり**　（9段）

〔駿河の国の宇津の山辺まで来たが、現実にも夢にもあなたに逢えないことだった。〕

○已然形・命令形「ざれ」は中古で僅少

〔語誌〕に引いた林巨樹（『古典語　現代語　助詞助動詞詳説』）が〈平安時代に限っていえば、未然形「ざら」連用形「ざり」はひろく用いられたが、已然形「ざれ」命令形「ざれ」は漢文訓読語に限られていたようで、鎌倉時代以降も文章語として広がっていったらしい〉と述べているように、『伊勢物語』にも已然形・命令形の「ざれ」の用例はない。中古の物語文学や日記文学では、『うつほ物語』『源氏物語』を除き、その用例は見あたらないようである。

なお、『源氏物語』に唯一見られる次の用例21は『白氏文集』の句を引いたもので、「ざれ」が漢文訓読調の用語であることの証左とも言えよう。

21　**「人木石にあらざればみな情（なさけ）あり」と、うち誦（ず）じて臥したまへり。**　（源氏物語・蜻蛉）

〔「人木石にあらざればみな情けあり」と、口ずさんで臥せっておいでになる。〕

ただし、『うつほ物語』には次の用例22のように和文脈において已然形「ざれ」が用いられた用例がある。

22

これを思へばこそ、このことどもをのたまふ人々には、え惜しみ申さ[ざれ]。（うつほ物語・菊の宴）

〔こういうことを思うからこそ、このことをおっしゃる方々（＝娘たちに求婚なさる方々）には、物惜しみ申し上げ（てお断りす）ることができないのだ。〕

〔用例〕

打消〈訳語例〉〜ナイ。〜ズ。

[未然形] **(1)** **谷せばみ　峰まではへる　玉かづら　絶えむと人に　わが思は[な]くに**[*1]（36段）

〔谷が狭いので峰まで（ずっと）生い延びている玉葛のように、あなたと仲絶えようなどと私は思いもしないのに。〕

[未然形] **(2)** **野とならば　うづらとなりて　鳴きをらむ　かりにだにやは　君は来[ざら]む**（123段）

〔（ここが）野原となったら（私は）鶉となってないていよう。（そのなき声を頼りに）狩りにだけでもあなたが来ないことがあろうか、いや、きっとかりそめにでも来てくれるだろう。〕

[連用形] **(3)** **いへばえ[に]　いはねば胸に　さわがれて　心ひとつに　嘆くころかな**（34段）

〔（口に出して）言おうとすれば（うまく）言えないで、言わなければ胸の中にどうしても思い乱れて、私の心の中だけで嘆くばかりのこのごろであるよ。〕

[連用形] **(4)** **さやうにてあるべき女ともあら[ず]見えければ、**（15段）

〔そのような境遇でいてよい女でもないように見えたので、〕

連用形　(5)　**三年(みとせ)来ざりければ、**　（24段）

〔三年間帰ってこなかったので、〕

終止形　(6)　**みな人見しらず。**　（9段）

〔そこにいた人は誰も見知らない。〕

連体形　(7)　**京には見えぬ鳥なれば、**　（9段）

〔都では見かけない鳥なので、〕

連体形　(8)　**夏冬たれか　かくれざるべき**　（79段）

〔夏も冬も（一門の）誰が（この陰に）隠れ守られないことがあろうか（いや、皆そのお蔭で必ず繁栄するだろう）。〕

已然形　(9)　**人しげくもあらねど、たび重なりければ、あるじ聞きつけて、**　（5段）

〔（この邸は）人目が多いわけではないが、（男の訪れが）度重なったので、主人が聞きつけて、〕

已然形　(10)　**然(しか)らざれば、すべりて挟まれぬなり。**　（宇治拾遺物語・四ノ一七）

〔そうでないと、滑って（うまく）挟めないのである。〕

命令形　(11)　**我(わ)レヲ不令打(うたしめ)ザレ。**　（今昔物語集・一二ノ一三）

〔私を打たせないようにしてくれ。〕

【補足説明】

＊1…ク語法を活用語の連体形に接尾語「あく」が付いたものととらえる場合、未然形「な」は認めない。

7　打消推量の助動詞

打消推量の助動詞には「じ」と「まじ」がある。基本の意はともに「打消推量」だが、両者の違いとして次のような点を挙げることができる。

ア　「じ」は「む」の打消、「まじ」は「べし」の打消にあたる。

イ　意味に関して、「まじ」は「じ」よりも多様な意味を表す。また、「まじ」は「じ」に比して客観性や確実性が認められると言われる。

ウ　接続に関して、「じ」「む」は未然形接続であり、「まじ」「べし」は終止形接続である。

エ　「じ」は原則として主節の文末にしか用いられないが、「まじ」は従属節の述語にも用いられる。

オ　下接する語に関して、「じ」には断定「なり」を除き、他の助動詞が下接することはない。一方、「まじ」のカリ活用には「む」「けり」「めり」「なり（伝聞・推定）」などの助動詞が下接する。また、断定「なり」の下接した「まじきなり」の形もある。

カ　使用場面に関して、和歌では「じ」が用いられ、「まじ」の用例は少ない。特に伝統を尊重する傾向の強い勅撰和歌集での「まじ」の用例はきわめて少ないと言われる。

【じ】

〔語誌〕

語源については諸説があり、不詳だが、打消の助動詞「ず」となんらかの関連があるようだ。

上代から鎌倉時代にかけて盛んに用いられたが、その後、文語化した。

〔意味〕

○「じ」の主な用法

「じ」は「む」の打消にあたるものの、「じ」がふつう表す意味・用法は「む」に比して限定的で、「打消推量」「打消意志」の意がほとんどである。次の用例1・2では、それぞれ「じ」が「む」の打消として対比的に用いられており、両者の関係を明確に示している。

1 **「正月(むつき)の十余日(ひ)までは侍りなむ」と申すを、御前にも、「えさはあらじ」とおぼしめしたり。**（枕草子・八三段）

〔「正月の十日過ぎまではございましょう」と（私が）申し上げるのを、中宮さまにおかれても、「そんなことはあり得まい」とお思いになっていらっしゃる。〕

2 **あまの刈る　藻にすむ虫の　われからと　音(ね)をこそ泣かめ　世をば恨みじ**（65段）

〔海人が刈る藻に住む虫である「われから」ではないが、自分のせいでと声を出して泣こう。あの人との仲を恨むまい。〕

○「打消意志」か「打消推量」かの意味判別

「む」の〔意味〕において、「む」の用法を二つに大別するとらえ方を示したが、「じ」の用法もそれと相似の構図を持つ。この構図は推量の助動詞「む」「じ」「べし」「まじ」に共通するものである。

↓P112「む」の【一人称主語で「推量」を表す場合】

すなわち、「じ」はまだ実現していない事柄について述べる助動詞で、述べる内容は大きく二つに分かれる。一つは、(1)その事柄が実現しない性質であること、もう一つは、(2)その事柄が実現しないことを望むこと、である。高校古典文法書が一般に挙げている二つの意味を当てはめると次のようになる。

(1)その事柄が実現しない性質であること

a　**打消推量**　〈訳語例〉**～ナイダロウ。～マイ。**

(2)その事柄が実現しないことを望むこと

b　**打消意志**　〈訳語例〉**～ナイツモリダ。～マイ。**

a・bの判別の目安として意味上の主語の人称が言われるのは、右の構図によるもので、一人称ならば「打消意志」の意、三人称ならば「打消推量」の意ということになる。

一人称の場合

3　**「女あるじにかはらけとらせよ。さらずは飲ま[じ]」**　（60段）

〔「当家の主婦に盃を捧げさせよ（＝酌をさせよ）。そうでなくては（私は酒を）飲むまい」〕

三人称の場合

4　**白露は　消（け）なば消（け）ななむ　消（き）えずとて　玉にぬくべき　人もあら[じ]を**　（105段）

〔白露は消えるならば消えてしまってほしい。たとえ消えない（で残っていた）としても、（それを）玉飾りとして（緒を）貫きつなぐような人もないだろうから。〕

○「む」の「適当・勧誘」「婉曲」に対応する用法

「む」の「適当・勧誘」の意に対応して、その打消表現ととらえ得る用例が稀にあり、不適当「～シナイホウガヨイ」、禁止「～シナイデクダサイ」などの意を表す。

5 **御声など変はらせたまふなるは、いとことわりにはあれど、さらにかくおぼさじ。**（蜻蛉日記）

〔お声などが（涙声に）お変わりなさいましたご様子は、まことに無理もないけれど、決してそのようにお考えにならないほうがよい。〕

次の用例6・7は、「え～じ」の形をとって不適当ゆえの不可能「～スルワケニハイカナイダロウ」という訳がよくあてはまる用例である。

6 **今日明日は、いみじうかたき物忌なれば、（あなたハ）ここへはえおはしまさじ。**（浜松中納言物語）

〔今日明日は、大変厳重な物忌なので、（あなたは）ここへはいらっしゃるわけにはいかないでしょう。〕

7 **かくて夜明けにければ、物食ひしたためて出でて行くを、この家にある女、出で来て、「え出でおはせじ。とどまり給へ」といふ。**（宇治拾遺物語・一ノ八）

〔こうして夜が明けたので、食事をとって出て行こうとすると、この家に住む女が、出てきて、「（このまま）お出かけになるわけにはいかないでしょう。お留まりください」と言う。〕

また、やはり稀に「む」の「婉曲」の意に対応して、その打消表現ととらえ得る用例もあり、打消の婉曲「～シナイヨウナ」などと訳すことができる。

8　**思は[じ]事なう案じつづけておはしけるに、**（平家物語・小教訓）
〔思わないようなことはなく（＝考えられるようなことはすべて）考え続けておられたが、〕

『伊勢物語』には、これらの用法はない。

↓P255「まじ」の【「打消婉曲」というべき用法】

○「じはや」の形

「じ」に詠嘆の終助詞「はや」が付いた「じはや」の形について、小田勝『実例詳解　古典文法総覧』は〈心内文中の「じ」は、慣用的に、終助詞「はや」を伴って、「じはや」の形で現れることがある〉と述べ、次の用例などを引いている。

9　**誰ならむ、乗り並ぶ人けしうはあら[じ]はや、と推しはかりきこゆ。**（源氏物語・葵）
〔誰だろう、（源氏と）一緒に並んで乗っている女はそれ相当の方にちがいないよ、と推し量り申し上げる。〕

ただし、「じはや」の形は心中語以外に、会話文での用例もある。

10　**「…琵琶は、今の世に、さばかり弾きたる人はあら[じ]はや」とのたまへば、**（うつほ物語・楼の上　上）
〔「…琵琶は、今の世に、あれほど巧みに弾く人はあるまいよ」とおっしゃるので、〕

なお、この「はや」を新間進一・外村南都子『新編日本古典文学全集42　梁塵秘抄』は「聖は立てじはや」（四二六）の頭注で〈係助詞「は」と間投助詞「や」の複合で、深い感動を示す〉と説明している。『伊勢物語』にこの用法はない。

〔**接続**〕

活用語の未然形に付く。

〔活用〕

基本形	未然形	連用形	終止形	連体形	已然形	命令形	活用の型
じ	○	○	じ	じ	じ	○	無変化型

＊ ■ は『伊勢物語』に用例あり

●『伊勢物語』には「じ」が全部で22例ある。その内訳は次のとおり。

終止形＝19例　・　**連体形**＝3例（いずれも接続助詞「を」が下接）　・　**已然形**＝用例なし

●連体形「じ」の用例は『伊勢物語』に限らず少ない。

ただし、用法としては、連体修飾語となる、準体用法、助詞や助動詞「なり」（断定）が下接する、係り結びの「結び」となるなどがあり、用いられ方は必ずしも狭いわけではない。

▼連体形「じ」の用法

連体修飾語となる

11 **いく世しも　あら[じ]わが身を　などもかく　海人の刈る藻に　思ひ乱るる**（古今和歌集・九三四）

〔どれほどの年月も生きないだろう我が身だというのに、どうしてこのように、漁師の刈る藻同然に思い乱れるのだろう。〕

12 **負け[じ]魂に、怒り(いか)なば、せぬことどももしてん。**（源氏物語・玉鬘）

〔（あの人が）負けぬ気を起こして、怒りだしもしたら、何をしでかすかわからない。〕

13　**今は世に　あらじものとや　思ふらむ　あはれ泣く泣く　なほこそはふれ**　（更級日記）

〔今はもう（私が）この世に生きていないものと思っているのだろうか。ああ、（私は）泣く泣くもやはり生きながらえている。〕

準体用法

14　**ただ、人に勝たせたてまつらむ、勝たせたてまつらじは、心ぞよ。**　（堤中納言物語・貝合）

〔ただ、姫君に勝たせてさしあげようか、勝たせてさしあげまいかは、私の心次第だよ。〕

助詞が下接する

15　**おしなべて　峰もたひらに　なりななむ　山の端なくは　月も入らじを**　（82段）

〔一様にどの峰も平らになってほしいものだ。山の端がなければ月も入らないだろうから。〕

16　**語らふべき戸口も鎖してければ、うち嘆きて、なほあらじに、弘徽殿の細殿に立ち寄りたまへれば、**　（源氏物語・花宴）

〔言い寄るべき（手引きの女房の局の）戸口も閉まっていたので、ため息をついて、やはりこのままではいられないようで、（向かいの）弘徽殿の細殿にお立ち寄りになると、〕

17　**親子の仲のかく年経たるたぐひあらじものを、契りつらくもありけるかな。**　（源氏物語・玉鬘）

〔親子の仲でこのように（お会いせずに）長い年月が経った例はないだろうに、前世の因縁もむごいものだなあ。〕

断定「なり」が下接する

18　**俄（にはか）に落ちぬる事なれば、誰にもよも知らせじなれども、**　（平家物語・泊瀬六代）

〔あわただしく逃げたことなので、誰にも決して知らせていないのだろうけれども、〕

係り結びの「結び」となる

19 はづかしく、心づきなき事は、いかでか御覧ぜられじと思ふに、（枕草子・二二二段）

〔（自分にとって）きまりが悪く、気に入らないことは、なんとかして（中宮様の）お目にかけないようにしようと思うのに、〕

＊係助詞「なむ」に対して結びの位置に立つ「じ」はないと言われる。

疑問・反語の副詞の「結び」となる

20 世の中に いかであらじと 思へども かなはぬものは 憂き身なりけり（落窪物語）

〔この世の中ではどうにかして生きながらえまいと思うけれど、思い通りにならないのははかない我が身であるなあ。〕

▼「打消推量」の係り結び

連体形の一用法として用例19に係助詞「か」の「結び」を挙げたが、平安時代には連体形「じ」が係り結びの「結び」として用いられることは稀で、その役は「ざらむ」「ざらめ」が負った。

21 女房は、すべて、「年のうち、つごもりまでもえあらじ」とのみ申すに、「あまり遠くも申しつるかな。げにえしもやあらざらむ。ついたちなどぞ言ふべかりける」と、下には思へど、（枕草子・八三段）

〔女房は、皆、「年内、（それも）月末までももつまい」とばかり申し上げるので、「（自分は）あまりに遠い先にも申し上げてしまったものだなあ。なるほど（それほどまでは）もたないだろうか。月初めなどと言えばよかったのだった」と、内心には思うけれども、〕

22　**野とならば　うづらとなりて　鳴きをらむ　かりにだにやは　君は来ざらむ**　（123段）

〔（ここが）野原となったら（私は）鶉となってないていよう。（そのなき声を頼りに）狩りにだけでもあなたが来ないことがあろうか、いや、きっとかりそめにでも来てくれるだろう。〕

23　**近くてこそ見たまはざらめ、よそにはなどか聞きたまはざらむ。**　（源氏物語・夕霧）

〔お近くで（この私の顔を）ご覧にならなくても、よそでどうして（噂を）お聞きにならないことがありましょうか。〕

▼已然形「じ」の用法

已然形「じ」の用例はごく稀で、用法も係助詞「こそ」の結びにほぼ限られている。そのため、活用表に入れなかったり、（　　）を付けて示す場合もある。

助詞が下接する

24　**人言（ひとごと）の　繁きによりて　まを薦（ごも）の　同じ枕は　我（わ）はまかじやも**　（万葉集・三四六四）

〔人の噂がひどいからといって、こも薦で作った同じ枕を私はせずにいられようか。〕

＊反語「めやも」の打消表現に当たる。

↓P114「む」の【反語を表す「めや」】

「こそ」の結びとなる

25　**ちりをこそ　すゑじと思ひし　四（よつ）の緒（を）に　老いの涙を　のごひつるかな**　（古今著聞集・五ノ二一〇）

〔（大切に扱って）塵も置くまいと思って（お預かりして）おりました（この）琵琶（を上皇様にお返しいたすにつき、昔からのご庇護を思い感無量）ゆえに老いの涙をぬぐったことでした。〕

『伊勢物語』に已然形「じ」の用例はない。

〔用例〕

a　打消推量　〈訳語例〉～ナイダロウ。～マイ。

未然形　―

連用形　―

終止形　(1)　**身さいはひあらば、この雨はふらじ。**　(107段)

〔もしわが身に幸せがあるならば、この雨は降らないだろう。〕

連体形　(2)　**いでて来し　あとだにいまだ　変らじを　たが通ひ路と　いまはなるらむ**　(42段)

〔(あなたのところから)帰ってきた(私の)足跡さえまだ変わってはいないだろうに、誰の通う路と今はなっているのだろう。〕

已然形　(3)　**鶯は　月の内こそ　声は聞こえじ**　(うつほ物語・春日詣)

〔鶯は月の世界では、声は聞こえないだろうが。〕

命令形　―

b　打消意志　〈訳語例〉～ナイツモリダ。～マイ。

未然形　―

連用形　―

終止形　(4)　**女もはた、いとあはじとも思へらず。**　(69段)

〔女もまた、それほど固く逢うまいとも思っていない。〕

連体形

(5) まろが桜は咲きにけり。いかで久しく散らさじ。 (源氏物語・幻)

〔私の桜が(きれいに)咲いた。どうにかしていつまでも散らさずにおきたい。〕

已然形

(6) 人はなど　訪はで過ぐらむ　風にこそ　知られじと思ふ　宿の桜を (新続古今和歌集・一五三)

〔(風ばかり来て)人はどうして尋ねずに通り過ぎてしまうのだろうか。(人には知られたいが)風には知られまいと思う我が家の桜を。〕

命令形

—

【まじ】

〔語誌〕

「まじ」は中古以降に認められる助動詞で、打消推量を表す上代の助動詞「ましじ」の転じたものとする説が一般的である。「まじ」と「ましじ」は意味・接続が同じで、語形も似ており、重複した類似音の一方が略されたものと考えられている。

「ましじ」は反実仮想の助動詞「まし」に打消推量の助動詞「じ」が付いて一語化したものとも言われるが、接続と意味の両面で無理があり、明らかではない。用例は二十余例ある（小学館『古語大辞典』）とされるが、その用法は限定的で、下二段活用動詞「敢ふ」「得」「堪ふ」「克つ」（補助動詞を含む）や助動詞「ゆ」など、多く可能の意を含む語に付けて用いられていると言う。

また、活用形も終止形「ましじ」、連体形「ましじき」の二種類だけであった。

1　**堀江越え　遠き里まで　送り来る　君が心は　忘らゆ［ましじ］**　（万葉集・四四八二）
〔堀江を越えて遠い里まで送って来てくれたあなたのお心は忘れられないだろう。〕

2　**布当山　山並見れば　百代にも　変はる［ましじき］　大宮所**　（万葉集・一〇五五）
〔布当山の山並みを見ると百の世代までも変わりそうにない大宮所だ。〕

「まじ」の和歌での用例は少なく、「じ」が用いられた。特に伝統を尊重する傾向の強い勅撰和歌集での用例はきわめて少ないと言われる（八代集全部で5、6例との報告がある）。次の用例3は、末摘花が自分のもとを去る乳母子に、形見として自らの抜け毛を集めて作った鬘とともに贈った歌で、「まじ」が用いられている。

3　**たゆまじき 筋を頼みし 玉かづら 思ひのほかに かけ離（はな）れぬる**　（源氏物語・蓬生）

〔ずっと離れることはあるまいと頼りにしていた貴女も思いがけず遠くへ行ってしまうのだなあ。〕

和歌での用例としては他に次のようなものがある。

4　**すすぐべき 罪もなき身は 降る雨に 月見るまじき 歎きをぞする**　（栄花物語・くものふるまひ）

〔除き清める罪障もないこの身は、降る雨のせいで月を見ることができないことを嘆いている。〕

5　**枯れでさは この花やがて にほはなむ ふるさと恋ふる 人あるまじく**　（浜松中納言物語）

〔枯れないで、そのようにこの花がそのまま美しく照り映えて咲いていてほしい。故国を恋しがって苦しむ人がないように。〕

〔意味〕

○「まじ」は「べし」の打消

「まじ」は「べし」の打消に相当すると言われる。次の用例6はその一つの証左と言える。

6　**かく記しおくやうは、かかる身の果てを見聞かむ人、夢をも仏をも用ゐるべしや、用ゐるまじやと、定めよとなり。**　（蜻蛉日記）

〔このように書き記しておくわけは、このような（私の）身の成り行く果てを見聞きする人が、夢や仏（の告げ）を信じるべきか、信じるべきではないかと、判断せよと思ってである。〕

ただし、「まじ」と「べし」が連接して用いられた用例も皆無ではない。その場合、「まじ」を「べし」の打消とは単純に言い得ないが、「まじ＋べし」の形は次の用例7・8ぐらいしか見当たらず、きわめて稀である。

7　人聞きもうたて思す**まじか**べきわざを、と思せば、（源氏物語・夕霧）

〔人聞きも悪いとはお思いにならないだろうはずのことを（しよう）、とお考えになるので、〕

8　后腹（きさいばら）におはすとも、ある**まじかる**べきことにもあらず、（狭衣物語）

〔皇后がお産みになった皇女でいらっしゃるとしても、あってはならないはずのことでもなく、〕

○「まじ」の意味の二系統

「まじ」の意味は、高校古典文法書でふつう五つも挙げられて複雑に見え、学習上の難所の一つである。しかし、「まじ」の複数の意味が持つ構図も「べし」や「む」「じ」と基本的に共通しており、その点を押さえると理解は格段に容易になる。

すなわち、「まじ」はまだ実現していない事柄について述べる助動詞で、その内容は大きく二つに分かれる。一つは、⑴その事柄が実現しない性質であること、もう一つは、⑵その事柄が実現しないことを望むことである。高校古典文法書の挙げる五つの意味を当てはめて整理すると次のようになる。

⑴その事柄が実現しない性質であること

a　打消推量　〈訳語例〉～ナイダロウ。～マイ。

b　打消当然　〈訳語例〉～ハズガナイ。～ナイニチガイナイ。～ナイ運命ダ。

c　不可能　〈訳語例〉～コトガデキナイ。～コトガデキソウニナイ。

⑵その事柄が実現しないことを望むこと

d　打消意志　〈訳語例〉～ナイツモリダ。～マイ。

e　不適当・禁止　〈訳語例〉～ナイホウガヨイ。～テハナラナイ。

なお、小学館『古語大辞典』なども「まじ」の意味群を大きく二系統に分けるが、その分類の観点は本書とは異なる。すなわち、「主体的表現」と「客体的表現」とに二分し、前者に「打消推量」「打消意志」の意を、後者に「打消当然」「不適当・不必要・禁止」「不可能」の意を当てている。

○「まじ」と「べからず」「べくもあらず」「べくもなし」

「べし」の打消表現としては「まじ」の他に「べからず」「べくもあらず」「べくもなし」がある。

「べからず」が漢文訓読系の文で用いられたのに対し、和文では一般に「まじ」が用いられた。『伊勢物語』にも「べからず」の用例はない。↓P166【「べからず」の意味】

ただし、「べくもあらず」「べくもなし」の形は和文でも少なからず用いられており、『伊勢物語』にも「べくもあらず」の用例がある。

9　**消息をだにいふべくもあらぬ女のあたりを思ひける。**（73段）
〔便りさえすることができそうもない女のことを思った（歌）。〕

10　**さらに聞こえやるべくもなし。**（堤中納言物語・はいずみ）
〔まったく申し上げることができそうもない。〕

○「え〜まじ」の形

『伊勢物語』に見える「まじ」の用例は、後に挙げる用例14・15・16（P250）の3例ですべてであるが、いずれも呼応の副詞「え」とともに用いられている。

作品中の全用例が「え〜まじ」である『伊勢物語』ほどには極端でないものの、他作品でも「まじ」を副詞「え」と呼応させて用いる例はかなり多い印象があり、その割合をいくつかの作品について調べてみた。次がその結果である。

作品名	用例数	え～まじ
竹取物語	9	2（22%）
伊勢物語	3	3（100%）
大和物語	10	3（30%）
平中物語	5	4（80%）
うつほ物語	187	77（41%）
落窪物語	32	8（25%）
源氏物語	571	108（19%）
枕草子	49	18（37%）
蜻蛉日記	27	4（15%）
和泉式部日記	5	3（60%）
紫式部日記	10	0（0%）
栄花物語	67	17（25%）
大鏡	28	3（11%）
平家物語	113	5（4%）
宇治拾遺物語	41	10（24%）
十訓抄	35	0（0%）
徒然草	11	0（0%）

（注）
・用例数は小学館『新編日本古典文学全集』に拠った。
・同書本文は、校注者により底本本文が修正された箇所を含むが、用例数は修正後の本文に基づいている。

この結果に関し、注目すべき点をいくつか挙げる。

(1)早い時期には「まじ」と副詞「え」の呼応表現「え～まじ」の形が比較的多く見られるが、時代が下がってくるとその傾向は薄れる。

(2)右の表には載せていないが、『保元物語』では全20用例中「え～まじ」は1例のみ、『平治物語』では全13例中0例である。同じ軍記物語の『平家物語』には5例があるが、そのすべてが会話文中の用例であり、しかも「えこそ～まじけれ」の形でのみ用いられており、何らかの特殊性を帯びた表現、ないしは固定化・定型化された表現として意識的に用いられた可能性がある。

(3)中世説話文学では、『十訓抄』のほか、右の表に載せていない『沙石集』でも「え〜まじ」の形の用例はなかった。『宇治拾遺物語』には比較的多い10例が見られるが、(2)で述べた「特殊性」という意識をもって見ると、注意される傾向がうかがわれないでもない。全10例のうち、地の文2例と平凡な登場人物の心中語1例の計3例を除いた残りの7例は、老人とか、神の化身とか、いずれも人間社会から見て中心的存在とは言えない人物などの会話文の中で用いられているのである。その発話者を列挙すると次のとおりである。

雀を助けた老婆(三ノ一六)

四の宮河原の地蔵(五ノ一)

老翁としての藤原実頼(七ノ六)

不破の明神の化身と言われる美濃のすまたの女(一五ノ一)

荘子の寓話中の魚(一五ノ一一)

以上のような諸点はそれぞれ果たして有意のものであるか否か、今後検討すべき課題である。

○「え〜まじ」の「まじ」の意味判別

「え〜まじ」の形における「まじ」の意味は、高校古典文法では「打消推量」ととらえるのがふつうである。例えば、次の用例11の場合、一つ目の「まじ」は可能「る」に下接して「打消推量」の意であることは明らかで、それと同等の資格で並べられた二つ目の「まじ」も「打消推量」の意を表して上の副詞「え」と呼応し、呼応表現全体で「不可能推量」の意を表していると見て問題はないだろう。

11　**「畠にも作る まじ、家もえ建つ まじ。益(やく)なき所」と思ふに、**　(宇治拾遺物語・一三ノ一)

〔「畑にも作ることができないだろう、家も建てることができないだろう。役に立たない所」と思うので、〕

しかし、副詞「え」は、次の用例12・13のように不可能表現に重ねて用いられる場合がある。

12 **おとどはあきれて、え物も言はれず。**（落窪物語）
〔中納言はあっけにとられて、ものも言えない。〕

13 **忍ぶれど涙こぼれそめぬれば、をりをりごとにえ念じえず、**（源氏物語・帚木）
〔がまんしていても一度涙がこぼれ始めると、折あるごとにがまんできず、〕

用例12では「れず」、用例13では「えず」だけで「不可能」の意を表し得るが、それに副詞「え」を言い加えることによって事柄の不可能性をより強く、あるいはより鮮明に印象付けようとしていると考えられる。「え〜まじ」の形の呼応もこれと同じ形になり得るが、「まじ」の表す意が「れず」「えず」などに比べて複雑なため、厄介な面が加わる。

そもそも「可能／不可能」は、過去においてそうだったのか、将来においてそうなのか、のいずれかである（能力としての「可能／不可能」も例外ではない）。「まじ」はまだ実現していない事柄について述べる助動詞だから、高校古典文法書がふつう「不可能」と呼ぶ「まじ」の意は将来的な不可能のことである。したがって、現代語訳として「〜ことができない」がふさわしい場合でも、本質的には「〜ことができそうにない」ということになる。

さて、そのような「まじ」が「え」と呼応して意味を表す構造は、次の二通りが考えられる。

(1)「まじ」は「打消推量」の意「〜ないだろう」を表し、それが副詞「え」と呼応して、全体として不可能の推量の意「〜ことができないだろう」を表す。

(2)「まじ」は「不可能」の意「〜ことができそうにない」を表し、その不可能の意を副詞「え」が強め、全体としても「〜ことができそうにない」の意を表す。

(1)と(2)は、表現者が意図する表現の強弱こそ異なるかも知れないが、読み手が読み取り得る将来的な不可能性という内容そのものに変わりはない。そのため、「え～まじ」の形のほとんどの用例において、実は「まじ」が「打消推量」なのか「不可能」なのかの判別はできない。「え～まじ」の形において「まじ」一語を取り出してその意味を判別することは不可能であり、またさして意味もないだろう。全体として不可能の推量を表現していると無理なくとらえるのがよいと考える。

○『伊勢物語』における「え～まじ」

『伊勢物語』では、「まじ」の用例はすべて「え～まじ」の形をとっている。

14　**むかし、男ありけり。女のえ得まじかりけるを、年を経てよばひわたりけるを、**（6段）
〔昔、男がいた。とうてい手に入れることができそうになかった女を、幾年も求婚し続けてきたが、〕

用例14で、作者は、男の思いを遂げる可能性を限りなくゼロに近いと見る一方で、その望みを完全に断ち切られたものと思い棄てているわけでもない男の姿をも描いているのであるが、そのように文脈を押さえてみても、「まじ」の意味が「打消推量」なのか、「不可能」なのかは断じがたい。

この事情は『伊勢物語』の他の2例においても同様である。

15　**さりとて、いかではた、えあるまじかりけり。**（42段）
〔そうはいっても、行かずにはやはり、いられそうもなかった。〕

16　**男、思ひかけたる女の、え得まじうなりての世に、**（55段）
〔男が、思いを寄せていた女が、手に入れることができそうになくなった時に、〕

『伊勢物語』の用例でも、「え～まじ」は全体として不可能の推量を表現しているととらえるのが妥当だろう。

○「え〜まじ」のその他の意味

ここまで「え〜まじ」が全体として不可能の推量を表す場合を見てきたが、同じく「え〜まじ」の形をとりながら、「まじ」がそれとは異なるニュアンスを担う場合がある。

17 **仏名(ぶつみやう)過ぐして、必ず二三日ものせられよ。年の初めには、え読むまじき書(ふみ)なめるを。**

（うつほ物語・蔵開 中）

〔仏名会(え)が過ぎてから、必ず、二、三日講書をやってほしい。年の初めに読むのには、似つかわしくない内容の書であるから。〕

用例17の現代語訳は『新編日本古典文学全集』からそのまま引いたが、そこで「似つかわしくない」と訳されているように「(読む)まじき」は「不適当」の意を表しており、それが「え」と呼応して「不可能」の意が加わっている。ここでの「え〜まじ」の意は、いわば「不適当ゆえの不可能」であり、直訳すれば「読まないほうがよいので読むことができない」となろうか。こなれた表現をとった現代語訳「似つかわしくない」からでは「不可能」の意を汲み取りにくいが、作者としてはその意も込めて言い表したものと考えられる。

次の用例18は、長年深い契りを交わしてきた妻がありながら、垣間見た別の女性に心ひかれてしまった男の気持ちを述べたものである。

18 **えあるまじきことを思ひて、人にもつらしと思はるること。**

（うつほ物語・嵯峨の院）

〔あってはならない思いをいだいて、妻からもつらいと恨まれることよ。〕

用例18の『新編日本古典文学全集』の現代語訳でも、「まじ」は「禁止」の意を表すものとして「てはならない」と訳されているが、「え」との呼応による「不可能」の意は表面に出ていない。作者が表現しようとしたのは、そのような思いは許されないがゆえに心に持つことは不可能である、ということだろう。

さらに、次の用例19の「まじ」は「不可能」または「禁止」のいずれかの意を表している。「この男」は、元来の計画では、この日は方違えの所に泊まり、翌日以降に改めて寺に向かうつもりだったが、道の途中で偶然出会った女と成り行きから同道することになり、方塞がり（かたふたがり）の寺まで来てしまったのだった。

19　**この男、まうでたる所より、寺ぞふたがりける。明くるまで、えある<u>まじかり</u>ければ、たがふべきところにゆきけり。**（平中物語・二五段）

〔この男がお詣りに出かけて来た家から、寺の方角は方塞がりになっていた。翌朝まで寺にいることはできないので、方違えの所に行くのだった。〕

方塞がりは暦の上で決まっていて動かしがたいことである。それを信じた当時の人々には、方塞がりに当たった場所に留まり泊まることは許されず、そのことについて推量する余地はない。つまり「まじ」の意は「打消推量」ではない。『新編日本古典文学全集』は「寺にいることはできないので」と「え〜まじかり」の呼応を「不可能」の意で訳しているが、あるいは「寺にいてはならず、（それゆえ）寺にいられないので」というように「禁止ゆえの不可能」を表しているとも考えられる。

○「打消推量」か「打消当然」かの意味判別

「打消推量」と「打消当然」の二つはともに、まだ実現していない事柄が実現しない性質であることを述べる用法で、いわば意味的に地続きのものである。後者を前者から分かつのは、「まじ」を用いて提示された事態が、誰からも異論が出されないような道理に従うものなのか、あるいはまた、人間の力を超えたところで決定づけられる運命などによって生起するものなのか、などという点にある、と一応は言える。しかし、異論がないとか、運命だとか言っても、それ自体が結局は表現者の判断に拠る側面があり、実際の用例にあたってはその事態の実現性（非実現性）に対する表現者の確信の度合いを文脈の中で考えることが必要になってくるのである。

私自身の経験的な感触から言えば、特に終止形において両者の判別が微妙であり、異論なく「打消当然」と言い得る用例は少ないように思われる。終止形で「打消当然」の意を表すと言えそうな用例をいくつか次に挙げる。

20 **何事を御論候ふやらん。合戦の庭には、兄弟と云ふ差別（しやべつ）候ふ まじ。ただ器量により候ふ。**（保元物語）

〔何をもめているのでしょうか。合戦の場では、兄・弟の差別などあるはずがありません。戦の才能だけが問題になるのです。〕

用例20は「我先を駆けん」（自分こそ先陣を切るつもりだ）と競り合う者たちに向かって、その愚かさを断ずるように発した源為朝の言葉である。この「まじ」は、戦という極限的状況を自ら生き抜いてきた経験の中で為朝が得た真理、または確信を表すものとして「打消当然」と解し得る。

21 **これ、為朝が放つ矢にて候ふ まじ。天照大神（てんせうだいじん）・正（しやう）八幡宮の放させたまふ御矢にて候ふべし。**（保元物語）

〔これは、為朝が放つ矢であるはずがございません。天照大神・正八幡宮がお放ちになる矢であるはずです。〕

用例21も同じく源為朝の発言で、平清盛らは天皇を連れて逃げようとするだろうが、その時には天皇が乗った御輿に矢を射込むまでのことだ、と言い放った上での発言である。信太周・犬井善壽『新編日本古典文学全集41 保元物語・平治物語』が〈この矢は為朝が放つ矢ではない。〉と断定的に訳したように、恐れ多くも天皇の御輿に立てようという矢が人臣の放つものでないことは疑いない、と言いたいのである。

22
「御門には男皇子三人よりほかおはしますまじ」と、そこらかしこき者ども、勘へ申したるに、
（浜松中納言物語）

〔「御門には男の皇子が三人よりほかにお生まれにならないと定まっている」と、何人ものすぐれた占い師たちが、鑑定申し上げているのに、〕

用例22は「かしこき者ども」による鑑定結果である。物語では実はそれは当たっていなかったという形で話が展開していくのだが、それはそれとして、有力な陰陽師や宿曜師（占星術師）たちが引き出す予見は運命的・確定的なものとして伝えられ、また受け取られるはずで、ここも「打消当然」と解するべきだと考える。

23
弟子ども、「いかにかくは申し給ひけるぞ。念仏にまさる事さぶらふまじとは、など申し給はぬぞ」と申しければ、
（徒然草・二二二段）

〔弟子たちが、「どうしてそのように申し上げなさったのですか。念仏よりすぐれたことがあるはずがございませんと、なぜ申し上げなさらなかったのですか」と申し上げたところ、〕

用例23は、弟子たちは自分たちの信奉する浄土宗の宗旨たる念仏の効用について絶対的な信頼を寄せており、ここも疑う余地のないことを「打消当然」の「まじ」を用いて述べたのである。

24
これこそはさるべきこととおぼえて、めづらかなることと心も驚くまじ。
（源氏物語・帚木）

〔これはそうなってしかるべきことだと思われて、珍しいことだと驚くはずもない。〕

用例24では、「さるべきこととおぼえて」を受けて、驚かなくて当然だと続くと見れば「まじ」は「打消当然」の意と解することができると思うが、同じように考えて「打消推量」と見なしても不自然はないだろう。

25 **ただ鳥立つ[まじ]ばかりのほどに心して遊ばす。さらにもて離れたり。**（うつほ物語・内侍のかみ）
〔ただ鳥が飛び立つはずがないほどのところに注意して射られる。（案の定）矢は大きく外れた。〕

用例25は、賭けをした射的で賭け物の名馬を相手に得させたいと考え、わざと矢を外す場面である。「立つまじばかりのほど」は、絶対に射当てることのない鳥までの距離でありながら、同時に「心して」射るような（外れ方として不自然さを感じさせない）距離でもある。この微妙な距離の取り方をどうとらえるかによって、「立つまじ」は打消当然「飛び立つはずがない」とも、打消推量「飛び立たないだろう」とも取れ、いずれも不自然ではない。

この用例25や先の用例24あたりが、「打消当然」と「打消推量」の境目と言えるのではないかと考える。

○「打消婉曲」というべき用法

推量の助動詞「む」の連体形が連体用法などで用いられて「婉曲」の意を表す場合があり、その打消と見るべき用法が「じ」にある。その「じ」と同様の用法が「まじ」にもあり、用例がごく少数ある。

26 **なほ思ふにも、生きたる[まじき]ここちするは、**（蜻蛉日記）
〔やはりどう考えてみても、生きていないような気がする（＝生きているような気がしない）のは、〕

→P235「じ」の【「む」の「適当・勧誘」「婉曲」に対応する用法】

○「まじ」の意味の及ぶ範囲

「活用語＋まじ」の「まじ」は、原則として直前の活用語の表す内容について、その実現の可能性がないことや実現を望まないことを表すはたらきをする。

しかし、次の用例27のように、直接上接していない活用語の表す内容に対しても、併せて同じはたらきを及ぼす場合があり、注意を要する。

27　**いぬ宮（みや）生（む）まれたまひて後は、いよいよ命も惜しう、思ふことある[まじ]、と思ひはべりしを、よく思ひはべりつれば、世の中にもの思ふこそなりぬべけれ。**（うつほ物語・楼の上 上）

〔いぬ宮がお生まれになってからは、いよいよ命も惜しくないだろうし、思い残すこともないだろう、と思っておりましたが、よく考えましたら、この世に強く執着する事柄ができてしまったようです。〕

この用例で「まじ」は直前の「（思ふこと）ある」ことを打消推量するとともに、その上の「命も惜しう」あることをもまた打消推量している。これを数式的に書き表してみるならば、次のようになるだろうか。

命も惜しう、思ふことあるまじ

…（命も惜しう＋思ふことある）まじ＝命も惜しかるまじく＋思ふことあるまじ

以上のように考えれば、「命も惜しくないだろうし、思い残すこともないだろう」と訳すことができる。

→P224【「ず」の「打消」の及ぶ範囲】

〔接続〕

活用語の終止形に付く。ラ変型活用語には連体形に付く。

●上一段動詞には、連用形（一説に未然形）に接続する場合がある。『伊勢物語』にその用例はない。

→P140【「らむ」の〔接続〕】

28　**此河（この）は近江の水海（みづうみ）の末なれば、まつともまつとも水ひ[まじ]。**（平家物語・宇治川先陣）

〔この川は近江の湖から流れ出たものなので、いくら待っても水は引くはずがない。〕

●中世には下二段活用のエ段に付く例が見られる。『日本国語大辞典』は〈中世以降、口語「まい」の接続の混乱が

「まじ」にも及び、特に未然形に付く例が多くみられる〉と説明している。→P165【「べし」の〈接続〉】

29 今日の軍(いくさ)には、御方(みかた)の兵に太刀をも抜かせ**まじ**。 （太平記）

〔今日の合戦では、味方の兵に太刀すら抜かせるまい。〕

〔活用〕

基本形	未然形	連用形	終止形	連体形	已然形	命令形	活用の型
まじ	（まじく）	**まじく**	まじ	まじき	まじけれ	○	形容詞型
	まじから	**まじかり**		まじかる			

＊（網掛け）は『伊勢物語』に用例あり

●順接の仮定条件を表す「まじくは」〈連用形「まじく」＋係助詞「は」〉を、未然形「まじく」＋接続助詞「ば」の清音と説明する場合があり、その立場においてのみ未然形「まじく」を認める。

30 かの左衛門督(かみ)まかりなる**まじく**は、由なし。 （大鏡・為光）

〔あの〈兄の〉左衛門督が〈栄進〉しないだろうということであれば、〈弟の私が遠慮する〉理由がない。〕

▼「まじ」の音便

イ音便　中世以降、連体形「まじき」がイ音便「まじい」になることがある。

31 など祇王は返事はせぬぞ。参る**まじい**か。 （平家物語・祇王）

〔どうして祇王は返事をしないのだ。参上しないつもりか。〕

ウ音便　連用形「まじく」がウ音便「まじう」になることがある。

32　**男、思ひかけたる女の、え得まじうなりての世に、**　（55段）

〔男が、思いを寄せていた女が、手に入れられそうになくなった時に、〕

＊『伊勢物語』における「まじ」の音便は用例32のウ音便1例のみである。

撥音便　連体形「まじかる」に推定の助動詞「めり」「なり」が付いて撥音便「まじかんめり」「まじかんなり」となる場合、多くは「まじかめり」「まじかなり」のように撥音が表記されない。

33　**凡そ是にも限るまじかんなり。**　（平家物語・行隆之沙汰）

〔だいたいこの事だけに限らないようだ。〕

34　**ほとほと劣り給ふまじかめり。**　（増鏡・老のなみ）

〔ほとんど劣りなさらないようだ。〕

〔用例〕

a　打消推量　〈訳語例〉～ナイダロウ。～マイ。

未然形　(1)　**すべてえさるまじから[*1]む人には、世の誹りもいたく知るまじきわざにもありけり。**　（夜の寝覚）

〔総じてそれ（世の非難）を当てはめることができないだろうような（実質を持つ）人にとっては、世の非難もひどく気にする必要のないことでもあったのだ。〕

連用形　(2)　**むかしは名立たる人に劣るまじく聞こえたまひしを。**　（うつほ物語・国譲　中）

〔昔は名だたる（美人の）方にも劣らないだろうとのご評判でしたのに。〕

連用形 (3) 宮の御髪（みぐし）のいみじくめでたきにも劣る まじかり けり、と見たまふ。 （源氏物語・東屋）
〔宮の御髪のとてもすばらしいのにも劣らないだろうことだ、とご覧になる。〕

終止形 (4) 雀などのやうに常にある鳥ならば、さもおぼゆ まじ。 （枕草子・三九段）
〔雀などのようにいつもいる鳥であるならば、それほどにも思われないだろう。〕

連体形 (5) 仲忠がためには、これにまさる折なむ侍る まじき。 （うつほ物語・蔵開 上）
〔仲忠にとっては、これにまさる折はないでしょう。〕

連体形 (6) ことの気色を見るに、行末遠くはある まじかん めりとさとりぬ。 （増鏡・久米のさら山）
〔事の様子を見ると、（わが）行く末も長くはあるまいと見えると悟った。〕

已然形 (7) 冬枯（ふゆがれ）の気色こそ秋にはをさをさおとる まじけれ。 （徒然草・一九段）
〔冬枯れの有様こそ秋にはほとんど劣らないだろう。〕

命令形 ——

【補足説明】
＊1…〔用例〕(1)は「え～まじ」の形で、「まじ」は「打消推量」なのか「不可能」なのか判断しがたいが、一般に「打消推量」とされる用例として暫定的に挙げておく。

b 打消当然 〈訳語例〉～ハズガナイ。～ナイニチガイナイ。～ナイ運命ダ。

未然形 (8) ある まじから んことにてだに、この御事を違（たが）ふべき心地もせねど、 （狭衣物語）
〔あるはずがない（あきれる）ようなことでさえ、この（父大臣の言う）御事に逆らおうという気はしないが、〕

連用形

(9) あやしく世の人に似ず、あえかに見えたまひしも、かく長かる**まじく**てなりけり。（源氏物語・夕顔）

〔不思議に普通の人とは違い、可憐で弱々しそうに見えなさったのも、このように長生きしない運命だからだったのだ。〕

連用形

(10) ひさしくおはします**まじかり**ければにや、出家してうせたまひにき。（大鏡・兼通）

〔長生きなさらないご運命でいらっしゃったからだろうか、出家してお亡くなりになった。〕

終止形

(11) 此河は近江の水海の末なれば、まつともまつとも水ひ**まじ**。（平家物語・宇治川先陣）

〔この川は近江の湖から流れ出たものなので、いくら待っても水は引くはずがない。〕

連体形

(12) 「とうとう。御房は事あやまつ**まじき**人なれば」とてゆるされけり。（平家物語・法皇被流）

〔「さあさあ。あなたはあやまちをしでかすはずのない人だから」とお許しになった。〕

連体形

(13) 仏の御しるべは、暗きに入りてもさらに違ふ**まじか**なるものを。（源氏物語・若紫）

〔仏のお導きは、たとえ冥路の闇の中に入っても、決して間違うはずがないそうですが。〕

已然形

(14) 関白を置かる**まじけれ**ば、二条の大臣、氏の長者を宣下せられて、宮この事、管領あるべきよし、うけ給はる。（増鏡・月草の花）

〔(本来、摂政関白の詔を受けたものが氏の長者になるのだが、後醍醐は天皇親政を行うために)関白を置かれないことになっているので、二条の大臣は、氏の長者を宣下されて、都の事一切を、つかさどるようにとの旨を、承った。〕

命令形

―

c　不可能〈訳語例〉～コトガデキナイ。～コトガデキソウニナイ。

未然形　⒂　人のたはやすく通ふ**まじから**むところに、跡を絶えて籠り居なむと思ひはべるなり。（堤中納言物語・よしなしごと）
〔人の容易に通うことができそうにないような所へ、行方をくらまして籠居しようと思います。〕

連用形　⒃　皆人（みなびと）は、かりそめの仮屋などいへど、風すく**まじく**、（幕ヲ）ひきわたしなどしたるに、（更級日記）
〔皆は、一時しのぎの仮屋などと言うけれど、風が隙間から吹き込むことができないように、幕を引きめぐらしなどしてあるが、〕

連用形　⒄　御忌みなどすぐしては、つひにひとりはすぐしたまふ**まじかり**ければ、かの北の方の御おとうと九の君を、やがてえたまはむと、おぼしけるを、（大和物語・九四段）
〔（北の方の）御喪などがあけてみると、そういつまでもひとりではお過ごしになることができそうになかったので、「あの（亡くなった）北の方の御妹の九の君を、そのままもらおう」と、お思いになっていらっしゃると、〕

終止形　⒅　これ程の御大事に及び候ふうへは、つひにのがれ候ふ**まじ**。とうとういださせおはしませ。（平家物語・若宮出家）
〔これほどの重大な御事になりました以上、結局逃れることはできそうにありません。さっさと（私を）お差し出しください。〕

連体形　⒆　この女見では世にある**まじき**心地のしければ、（竹取物語）
〔この女と結婚しないではこの世に生きていることができそうにない気持ちがしたので、〕

連体形　⑳　姫君は、上の御懐に御殿籠りにければ、今宵は見たてまつる［まじか］めり。（夜の寝覚）
〔姫君は、（母上の）御懐でお眠りになってしまったので、今宵はお会い申し上げることはできそうにないようだ。〕

已然形　㉑　尼になりても、殿のうち離る［まじけれ］ば、ただ「消えうせなむわざもがな」と思ほす。（落窪物語）
〔尼になっても、この邸を離れることができそうにないから、ひたすら「死んでしまう方法があればなあ」とお思いになる。〕

命令形　―

d　打消意志　〈訳語例〉～ナイツモリダ。～マイ。

未然形　㉒　＊2

連用形　㉓　かかる忘れがたみを給はりおき候ひぬる上は、ゆめゆめ疎略を存ず［まじう］候ふ。御疑あるべからず。（平家物語・忠度都落）
〔このような忘れ形見をいただきました上は、決していい加減には思いますまい。お疑いなさいますな。〕

連用形　㉔　昨日心地のあしく覚えしかば、参る［まじかり］しを、せちにのたまへば。（うつほ物語・俊蔭）
〔昨日気分がすぐれなかったので、お供をしないつもりでしたが、ぜひにもとおっしゃるので。〕

終止形　㉕　「われ当社に百日参籠の大願あり。今日は七十五日になる。まッたくいづ［まじ］」とて、はたらかず。（平家物語・鹿谷）
〔「私はこの社に百日参籠の大願がある。今日で七十五日になる。決して出るまい」と言って、動かない。〕

連体形 ㉖ 妻には、「遠く物へ行きて、今四五日帰る**まじき**」といひて、そら行きをして窺ふ夜にてぞありける。（宇治拾遺物語・二ノ一一）

〔妻には、「遠くの方に出かけて、あと四、五日は帰らないつもりだ」と言って、行ったようなそぶりをして様子を窺う夜であった。〕

連体形 ㉗ 寄せたまふ**まじか**[*3]なれば、いかがすべからむ、（蜻蛉日記）

〔（あなたは私を）立ち寄らせるおつもりはないようだから、どうすればよいだろうか、〕

已然形 ㉘ 御志の程は返す返すもおろかには思ひ給ふ**まじけれ**ども、（宇治拾遺物語・九ノ三）

〔お気持ちのほどは返す返すもおろそかに思いは致さぬつもりですが、〕

命令形 ——

【補足説明】

＊2…「打消意志」の未然形「まじから」の用例はまだ見あたらない。

＊3…〔用例〕㉗の連体形「まじか（ん）」も「打消当然」の意と解して、「立ち寄らせるはずもないようだから、……」と訳すことも可能だろう。

e 不適当・禁止 〈訳語例〉～ナイホウガヨイ。～テハナラナイ。

未然形 ㉙ ある**まじから**む振舞（ふるまい）は、よくよく慎むべし。（十訓抄・五ノ八）

〔してはならないような行いは、よくよく慎みはばからねばならない。〕

連用形　(30) かへり入らせたまはむことはある まじく 思して、しか申させたまひけるとぞ。（大鏡・花山院）

〔（帝が宮中へ）お帰りになるようなことがあってはならないとお思いになり、このように申し上げなさったということだ。〕

連用形　(31) いかにもいかにも目放つ まじかり ける（源氏物語・蛍）

〔どんなことがあろうと目を離してはならなかったのだ。〕

終止形　(32) 御文にも、おろかにもてなし思ふ まじ と、かへすがへす戒めたまへり。（源氏物語・澪標）

〔（女君への）お便りにも、「（姫君を）おろそかに思い扱ってはならない」と、くれぐれもお戒めになった。〕

連体形　(33) 平家の次男、前右大将宗盛卿、す まじき 事をし給へり。（平家物語・競）

〔平家の清盛の次男、前右大将宗盛卿が、してはならないことをなさった。〕

連体形　(34) ものまねびは人のす まじか なるわざを。（無名草子）

〔ものまねは人がしてはいけないということなのに。〕

已然形　(35) かくも聞こゆ まじけれ ど、むかしの心ざし失はず、今行く先、頼みきこゆることもなほ侍れば。（うつほ物語・国譲 下）

〔こんなふうに申し上げてはならないのですが、昔からの（あなた様への）誠意を失わず、今より将来も、お頼み申し上げることもやはりございますので。〕

命令形　―

8　断定の助動詞

日本語の文は一般に「事柄的内容の叙述＋表現者の判断」の形を取るが、このうちの表現者の判断について、大野晋『日本語の文法を考える』は次の四つの類型にまとめた。

Ⅰ「～デアル」「～スル」という肯定

Ⅱ「～デナイ」「～シナイ」という否定

Ⅲ「～ウ」「～ダロウ」という意志・推量

Ⅳ「～ダッタ」「～シタ」という確認・回想

Ⅰのうちの「～デアル」を表現する助動詞が断定の助動詞で、「なり」と「たり」がある。

なお、「断定の助動詞」は「指定の助動詞」と呼ばれることがあり、大学入試の選択肢などでもその名称がしばしば見受けられる。

【なり】

〔語誌〕

断定「なり」は、体言に接続した格助詞「に」に存在を表すラ行変格活用動詞「あり」が付いた「にあり」が、音変化してできたとされる。その成立事情について、『岩波古語辞典 補訂版』は次のように説明している。

「なり」が成立する奈良時代以前には、「そ」または「ぞ」という語が「なり」にあたる意味を表現していた。それは指示代名詞の「そ(其)」を起源とする語で、体言の下について指定する意を表わし、肯定の判断に使われた。しかし、「そ」は活用の変化がなく、判断を否定・推量・回想などとこまかく言い分けることができないので、それに代って「にあり」から「なり」が成立したと考えられる。

また、小学館『古語大辞典』は、断定表現の形を通時的にとらえ、次のように説明している。

断定の「なり」は上代ではまだ融合しない形の「にあり」と併存し、歌謡や和歌においてほぼ同数、続日本紀宣命では「にあり」が圧倒的に多い。また、断定表現においても「甲は乙」という型と「甲は乙ぞ」という型が中心であって「甲は乙なり」という型はまだ確立していない。断定の助動詞としての「なり」が最も栄えるのは中古である。以後文章語や文語においては昭和期まで用いられる。口語においては、中世に入ると崩れ始め、「ぢゃ」「だ」「である」などの形に移ってゆく。

〔意味〕

「なり」は、元来の構成要素である格助詞「に」が二つのはたらきを持つことから、二つの意味を表す。

○「断定」の助動詞「なり」の二つの意味

a 状態や知覚内容を示す格助詞「に」→「断定」の意（～トシテ存在スル）

b 場所を示す格助詞「に」 →「所在・存在」の意（～ニオイテ存在スル）

ただし、aの「に」を形容動詞連用形の語尾「に」、または副詞を構成する末尾の「に」と同じか、それらに近いはたらきをするものとする説もある。

○『伊勢物語』での「存在」の表現形

『伊勢物語』において、「なり」が「所在・存在」の意を表す場合、「なり」を含む文節は、下接する存在物の連体修飾語になっている。すなわち、「場所＋なる（なりける）＋体言」の形をとり、「～にある（あった）～」と訳すことができる。

1 **すだれのうち**[**なる**]**人のいひけるを、聞きて、**（61段）
〔簾の中にいる女が言ったのを、聞いて（歌を詠む）、〕

ただし、一般的には、連体修飾語以外でも「所在・存在」の意を表すことがある。

〔接続〕

体言、および体言相当の句（活用語の連体形など）に付く。

●助動詞は原則として動詞、または動詞＋助動詞に直接接続する。それに対し、断定「なり」は体言、または体言相当の句に接続する。これは、元来の構成要素である格助詞「に」が体言接続の語だからである。

●上代では断定「なり」は体言にのみ接続した。しかし、中古初期からは連体形にも接続するようになり、伝聞・

推定「なり」との区別の紛らわしい場合が生じることになった。

↓P197【伝聞・推定「なり」の〔語誌〕】

●断定「なり」は副詞「さ」「しか」などや、助詞「と」「の」「て」「ば」「ばかり」「のみ」などにも接続する。

副詞＋なり

2 **誠にさ［に］こそ候ひけれ。**（徒然草・四一段）

〔まことにそのとおりでございました。〕

3 **身を治め、国を保たん道も、又しか［なり］。**（徒然草・一一〇段）

〔わが身を正しくし、国を安泰に守ろうとする道も、またそのとおりである。〕

4 **天雲の　よそにのみして　ふることは　わがゐる山の　風はやみ［なり］**（19段）

〔空の雲が遠く離れてばかりいるのは、雲自身がいるべき山の風が激しいからだ。（それと同じように、私がよそよそしくばかりして過ごしているのは、私が腰を落ち着けているべきあなたが、私を寄せつけないからだ。）〕

助詞＋なり

5 **山のみな　移りて今日に　あふことは　春の別れを　とふと［なる］べし**（77段）

〔山がみな移動して今日（の法事に）来あわせたのは、行く春との別れ（のような女御との悲しい別れ）を弔おうという思いであろう。〕

6 **さては扇の［に］はあらで、くらげの［な］なり。**（枕草子・九八段）

〔それでは扇の（骨）ではなくて、海月のであるようだ。〕

7 **この女、いと久しくありて、念じわびて［に］やありけむ、いひおこせたる。**（21段）

〔この女は、たいそう長い日数が経って、こらえきれなくなってであったろうか、歌を詠んでよこした。〕

8 **秋の木の葉の　散ればなりけり**　（古今和歌集・二九〇）
〔秋の落葉が散って舞うからであった。〕

9 **そのころ、六月(みなづき)の望(もち)ばかりなりければ、**　（96段）
〔そのころ、六月の十五日ごろだったので、〕

10 **秋の夜も　名のみなりけり**　（伊勢物語・異一九・阿波文庫本）
〔秋の夜も（長夜の）名ばかりで（短いもので）あった。〕

〔活用〕

基本形	未然形	連用形	終止形	連体形	已然形	命令形	活用の型
なり	**なら**	**なり** **に**	**なり**	**なる**	**なれ**	なれ	形容動詞型

＊ ■ は『伊勢物語』に用例あり

●『伊勢物語』における各活用形の用例数は次のとおり。なお、連用形と連体形は「所在・存在」の意でも用いられているので、その内訳も示した。

未然形「なら」…8例
連用形「なり」…53例（「断定」46例　「所在・存在」7例）
連用形「に」……10例

終止形「なり」…10例
連体形「なる」…28例（「断定」18例　「所在・存在」10例）
已然形「なれ」…14例
命令形「なれ」…なし

なお、高校古典文法書の中には、「所在・存在」の意の用例について、〈大半は連体形〉（『体系古典文法』）と説明しているものもあるが、『伊勢物語』に限らず「場所＋なり＋けり」の形も少なくなく、必ずしも適切とは言えない説明である。

●『伊勢物語』において、連用形「に」は次のようなはたらきをしている。

(1)補助動詞「あり」を伴い、「…である」の意を表す

11 **わが袖は　草のいほり<u>に</u>　あらねども　暮るれば露の　やどりなりけり**（56段）
〔私の袖は草ぶきの庵ではないけれど、日が暮れると、露の宿さながらに、（あなたに逢えない悲しみの）涙でしとど濡れてしまうことだ。〕

(2)接続助詞「て」「して」を伴い、「…で」の意を表す

12 **月やあらぬ　春やむかしの　春ならぬ　わが身ひとつは　もとの身<u>に</u>して**（4段）
〔月は昔の月のままではないのか。春は昔の春のままではないのか。わが身ひとつはもとのままで（他のすべてはすっかり変わってしまった）。〕

13 **父はなほ人（びと）<u>に</u>て、母なむ藤原なりける。**（10段）
〔父は並の身分の人で、母は藤原氏の出だった。〕

(3)「に＋助詞＋あり」の形をとる

14　男、こと心ありてかかる**に**やあらむと思ひうたがひて、（23段）

〔男は、別の男への心があってこのよう（に寛大）なのではないかと疑わしく思って、〕

15　われならで　下紐解くな　あさがほの　夕影またぬ　花**に**はありとも（37段）

〔私のためではなくて下紐を解いてはならない。たとえあなたが夕日を待たずに移ろう朝顔の花のように、はかなく頼みがたい人だとしても。〕

16　うとき人**に**しあらざりければ、（44段）

〔疎遠な人ではなかったので、〕

(4)補助動詞「あり」の敬語表現を伴う

17　ただ人**に**ておはしましける時のことなり。（3段）

〔（入内以前の）普通の身分の人でいらっしゃった時のことである。〕

以下、『伊勢物語』には用例が見えないが、連用形「に」には次のようなはたらきもある。

(5)単独で連用中止法を表す

18　わざとならぬ庭の草も心あるさま**に**、簀子（すのこ）・透垣（すいがい）のたよりをかしく、（徒然草・一〇段）

〔特に手をかけたふうでもない庭の草も趣がある様子で、簀子や透垣の配置も趣深く、〕

(6)「あり」などが省略され、「に＋係助詞」の形で句や文を結ぶ

19　我ばかりかく思ふ**に**や。（徒然草・七一段）

〔私だけがこのように思うのだろうか。〕

(7)「になし」の形で、「にあり」の反義語となる

20 「ここに使はるる人[に]もなきに、願ひをかなふることのうれしさ」とのたまひて、御衣(みぞ)ぬぎてかづけたまうつ。（竹取物語）

〔「ここ（私の邸）で使われている人でもないのに、願いをかなえてくれることのうれしさよ」とおっしゃって、お召物を脱いで褒美としてお与えになった。〕

(8)「に＋終助詞」の形をとる

21 いま一たび見たてまつるもの[に]もがな。（源氏物語・宿木）

〔もう一度お会い申し上げるものであってほしい。〕

●連体形「なる」に助動詞「めり」「なり」（伝聞・推定）が下接する場合、「なる」の撥音便が表記されずに、「なめり」「なり」の形をとることが多い。

22 「忘れぬる[な]めり」と、問ひ言(ごと)しける女のもとに、（36段）

〔「（私のことを）忘れてしまったようだ」と、詰問してきた女のところに、〕

〔用例〕

a 断定 〈訳語例〉～ダ。～デアル。

[未然形] (1) 栗原の あねはの松の 人[なら]ば みやこのつとに いざといはましを（14段）

〔栗原のあねはの松が人であるならば、都への土産に、さあ（一緒に行こう）と言うだろうに。〕

連用形　(2)　**父はなほ人にて、母なむ藤原なりける。**（10段）
〔父は並の身分の人で、母は藤原氏の出だった。〕

終止形　(3)　**こはしのぶなり**（100段）
〔これは忍ぶ草である。〕

連体形　(4)　**白き鳥の、はしとあしと赤き、鴫の大きさなる、水の上に遊びつつ魚を食ふ。**（9段）
〔白い鳥で、くちばしと脚とが赤い、鴫の大きさである鳥が、水上に遊びながら魚を食う。〕

已然形　(5)　**京には見えぬ鳥なれば、みな人見しらず。**（9段）
〔都では見かけない鳥なので、そこにいた人は誰も見知らない。〕

命令形　(6)　**われありて、あらむかぎりは、わびしと思はで、思ふさまなれ。**（十訓抄・七ノ序）
〔私がこうしていて、生きている限りは、やりきれないなどと思わずに、思うままに過ごせ。〕

b　所在・存在　〈訳語例〉～ニアル。～ニイル。

未然形　(7)　**家ならば　妹が手まかむ　草枕　旅に臥やせる　この旅人あはれ**（万葉集・四一五）
〔家にいたら妻の手を枕とするだろうに、旅で倒れているこの旅人は哀れだ。〕

連用形　(8)　**そこなりける岩に、およびの血して書きつけける。**（24段）
〔そこにあった岩に、指の血で書きつけた（歌）。〕

終止形　(9)　**さばかり、この頃里なりとてだに、恋ひ悲しび、ものも参らず、**（うつほ物語・国譲　下）
〔あれほど、（藤壺が）最近里にいるといってさえ、恋い悲しみ、食事も召し上がらず、〕

連体形 ⑽ **すだれのうち[なる]人のいひけるを、聞きて、**　（61段）

〔簾の中にいる女が言ったのを、聞いて、〕

已然形 ⑾ **女君も、御前[なれ]ば、見出だしたまひて、あはれと思す。**　（落窪物語）

〔女君も、（御簾の中ではあるが）御前にいらっしゃるので、（御簾の内から兄の越前守の姿を）お見つけなさって、懐かしいとお思いになる。〕

命令形 ⑿ ＊1

【補足説明】

＊1…「所在・存在」の命令形「なれ」の用例はまだ見あたらない。

【たり】

〔語誌〕

断定「たり」は、格助詞「と」にラ行変格活用動詞「あり」が付いた「とあり」が融合して助動詞化したものである。平安時代初期に漢文訓読文で用いられるようになったと言われ、平安時代の日記文学や物語ではほとんど用いられなかった。広く用いられるようになったのは、戦記物語など中世の和漢混淆文においてである。

〔意味〕

表現者の肯定的断定の判断を表す助動詞で、「なり」に比べると、地位・資格・立場・官職などに付く例が多いと言われる。両者の違いについて、『古語林』は次のように説明している。

「なり」が普通、物事の本質を表すような断定の仕方をするのに対し、「たり」はある事柄の一時的・外面的な資格・立場・状態などを断定することが多い。だから、終生変わらぬ性格や名前を言うときは「なり」を用いて、一時的な呼称や身分など変化を伴う性質のものを言うときは「たり」が用いられている。

○『伊勢物語』の用例は「と」のみ

『伊勢物語』には、連用形「と」の形でのみ現れる。

1　**さやうにてあるべき女**[**と**]**もあらず見えければ、**（15段）

〔そのような境遇でいてよい女でもないように見えたので、〕

用例1の「と」は格助詞と説明されることもあるが、「ともあらず」は下に補助動詞「あり」を伴った「と＋助詞＋

あり」の形であり、断定「たり」の連用形と見なすことができる。

2 **世の中の例（れい）［と］して、思ふをば思ひ、思はぬをば思はぬものを、**（63段）

（男女の仲のならいとして、（自分が）恋しく思う女を愛し、恋しく思わない女を愛さぬものであるのに、）

用例2のような場合も「と」を格助詞とする見方がある。また、「と」を断定の助動詞と認めた場合でも、「として」は次の二通りの説明ができる。

・断定の助動詞の連用形「と」＋接続助詞「して」
・断定の助動詞の連用形「と」＋サ変動詞「す」の連用形「し」＋接続助詞「て」

〔接続〕

体言に付く。

〔活用〕

基本形	未然形	連用形	終止形	連体形	已然形	命令形	活用の型
たり	たら	たり／と＊	たり	たる	たれ	たれ	形容動詞型

＊［網掛け］は『伊勢物語』に用例あり

●「と」が補助動詞「あり」やその敬語「侍り」「います」「まします」、あるいは接続助詞「して」を伴って用いられた場合、全体で「～である」という断定の意を表すので、「と」を連用形とする。断定「なり」の連用形として「に」を認めるのと同じ理屈である。

●已然形の用例は非常に少なく、命令形の用例はほとんどない。

〔用例〕

断定〈訳語例〉～ダ。～デアル。

未然形 (1) **下として上にさかふる事、豈人臣の礼[たら]んや。**（平家物語・法印問答）

〔臣として君に逆らうことは、どうして人臣の礼であろうか、いや礼から外れたものである。〕

連用形 (2) **忠盛備前守[たり]し時、**（平家物語・殿上闇討）

〔忠盛が備前守であった時、〕

連用形 (3) **使ざね[と]ある人なれば、遠くも宿さず。**（69段）

〔（男は）正使である人なので、遠く（離れた所）にも泊めない。〕

終止形 (4) **志かなふ時は、胡越も昆弟[たり]　志合はざる時は、骨肉も讐敵[たり]**（十訓抄・六ノ一五）

〔志の合う時は、胡の国と越の国も兄弟である。志の合わない時は、血を分けた肉親も仇敵である。〕

連体形 (5) **人の奴[たる]ものは、賞罰はなはだしく恩顧あつきを先とす。**（方丈記）

〔人の下僕である人は、賞与が多く待遇をよくしてくれる主人を優先する。〕

已然形 (6) **かかりけれども、互ひに父祖の仇[たれ]ば、呉王なほ心許しやなかりけん、**（太平記）

〔このようであったが、（呉越は）互いに父祖の仇敵であるので、呉王はやはり心を許さなかったのだろう

か、〕

命令形

(7) 然りといへども、これ亦各執(おのおのしふ)する所にあるべければ、強ひてはいはず。汝は汝**たれ**[*1]、我は我たらんのみ。
（国歌八論）

〔そういうわけではあるが、これもまた各人の守ろうとする自分の考えによるべきだから、しいては主張しない。他人は他人、自分は自分のそれぞれの好みを守ろうというだけである。〕

【補足説明】

＊1…命令形について、小学館『古語大辞典』は〈命令形の出現は時代がずっと下るようである〉とし、「國文學」（第29巻8号）は〈命令形の「たれ」はまだ見つかっていない〉としている。〔用例〕(7)の出典『国歌八論』は荷田在満著、寛保二（一七四二）年成立。現代語訳は藤平春男『新編日本古典文学全集87　国歌八論』をそのまま引用した。

9　自発・可能・受身・尊敬の助動詞

【る】・【らる】

〔語誌〕

上代の助動詞「ゆ」「らゆ」(自発・可能・受身)が「る」「らる」の古形と言われる。ただし、「ゆ」「らゆ」は文献に残された用例が少なく、特に「らゆ」は、万葉集の「寝らえぬに」の形の四例のほか、ごく少数見られるのみと言われ、上代すでに衰退していたようである。一方、「ゆ」は中古以降、動詞「おぼゆ」「聞こゆ」や連体詞「いはゆる」「あらゆる」などの語の一部として形をとどめた。

「ゆ」は四段活用動詞・ナ行変格活用動詞・ラ行変格活用動詞の未然形に接続したので、「おぼゆ」は「おもふ」＋「ゆ」＝「おもはゆ」→「おもほゆ」→「おぼゆ」と変化し、「聞こゆ」も「聞く」＋「ゆ」＝「聞かゆ」→「聞こゆ」と変化した結果であるとされる。

「いはゆる」の「ゆる」は「受身」の意の連体形で、原義「言われる」から「世にいうところの・周知のとおりの」の意を表し、「あらゆる」の「ゆる」は「可能」の意の連体形で、原義「あり得る」から「存在する限りの・すべての」の意を表すようになったと説明できる。

中古以降、「る」「らる」がもっぱら用いられるようになり、「尊敬」の意も加わった。

中世には、連体形「るる」「らるる」で文を終止するようになり、命令形に「れい」「られい」の形が現れ、やがて一段活用となって現在用いられる「れる」「られる」となった。

連体形で文を終止した用例

1 **これによりて、人に軽しめ卑しめ**[らるる]**。**（沙石集・八ノ一）
〔これによって、人から軽んじられおとしめられる。〕

命令形「れい」の用例

2 **是非に及ばぬ。これへ来て負は**[れい]**。**（狂言・柿山伏）
〔しかたがない。こちらへ来て背負われよ。〕

〔意味〕

「る」「らる」は「自発」「可能」「受身」「尊敬」の四つの意を表すが、そのうちの「自発」を原義とし、そこから他の三つの意が派生したと考えられる。

a 自発

原義である「自発」は「自然発生」の意で、動作が無作為に、おのずとそうなることを表す。

○「自発」の「る」「らる」が付く動詞

「自発」の意を表す場合、高校古典文法書では「心情・知覚を表す動詞に付くことが多い」（『完全マスター古典文法』）と説明されることが多い。しかし、これには否定的な見解もあり、例えば桜井光昭は〈現代語の自発の助動詞の用法が精神・心理作用を表す動詞に接続する場合がほとんどであるのと異なり、「乗る」「舞ふ」「震ふ」など、具体的な動作・作用を表す動詞にも普通に接続し、使用範囲が広い〉（「國文學」第29巻8号）と指摘している。

『伊勢物語』では「自発」の意の「る」は次の4語に下接しており、いずれも心の動きを表す動詞と言えよう。

（胸に）さわぐ（34段）・**うとむ**（43段）・**忘る**（46段）・**頼む**（55段・104段）

b　可能

「る」「らる」によって表される「可能」は、ふつう結果としてそのようになった（なり得た）という結果的可能を表す。

3　**涙のこぼるるに目も見えず、ものもいは**[**れ**]**ず。**（62段）

〔涙がこぼれるので目も見えず、ものも言えない。〕

○**肯定表現は「自発」、否定表現は「可能」**

高校古典文法書では、「自然とそうなり結果が生じる」（自発）から「できる」（可能）の意が生じた、と説明されることが多い。しかし、実際の用例を見ると「できる」という内容を表現したものはごく少なく、用例3のように打消や反語の表現の中で用いられて「不可能」の意を表す場合がほとんどである。「自発」と「可能」の意はいずれか一方からもう一方が派生したというより、用いられた場所が肯定表現か否定表現かで異なった意味に見えるに過ぎない、いわば同一の意味のあらわれ方の違いと見るのが妥当なのかもしれない。

それにしたがえば、中世になって肯定文でも「可能」の意を表すようになるまでは、原則として、肯定文の「る」「らる」は「自発」の意、否定文の「る」「らる」は「可能」の意として表現され、受け取られたということになる。もしそうならば、次の用例4・5のように、中古の作品において「自発」とも「可能」とも取れそうな「る」「らる」で、打消を伴っていないものは原則として「自発」の意ととらえるのがよいだろう。

4　**おもしろき夕暮に、海見やら**[**るる**]**廊に出でたまひて、**（源氏物語・須磨）

〔風情のある夕暮れに、海の眺めが自然と見晴らされる廊にお出ましになって、〕

5 **守りませど 夜はなほこそ 頼まるれ 寝る間もあらば 越さむと思ふに** （平中物語・二段）

〔（確かに）守りは厳しくなりますが、やはり夜は自然と望みが持てますよ、もし（関守が）うたた寝する隙があれば、（こっそり関を）越してきてくださるかと思いますと。〕

『伊勢物語』では、「可能」の意と見るべき「る」の4例（1段・62段・73段・83段）、「らる」の1例（69段）は、いずれも下に打消の助動詞「ず」が付く形で用いられており、同時にまた、それら5例が未然形「れ」「られ」＋「ず」の形の「る」「らる」のすべてである。

c 受身

受身表現の基本形は「（受身の対象）に〜る・らる」である。

『伊勢物語』において、ほぼ異論なく「受身」の意と判別される10例のうち、6例（12段・62段・65段の2例・85段・87段）が受身表現の基本形をとっている。その中には、次の用例6のように、受身の対象が抽象的なものである場合もある。

6 **いたづらに ゆきては来ぬる ものゆゑに 見まくほしさに いざなはれつつ** （65段）

〔いつもむなしく行っては帰ってきてしまうけれど、逢いたさに誘われてまた行ってはむなしく帰ることになることだ。〕

その他の4例（29段・43段・65段の2例）には「（受身の対象）に」がなく、文脈あるいは古典常識から受身の対象をとらえることになる。例えば、次の用例7では、「禁色」を許可する者は「おほやけ」であるということから、それを受身の対象ととらえるのである。

7 **おほやけ思してつかうたまふ女の、色ゆるさ[れ]たるありけり。**（65段）
〔帝がお心におかけになってお召し使いになる女で、（帝に）禁色を許可された方がいた。〕

○「受身」の三つの表現法

「受身」の表現法は次の三種類に分類することができる。

Ⅰ　他動詞を用いた能動文の、主語と目的語を入れ替えた受身表現

国の守、男をからむ。　→　男、国の守にからめ[らる]。

Ⅱ　他動詞を用いた「〜を〜にスル」「〜を〜からスル」の形の能動文に対応する受身表現

帝、色を女にゆるす。　→　女、帝に色をゆるさ[る]。

山守、斧を木こりから取る。　→　木こり、山守に斧を取ら[る]。

Ⅲ　自動詞の受身表現

雨、降る。　→　男、雨に降ら[る]。

表現法Ⅰは英語などにも見られるものである。

表現法Ⅱ・Ⅲは表現法Ⅰと異なり、主語と目的語が入れ替わらない受身表現で、日本語にしかないというわけではないようだが、英語などと比べた場合、日本語に特徴的な受身の表現だと言われる。表現法Ⅱは能動文における目的語「色を」「斧を」が受身文でもそのまま残される。表現法Ⅲは、もとの文にはない体言を受身の主語とし、その主語が、表現された事態を蒙って困るというニュアンスを表すので「迷惑の受身」と呼ばれたりする。

なお、表現法Ⅰを直接受身、表現法Ⅱ・Ⅲを間接受身と呼ぶこともある。

○受身表現と被害的内容

人が他から何らかの力を加えられて、不満や不快感、あるいは不安や恐怖心を覚える場面や状況を思い描くのは容易なことだ。おそらくそれゆえ、表現法Ⅲの「迷惑の受身」に限らず、受身表現は総じて被害的内容を表すとの印象に傾くのではないだろうか。『伊勢物語』ならば次の用例8・9などがその典型例である。

8　国の守にからめ[られ]にけり。（12段）
〔国守につかまえられた。〕

9　雪にふりこめ[られ]たり、といふを題にて、歌ありけり。（85段）
〔「雪に降られて家に閉じ込められ（帰れなくなっ）た」ということを題にして、歌を詠んだ。〕

用例8も用例9の歌題も表現法Ⅰの受身文である。後者を例にとれば、表現されているのはひどい雪のために外に出られなくなったという被害的内容であり、それゆえに「困った」という気持ちが込められている。この当座の歌題に対し、『伊勢物語』85段では、男が次の用例10の歌を即詠する。

10　思へども　身をしわけねば　目離（か）れせぬ　雪の積るぞ　わが心なる（85段）
〔（わが主君を）思っているが、身を二つに分けられないので（宮仕えの身である私には常に伺候することができない、せめて、このように）降りしきる雪が降り積もってくれるのが、（帰りたくない）私の心にかなうことなのだ。〕

男は、誰の目にも迷惑としか見えない降雪を、じつは自分にとってはありがたい恩寵なのだと鮮やかに逆転して見せ、主君への真情をも伝えたのである。即詠によるこの見事な手際が「親王、いといたうあはれがりたまうて、御衣ぬぎてたまへりけり」という結果を導いたのは言うまでもないが、それには被害・迷惑としての受身表現が一役買っていたのであった。

しかし、表現法Ⅰ・Ⅱによる受身文が常に迷惑な状況を表現するのかと言えば、もちろんそうではない。それは先の用例7の「色ゆるされたる」や次の用例11を見れば明らかだ。

11　**男、女がたゆるされたりければ、女のある所に来てむかひをりければ、**　（65段）

〔男は女房たちのいる所への出入りを許されていたので、女のいる所に来て向かい合って座っていたので、〕

桜井光昭（「國文學」第29巻8号）は次の用例12を例に挙げて、直接受身について、〈被害的受身も多いが、この例のように被害的内容を表さず、むしろ話し手が希望する場合の受身もある〉と述べている。

12　**われも知りにけりと、いつしか知られむとて、**　（枕草子・一五五段）

〔さては自分も知ってしまったのだなと、早く知られたいと思って、〕

さらに、小田勝『実例詳解　古典文法総覧』は〈現代語の自動詞の受身文は必ず迷惑の意を表すが、古代語では次のような例に注意される〉として、次の用例13を挙げている。ただし、『新編日本古典文学全集7　萬葉集②』の頭注は〈ここは自家の梅を擬人化し、それが雪に痛めつけられているのを哀れに思う気持を込める〉として、これを「迷惑の受身」の用例と見ており、見解が分かれる。

13　**沫雪（あわゆき）に　降らえて咲ける　梅の花　君がり遣（や）らば　よそへてむかも**　（万葉集・一六四一）

〔沫雪に降られて咲いている（この）梅の花をあなたのもとへあげたら、（二人に）関係があるように（人が）噂するだろうかなあ。〕

以上のように、「迷惑の受身」ではない表現法Ⅰ・Ⅱによる受身表現でも被害的内容や迷惑な気持ちを表す例が少なからず見受けられるが、それらは外圧による強制を忌避する人というものの本性から導かれる結果的な傾向であって、受身表現自体が被害や迷惑、ないしは恩恵という内容を選択的に表すわけではないと考えられる。

○無生物も受身の主語になる

高校古典文法書では〈受身の場合、主語は人間（または生物）。……主語が無生物になることは少ない〉（『体系古典文法』）などと説明されることがある。

しかし、受身表現全体において非情のものを主語とする「非情の受身」が占める割合について、次のような数字も報告されており、右のように特記して強調した説明は必ずしも適切とは言えない。ただし、「非情の受身」で、受身の対象が有情のものである表現はなかったと言われる。

主語が無生物である受身表現の割合

作品	割合
『枕草子』	26％
『讃岐典侍日記』	36％
『大鏡』	25％

『伊勢物語』に見られる「非情の受身」は次の用例14の1例のみ（10％）である。非情のものである「浮き海松」を受身の主語とし、受身の対象も「浪」という非情のものになっている。

14　浮き海松（みる）の浪に寄せられたるひろひて、家の内にもて来ぬ。（87段）

（（根が抜けて）海面に浮いている海松で波に打ち寄せられたものを拾って、家の中に持ってきた。）

d　尊敬

中古になって現れた「尊敬」の意は、「受身」の意から派生したと考えられる。貴人は自ら手を下すことなく、他人にしてもらうというわけである。

○「公尊敬」と「一般尊敬」という概念

「る」「らる」の表す「尊敬」には「公尊敬」と「一般尊敬」があるとされる。「公尊敬」とは、公の行事や主従関係など社会性にまつわる場で用いられ、敬意の対象となるはずの文の主語が漠然としているものを言い、それ以外の、文の主語に対する敬意を表すのが「一般尊敬」である。

行為の主体を特定しない「公尊敬」では、行事の主催者などが漠然と意識されるが、それには天皇などの高い敬意の対象をも含み得た。それに対し、「一般尊敬」の「る」「らる」の表す敬意は高くないと言われる。

また、中古において「仰せらる」の形で「尊敬」の意を表す用例は多いが、「思さる」「思し召さる」「御覧ぜらる」の形で「尊敬」の意を表すのは院政期以降とも言われる。したがって、院政期以前の作品では、これらの「る」「らる」は「自発」などの意とすべきだろう。院政期以降には「る」「らる」単独でも比較的高い敬意を表し得るようになった。『伊勢物語』における「尊敬」の用例としては、次の用例15、および意味判別に異論のある用例16があり、いずれも「公尊敬」である。

15　**四十の賀、九条の家にてせ[られ]ける日、**（97段）

〔四十の賀を、九条の家でなさった日、〕

○「る」「らる」の四つの意味の連続性

「る」「らる」の四つの意味は互いに連続的で、いわば地続きの関係にあり、用例によってはいずれの意味とすべきか、決定しづらい場合もでてくる。

『伊勢物語』においても注釈者によって判別が異なっているものがあり、次の用例16はその典型的な例である。

16 **その山科の宮に、滝落し、水走らせなどして、〈おもしろく造らㅤれㅤたる〉にまうでたまうて、**（78段）

〔その山科の御殿――滝を落とし、小川を流し走らせるなどして、〈　　　　〉に参上なさって、〕

「尊敬」の意ととるもの

秋山虔・堀内秀晃『伊勢物語』＝風情深くお造りになられている所

石田穣二『角川文庫』＝趣深くお造りになっておられる宮

福井貞助『新編全集』＝趣深くお造りになっているが、その御殿

「受身」の意ととるもの

森野宗明『講談社文庫』＝くふうをこらして興趣をそそるようにつくられてあるのだが、そのおやしき

阿部俊子『学術文庫』＝趣向をこらしながめよくお庭がこしらえられている―その御殿

森本茂『全釈』＝おもむき深く造られているのであるが、その宮

片桐洋一『全読解』＝風流に作られているその宮

竹岡正夫『全評釈』＝風流に造られてある、その御殿

○山田孝雄「情態性間接作用」

山田孝雄は、「る」「らる」を「情態性間接作用を表す」ものとした。それについて、竹岡正夫が小学館『古語大辞典』の「らる」〔語誌〕で次のように要点を簡潔にまとめて説明しているので引用する（改行は引用者）。

いま、Aのなす動作がBの上に実現する場合、また、Bにおいて実現される動作や発動されうる能力をAとみる場合、Bを主語として、A・B両者の関係から次の四種に分類される。

(1)Aが意志をもって動作する人間・動物である場合、BがAからそういう動作を実現されたという意＝受身となる。例「弟(B)、兄(A)に教へらる」。

(2)Aが自然現象の類で、その作用がBにおのずと及ぶ場合、自発の意となる。例「月(A)見れば、われ(B)泣かる」。

(3)もともとBに備わった能力AがBに発動し実現する場合、可能の意となる。可能の意の「成る」「できる」もともに実現するの意。例「Bは千里も行かる(「千里を行く」という能力がA)」。

(4)B自身のなした動作であるが、これを直接「Bが…する」と言うと失礼になるので、その言い方を避けて間接的に、Bにおいて、Aという動作が成る、実現する、というふうなとらえ方をする場合、尊敬の意となる。日本語では間接に表現することが尊敬の意の表現になるのである。例「Bには、仰せらる(「仰す」という動作AがBの上に成ったの意)」。

山田孝雄の説は「情態性間接作用」を「る」「らる」のはたらきの核と見て、四つの意味はそれぞれがその核の現象的な表れであるととらえていると思われる。これに対し、高校古典文法書では、〈自発(自然にそうなる)が基本的な意味で、可能・受身・尊敬の意味が派生した〉(『完全マスター古典文法』)というように、四つの意味の間に派生関係を認めるものが一般的である。

〔接続〕

「る」　四段活用動詞・ナ行変格活用動詞・ラ行変格活用動詞(未然形語尾がア段の動詞)の未然形に付く。

「らる」右以外の動詞の未然形、および助動詞「す」「さす」の未然形に付く。

●「る」「らる」は、接続に違いが認められるのみで、意味・用法に違いはない。
●『伊勢物語』には、助動詞に連なる「せらる」「させらる」の用例はない。

〔活用〕

基本形	未然形	連用形	終止形	連体形	已然形	命令形	活用の型
る	**れ**	**れ**	る	**るる**	るれ	れよ	下二段型
らる	**られ**	**られ**	らる	らるる	らるれ	られよ	

＊［網掛け］は『伊勢物語』に用例あり

●「受身」の命令形は、〈命令形の用例はまれで、中古では見あたらないようである〉（『古典語　現代語　助詞助動詞詳説』）との解説がかつて見られたように、用例はごく少ない。ただし、『落窪物語』や『源氏物語』に用例があり、中古にもまったく用いられなかったわけではない。

17　**うち群れて　ほるに嵯峨野の　女郎花（をみなへし）　つゆも心を　おかでひか［れよ］**　（落窪物語）

〔人々が群がって（前栽に植える草花を）掘りに来ているが、嵯峨野の女郎花よ、少しも心配せずに引き抜かれよ。〕

●高校古典文法書に限らず、一般に「自発・可能には命令形がない」と注記される。「可能」については、「る」「らる」が原則として結果的可能を表すことから、命令形で用いられることはないはずである。
「自発」も、中古での用例は考えられないものの、中世以降となれば、例えば「自然と思い出されてしまうならば、ままよ、思い出されてもよい」などというような「放任」の意味合いで命令形が用いられた例が一つもなかったとは言い切れないように思われるのだが、今のところその用例は見あたらない。

〔用例〕

a　自発　〈訳語例〉（自然ト）～レル。～セズニハイラレナイ。

未然形

(1) **鶏籠（けいろう）の山明けなんとすれども、家路はさらにいそが［れ］ず。**（平家物語・少将都帰）

〔（鶏籠山を詠んだ詩のごとく）山は明けようとするが、家路を急ぐ気にはまったくならない。〕

(2) **人のやうならむとも念ぜ［られ］[*1]ず。**（更級日記）

〔人並の人間になろうなどと祈る気も起こらない。〕

連用形

(3) **いへばえに[*2]　いはねば胸に　さわが［れ］て　心ひとつに　嘆くころかな**（34段）

〔（口に出して）言おうとすれば（うまく）言えず、言わなければ胸の中にどうしても思い乱れて、私の心の中だけで嘆くばかりのこのごろであるよ。〕

(4) **よろづのこと思し出で［られ］て、うち泣きたまふをり多かり。**（源氏物語・須磨）

〔いろいろなことを思い出さずにはいらっしゃれなくて、声をあげて泣きなさることが多い。〕

終止形

(5) **待つ人などのある夜、雨の音、風の吹きゆるがすも、ふとおどろか［る］。**（枕草子・二七段）

〔訪れを待つ恋人などがある夜は、雨の音や、風が吹いて揺り動かす音も、不意に心が動いてしまうものである。〕

(6) **住みなれしふるさとかぎりなく思ひ出で［らる］。**（更級日記）

〔住み慣れたもとの家がこのうえなく（懐かしく）思い出される。〕

連体形 ⑺ 思はずは　ありもすらめど　言の葉の　をりふしごとに　頼まるるかな　（55段）
〔（私のことをあなたはもう）思っていないだろうが、（私はあなたの）お言葉が（今も）折あるごとに頼みに思われてならないよ。〕

⑻ これを見るにぞ、さすがに思ひ出でらるる。（落窪物語）
〔これを見ると、そうはいってもやはり（その頃のことが）自然と思い出される。〕

已然形 ⑼ 遊ぶ子どもの声聞けば　わが身さへこそ揺るがるれ（梁塵秘抄）
〔（無心に）遊ぶ子どもたちの声を聞くと、自分の体までが自然と動き出す（ように感じられる）。〕

⑽ いとたよりなく、つれづれに思ひたまうらるれば、（和泉式部日記）
〔頼るあてもなく、ひどく所在なく思われますので、〕

命令形 —

【補足説明】
＊1…『新編日本古典文学全集』の現代語訳にしたがって「自発」の意と解したが、打消「ず」を伴った中古の用例なので「可能」の意と解すべきかもしれない。
＊2…〔用例〕⑶の「えに」は動詞「得」の未然形＋打消「ず」の古い連用形「に」。
↓P226「ず」の【「えに」は「～デキナイデ」の意】

b　可能 〈訳語例〉～コトガデキル。～ラレル。

未然形 ⑾ 涙のこぼるるに目も見えず、ものもいはれず。（62段）
〔涙がこぼれるので目も見えず、ものも言うことができない。〕

連用形

⑿ **男はた、寝らればざりければ、外の方を見いだしてふせるに、**（69段）
〔男もまた、寝られなかったので、外の方を見やって臥していると、〕

⒀ **かくてもあられけるよと、あはれに見るほどに、**（徒然草・一一段）
〔こんなでも（住んで）いられるものだなあと、感じ入って見ているうちに、〕

⒁ **しばしうち休みたまへど、寝られたまはず。**（源氏物語・空蟬）
〔しばらくお寝みになったが、お眠入りになれない。〕

終止形

⒂ **僧男ノ昇ル後ニ昇ルニ、スゞロニ高々ト被昇ル。**（今昔物語集・一九ノ三三）
〔僧は男について登ると、なんということもなく高々と登ることができる。〕

⒃ **つゆ寝らるべくもあらず。**（和泉式部日記）
〔少しも眠れるはずもない。〕

連体形

⒄ **悔ゆれども取り返さるる齢ならねば、走りて坂を下る輪のごとくに衰へゆく。**（徒然草・一八八段）
〔後悔しても取り返すことのできる年齢ではないので、走って坂を下る車輪のように（どんどん）衰えてゆく。〕

⒅ **（冠ハ）物して結ふものにあらず、髪をよくかき入れたるにとらへらるるものなり。**（宇治拾遺物語・一三ノ二）
〔（冠は）紐などで結び付けるものではない、髪を（冠の巾子の中に）よく差し入れてあることで留めることができるものなのだ。〕

已然形

⒆ **吾妻人こそ、言ひつる事は頼まるれ、都の人は、ことうけのみよくて、実なし。**

〔東国の人は、言ったことは信頼できるが、都の人は、口請け合いばかりよくて、実（じつ）がない。〕（徒然草・一四一段）

命令形 ―― ⒇ ＊3

【補足説明】
＊3…「可能」の「らる」の已然形「らるれ」の用例は今のところ見あたらない。

c 受身 〈訳語例〉～レル。～ラレル。

未然形 ㉑ **使は[れ]むとて、つきて来る童（わらは）あり。**（土佐日記・一月二一日）
〔（私たちに）使われようと思って、付いて来る子どもがいる。〕

㉒ **あの隣の女にはまさりて、子どもにほめ[られ]ん。**（宇治拾遺物語・三ノ一六）
〔あの隣の女以上に、子どもたちに褒められるだろう。〕

連用形 ㉓ **宿世つたなく、悲しきこと、この男にほださ[れ]て。**（65段）
〔前世からの因縁が悪く、悲しいことよ、この男（の情）につなぎとめられて。〕

㉔ **ぬすびとなりければ、国の守（かみ）にからめ[られ]にけり。**（12段）
〔（人の娘を盗み出した）盗人であるということで、国守につかまえられた。〕

終止形 ㉕ **堀川殿にて、舎人が寝たる足を狐に食は[る]。**（徒然草・二一八段）
〔堀川氏の御殿で、舎人が寝ていて足を狐に食いつかれた。〕

(26) 世のかしこき者にして、人に重くせらる。（宇治拾遺物語・一五ノ一二）
〔世にも賢い者で、人に重んじられている。〕

連体形

(27) 思はるる思はれぬがあるぞいとわびしきや。（枕草子・二四九段）
〔愛される者と愛されない者があるのが実につらいことだよ。〕

(28) ありがたきもの　舅にほめらるる婿。（枕草子・七二段）
〔めったにないもの、舅に褒められる婿。〕

已然形

(29) よろづの下衆（げす）などに、憂くまさなくいはるれば、（うつほ物語・国譲 上）
〔多くの下衆などに、いやな思いもかけないことを言われるので、〕

(30) 世の中は　いかに苦しと　思ふらむ　ここらの人に　恨みらるれば（古今和歌集・一〇六二）
〔世の中は（人間に対して）どんなに心苦しいと思っているだろう。多くの人に恨み言を言われるので。〕

命令形

(31) 敵（かたき）にもおそはれよ、山ごえの狩（かり）をもせよ、深山（しんざん）にまよひたらん時は、老馬に手綱をうちかけて、さきにおッたててゆけ。かならず道へいづるぞ。（平家物語・老馬）
〔敵に襲われるにせよ、山越えの狩りをするにせよ、深山で道に迷ったような時には、老馬に手綱をかけて、先に追い立てて行け。必ず道に出るぞ。〕

(32) 下﨟なりとも、同じごと深きところはべらむ、その心御覧ぜられよ。（源氏物語・若菜 下）
〔（おまえは）卑官の身であるとしても、（私と）同じように（院をお祝い申す）深い志がありましょう、その志をお目にかけよ。〕

d　尊敬　〈訳語例〉～ナサル。オ～ニナル。～レル。～ラレル。

未然形

(33) ただ思さ**れ**んままに、いかにもいかにもし給へ。（宇治拾遺物語・一〇ノ六）

〔ただお考えになる通りに、どうぞどうなりとしてください。〕

(34) ゆるさんと仰せ**られ**ば、諸共（もろとも）に念仏して、一つ蓮（はちす）の身とならん。（平家物語・祇王）

〔許そうとおっしゃるなら、一緒に念仏を唱えて、（極楽浄土の）同じ蓮の上に生まれましょう。〕

連用形

(35) さなおぼしめさ**れ**候ひそ。（平家物語・城南之離宮）

〔そのようにお考えなさいますな。〕

(36) 四十の賀、九条の家にてせ**られ**[*4]ける日、（97段）

〔四十の賀を、九条の家でなさった日、〕

終止形

(37) 明快座主（ざす）に仰せあはせられて、丈六の仏を造ら**る**。（宇治拾遺物語・四ノ一）

〔明快座主にご相談なさって、丈六の仏を造られた。〕

(38) 夜ふけぬれば、これかれ酔ひたまひて、物語し、かづけ物などせら**る**。（大和物語・二九段）

〔夜が更けてしまったので、どの方もお酔いになり、お話をしたり、ねぎらいの品などをお出しになる。〕

連体形

(39) など今宵しもいは**るる**ぞ。（宇治拾遺物語・一ノ一）

〔どうして今宵に限って（そのようなことを）言われるのか。〕

(40) などかくは仰せら**るる**。（落窪物語）

〔どうしてこのようにおっしゃるのか。〕

已然形

(41) **いさ、醜しとて隠さ[るれ]ば。**（うつほ物語・蔵開 上）

〔さあ、醜いからと言ってお隠しになるので。〕

(42) **「少納言よ、香炉峰の雪いかならむ」と仰せ[らるれ]ば、**（枕草子・二八〇段）

〔「少納言よ、香炉峰の雪はどんなであろう」と仰せになるので、〕

命令形

(43) **これはいつよりもよく縫は[れよ]。**（落窪物語）

〔これはいつもより念入りにお縫いなさい。〕

(44) **験あらん僧達、祈り試み[られよ]。**（徒然草・五四段）

〔霊験あらたかな僧たち、試みにお祈りなされよ。〕

【補足説明】

＊4…〔用例〕(36)の連用形「られ」について、大津有一・築島裕『旧大系』が次のように説明している。

この「られ」は尊敬で主語は堀河大臣。「る・らる」を尊敬に用いることは仮名文では比較的少なく、伊勢物語ではこの他に一例、「山科の禅師の親王おはします、その山科の宮に滝おとし水走らせなどしておもしろく造られたるにまうで給うて」(七十八段)が認められるに過ぎない。

この説明に対して竹岡正夫『全評釈』は〈いかが〉と疑問を呈し、次のように反対意見を述べている。

これらの「る・らる」は山田孝雄博士の「情態性間接作用」というのが妥当で、「せられける」の主語は「四十の賀」と考えるべく、堀河の大臣の九条家におかせられて四十の賀が挙行せられた、というとらえ方になっているのである。

山田孝雄の「情態性間接作用」については、P289【山田孝雄「情態性間接作用」】の項を参照。

10　使役・尊敬の助動詞

「る」「らる」が自然発生的・無作為的な「自発」の意を表すのに対し、「す」「さす」「しむ」は人為的・作為的に他にはたらきかけ、動作をさせる「使役」の意を表す。これは、一部の動詞において、語尾の「る」と「す」の対立によってその意味を区別する場合があることと対応している。

（例）余る・移る・返る……自然発生的・無作為的
　　余す・移す・返す……人為的　　・作為的

現代語「せる」「させる」に相当する「す」と「さす」には、意味・用法の違いはないが、接続する語に分担がある。「す」と「さす」はともに動詞に下接するが、未然形がア段となる四段活用動詞・ラ行変格活用動詞・ナ行変格活用動詞には「す」が、それ以外の動詞には「さす」が付く。

【す】・【さす】・【しむ】

〔語誌〕

「しむ」の語源には諸説があり、未詳。「す」の語源としては、「鳴らす」「濡らす」などの他動詞の語尾のようなものからの分化が考えられる。

「使役」の意は、上代では一般に「しむ」で表され、一部「す」が見られた。

平安時代には、和文では一般に「す」「さす」が用いられ、「しむ」は漢文訓読語となり、和文での用例は少なくなった。

院政期、『今昔物語集』などの男性著者の作品で、「しむ」が再び用いられることが多くなり、鎌倉時代以降の軍記物語では盛んに用いられた。

「尊敬」の用法は「す」「さす」「しむ」ともに平安時代になって現れた。

〔意味〕

a　使役

下に尊敬の補助動詞「たまふ」「おはします」「まします」などを伴わない場合は「使役」の意を表す。

○「使役」の対象を示す助詞「に」「を」

使役表現の基本形は『伊勢物語』の用例1のように、「(使役の対象)に〜す・さす・しむ」であるが、自動詞を用いた使役表現の場合、用例2のように「(使役の対象)を〜す・さす・しむ」となる。用例3は使役の対象を示す格助詞「を」が省略された例である。

（使役の対象）に＋他動詞＋す・さす・しむ

1　**そこなる人にみな滝の歌よま[す]。**（87段）

〔そこにいる人に残らず滝の歌を詠ませる。〕

（使役の対象）を＋自動詞＋す・さす・しむ

2　**この女のいとこの御息所（みやすどころ）、女をばまかで[させ]て、蔵にこめてしをりたまうければ、蔵にこもりて泣く。**（65段）

〔この女の従姉妹にあたる大御息所は、女を（宮中から）退出させて、蔵に押し込めて責め懲らしめなさったので、（女は）蔵にこもって泣く。〕

3　**滝落（お）とし、水走ら[せ]などして、**（78段）

〔滝を落とし、小川を流し走らせるなどして、〕

○『伊勢物語』44段、誰が誰に酒を注がせたのか？

下に尊敬の補助動詞を伴わない場合の「使役」表現は単純明快で、それゆえ疑点など生じないかに見える。しかし、使役の対象を示す格助詞「に」の有無により行為の向かう方向が変わるため、実際の用例解釈においては意外と手強い場合も出てくる。

4　**むかし、あがたへゆく人に、馬のはなむけせむとて、呼びて、うとき人にしあらざりければ、〈家刀自（いへとうじ）さかづきささ[せ]て〉、女のさうぞくかづけむとす。**（44段）

――（昔、地方へ行く人に、送別会をしてあげようとして、（当人を家へ）招いて、疎遠な人でもなかったので、（　）、女の装束を（贈り物として肩に）かぶせ与えようとした。」

用例4を、使役表現の基本の形に沿って読めば、「地方へ赴任する人の送別の宴を男が催した。その折、男の妻が（侍女に命じて）旅立つ人に盃をすすめさせ、男の妻が旅立つ人に女の装束を贈った」となり、注釈書の多くがこのように解く。

ところが、複数の伝本に「家刀自してさかづきささせて」または「家刀自にさかづきささせて」とあり、これにしたがうと「男が妻に命じて旅立つ人に盃をすすめさせ、男が旅立つ人に女の装束を贈った」ということになって、人物関係の構図が大きく異なってくるのである。

池田龜鑑『精講』は〈原本にはないがこの下に「に」あるいは「して」が脱したものか。他本を見るに「に」「して」「にて」の大体三様の異文がある。原本のままでは意味が通じないので仮に「に」を補う〉とする。

また、森本茂『全釈』は〈塗籠本・伝為相筆本などに「家刀自して」、七海本に「家刀自に」とあるが、その方が分かりやすい。親しい仲なので、妻も宴席に出て、妻にさかずきをささせたのである〉と〈語釈〉に記し、格助詞のない本文のまま、「男は妻にさかずきをささせ」と訳している。また、秋山虔・堀内秀晃『伊勢物語』も本文に格助詞がないまま、「その家の主婦にも盃をささせ」と訳している。

なお参考までにユニークな見方として〈当時酒造りは主婦の神聖な役で、おいしく作るのがつとめであった。それを主婦自らすすめた〉（南波浩『全書』）も挙げておく。

○『伊勢物語』44段、「使役」のもう一つの問題

44段には「使役」に関連してもう一つの問題点がある。

この段は先の用例4の本文に続き、餞別として衣装を贈る際に、送別の宴を催した男が詠んだ歌を紹介した上で、次のように結んでいる。

5　**この歌は、あるがなかにおもしろければ、〈こころとどめてよますはらにあぢはひて〉。**（44段）
〔この歌は、その時詠まれた歌の中でも面白いので、〈　　　〉。〕

右の本文の〈　　〉に入れた部分について、句読点をどのように打ち、どのように読むのか、したがって、どのような意味にとり、どのように現代語訳するのか、諸説がある。焦点は「す」を使役と見るか、打消「ず」と見るかである。

「使役」と見て、「心留めて　よま[す]　腹にあぢはひて」と読む

森野宗明『講談社文庫』＝よく注意して詠じさせる。じっくりとその趣きを心のうちで味わいながら

＊この見方を支持する竹岡正夫『全評釈』は〈この一首の歌は理屈が合わず、よほど心をとどめてじっくり腹の中で吟味しないことには、詠者の真意が諒解しにくい歌であった。〉としている。

片桐洋一『全読解』＝愛着の念をもって朗誦させる。腹に味わうように朗誦させたのである

「打消」と見て、「心留めて　よま[ず]　腹にあぢはひて」と読む

石田譲二『角川文庫』＝念入りに吟じたりせずに、腹の中で味わって（理解するがよい）

福井貞助『新編全集』＝「心留めて」が「あぢはひて」にかかるととらえ、〈とくに心を用いて、詠誦せず、心の中に含味してみるべきものである〉

渡辺実『集成』＝用例5の全体を〈歌と裳とを贈られた人の側からの注〉と考え、〈感動の心を残し、返歌はよまず、（腹に味はひて）有難くうけとった〉

存疑例である右の用例5（44段最終部分）を除いて、『伊勢物語』には「す」が23回、「さす」が4回使われているが、下に尊敬の補助動詞を伴わないで「使役」の意を表す用例が多い。

『伊勢物語』における「す」「さす」の意味の内訳

	「す」	「さす」
全用例数	23例	4例
単独で**使役**	17例	3例
使役＋補助動詞	4例	1例
尊敬＋補助動詞	1例	0例
？＋補助動詞	1例	0例

＊「？＋補助動詞」は諸家により意味判別の分かれる用例

○微妙なニュアンスの「使役」表現

『伊勢物語』81段に見える次の二つの用例には、注意を要する点がある。

6 **親王（みこ）たちおはしまさ[せ]て、夜ひと夜、酒飲みし遊びて、** （81段）

〔親王たちをお招きして、一晩中、酒を飲み管絃を楽しんで、〕

用例6の「おはしまさせて」を「おいでさせて」と訳したのでは不自然であるように、現代語では「尊敬語＋使役」を表現しづらい。そこで、「おいでいただいて」「お招きして」などと現代語訳には工夫が必要だ。これについて、「使役」の意というより〈他に働きかける意〉ととらえたほうが現代の敬語意識から抵抗が少ないとの指摘があり（桜井光昭・「國文學」第29巻8号）、うなずける。

一方、さらに微妙なニュアンスのこもった「使役」もある。

7 **そこにありけるかたゐおきな、板敷のしたにはひ歩(あり)きて、人にみなよま[せ]はててよめる。**〈81段〉

〔そこに居合わせた乞食の老人が、縁側の下で腰をかがめてうろうろしていて、人々が皆詠み終るのを待って詠んだ(歌)。〕

用例7の「す」は「使役」の意を表すものの、実際には「かたゐおきな」が他の人々に先に歌を詠むように命じたわけでも、はたらきかけたわけでもない。自分の立場を考えて遠慮し、他の人々が歌を詠み終わるのをじっと待っていた、という「かたゐおきな」の意識的な行動のさま、ないしは、そのように行動した心のさまを表現している。

○使役主体の意図性が希薄な用法

使役の助動詞を用いながら、使役をする主体の意図よりも使役の対象の希望の方に重点を置いた「許容」の気持ちや、主体の意図性をまったく込めない「放任」の気持ちを表す場合がある。

8 **我、前世の宿業拙くして、人の偽りにより汝が手に掛かり、消えなん事力及ばず。さりながら、少しの暇を得[させよ]。**〈許容〉（中将姫本地）

〔私は、前世の宿業が劣っていて、人のついた嘘のためにお前の手に掛かり、この世から消えてしまうことはどうしようもない。しかしながら、少し時間をください。〕

9 **日も暮るれども、あやしのふしどへも帰らず、浪に足うちあらは[せ]て、露にしをれて其夜はそこにぞあかされける。**〈放任〉（平家物語・足摺）

〔日も暮れるが、粗末な寝所へも帰らず、波が足を洗うにまかせて、夜露に濡れてしょんぼりとその夜はそこでお明かしになった。〕

また、軍記物語には、高校古典文法書が「使役」の助動詞の特殊な用法として挙げる、「受身」の代替用法がある。

「射らる」「討たる」といった敗北的な受身表現を嫌って、その代わりに「射さす」「討たす」と使役表現を用いて〈武士らしい強気〉（『新しい古典文法』）、〈「～させてやる」という負け惜しみの気持ち〉（『明快古典文法』）を表すものであるが、右の「放任」の用法の延長線上に位置づけられよう。

10 **弓手の膝口を射［させ］て、たちもあがらず、ゐながら討死してンげり。**（平家物語・知章最期）
〔左の膝がしらを射られて、立ち上がりもせず、座ったまま討死にしてしまった。〕

先に挙げた『伊勢物語』の用例7も「放任」の用法に近いと思われる。

○『伊勢物語』中、異論のない「使役＋たまふ」

下に尊敬の補助動詞を伴い、「使役」「尊敬」の意味判別が必要となる「す」「さす」が『伊勢物語』に全部で7例あり、そのうち、次の5例はほぼ異論なく「使役」の意を表すと考えられる。

11 **人々に歌よま［せ］たまふ。**（78段）
〔人々に歌をお詠ませになる。〕

12 **歌よむ人々を召し集めて、今日のみわざを題にて、春の心ばへある歌奉ら［せ］たまふ。**（77段）
〔歌を詠む人々を召し集めて、今日のご法要を題にして、春の風情を詠んだ歌を奉らせなさる。〕

用例11は使役の対象「人々（に）」が明示され、用例12は使役の対象として「歌よむ人々」が召し集められており、それぞれ「使役」の意と判断できる。

13 **親王（みこ）喜びたまうて、よるのおましの設けせ［させ］たまふ。**（78段）
〔親王はお喜びになって、夜の寝所の用意をおさせになった。〕

用例13は、行為内容が「夜の寝所の用意」（一説に「夜の宴席の用意」）という卑近なことであることから、親王が人に命じて用意させたと考え、「使役」の意と見る。

14　大鷹の鷹飼にてさぶらはせたまひける。（114段）

〔大鷹の鷹飼として供をおさせになった。〕

用例14は、「鷹飼」として供をするのは業平を思わせる「男」であり、『伊勢物語』において二重敬語の敬意の対象とはなり得ない。したがって、「（帝が男に）お供をおさせになった」と「使役」の意を表していると判断できる。

15　あるやむごとなき人の御局より、「忘れ草を忍ぶ草とやいふ」とて、いださせたまへりければ、（100段）

〔ある高貴な女性のお部屋から、「この忘れ草は忍ぶ草というのですか」（＝私を忘れたのでしょう、それともまだ私を偲んでいるというつもりですか、という問いかけ）と言って、（忘れ草を侍女に）差し出させなさったので、〕

用例15は、「やむごとなき人」が侍女に命じて忘れ草を差し出させたととらえ、「せ」を「使役」の意とするのが一般的である。ただし、竹野長次『伊勢物語新釈』のように「差し出されたから」と「尊敬」の意で訳し、「やむごとなき人」ご自身がお出しになられたように解しているものもある。これは「道長様は法成寺をお建てになり、御堂関白と呼ばれなさった」などと同じ意味合いで「やむごとなき人」を行為の主体と見なし、「せたまへ」を二重敬語ととらえたと考えられる。

○「使役」＋その他の補助動詞

『伊勢物語』にその用例はないが、「たまふ」以外の尊敬の補助動詞を下接させて、「す」「さす」「しむ」が使役を表していると解し得る用例も少数だがある。

「使役＋おはします」の形

16　主上急ぎ出御なつて、御車の簾を掲げさせ御座(おは)しまし、（太平記）

〔帝がすぐにお出ましになって、御車の簾を上げさせなさり、〕

17 仏果を得しめおはしませ。 （謡曲「采女」）

〔成仏させてくださいませ。〕

「使役＋まします」の形

18 上日（じやうにち）の者をつけて、主（しゆう）の女房の局までおくらせましましけるぞかたじけなき。 （平家物語・紅葉）

〔当番の者をつけて、主人の女房の部屋まで送らせなさったのはまことに畏れ多いことである。〕

19 義朝が多勢は、天運のしからしめましますにあらずや。 （保元物語）

〔義朝に軍勢が多くついているのは、天がそのようにさせていらっしゃるのではないか。〕

「使役＋おはす」の形

20 ここに一日御逗留あつて、供奉（ぐぶ）の行列、路次（ろし）の行装（がうさう）を調へさせ御（おは）すところに、 （太平記）

〔（帝は）この場所に一日ご滞在なさって、お供の行列や、道中の装束をととのえさせていらっしゃると、〕

21 「誠（げ）にさこそ宸襟（しんきん）を傷ましめ御座（おは）すらん」と悲しく覚えければ、 （太平記）

〔「本当にそれほどお心を悩ませていらっしゃるのだろう」と悲しく思われたので、〕

b 尊敬

上代では、敬意の程度の高い敬語として尊敬の助動詞「す」（四段活用）が用いられ、また、敬意の程度が非常に高く、神・帝・大臣などを敬意の対象とする敬語として「給ふ」が用いられたとされる。

平安時代になり、「す」「給ふ」の敬意の程度はいずれも下がり、「す」は「遊ばす」の形でのみ用いられた。これらに代わって、敬意の程度が非常に高い表現として二重敬語「せ（させ）給ふ」が登場し、さらに敬意の程度の高い二重敬語「せ（させ）おはします」も用いられるようになった。

「しむ」が「尊敬」の意で用いられるようになったのは平安時代に入ってからだといわれる。

「す」「さす」「しむ」が「尊敬」の意を表す場合は、いずれも尊敬の補助動詞とともに用いられた。基本の形は「せ（させ・しめ）＋たまふ」「せ（させ）＋おはします」であったが、軍記物語には「せ（させ）＋まします」の形もある程度の数の用例が認められる。さらに、「せ（させ）＋おはす」の形も『太平記』などに稀に見える。

『伊勢物語』において異論なく「尊敬」と判別できる「す」「さす」は次の用例22の1例のみである。

「尊敬＋たまふ」の形

22　**かへりて宮に入ら<u>せ</u>たまひぬ。**（82段）

〔（惟喬の親王は水無瀬に）お帰りになって離宮にお入りになった。〕

23　**類なくめでたくおぼえ<u>させ</u>たまひて、**（竹取物語）

〔（帝はかぐや姫を）類なくすばらしいとお思いになって、〕

24　**なきことにより、かく罪せられたまふを、かしこく思し嘆きて、やがて山崎にて出家（すけ）せ<u>しめ</u>たまひて、**（大鏡・時平）

〔（菅原道真は）無実の罪により、このように罰せられなさるのを、ひどくお嘆きになって、そのまま山崎の地でご出家なさったが、〕

「尊敬＋おはします」の形

25　**さて、この池に墓せさせたまひてなむ、かへら<u>せ</u>おはしましけるとなむ。**（大和物語・一五〇段）

〔そうして、（帝は）この池のほとりに（采女の）墓を造らせなさって、お帰りになられたということである。〕

26 上も聞しめして、興ぜ［させ］おはしましつ。（枕草子・一三一段）

〔主上もお聞きになって、おもしろがっていらっしゃった。〕

＊「しめ＋おはします」の用例は未見。

「尊敬＋ましまず」の形

27 さてこそ、君も安堵の御心付か［せ］ましましけれ。（平治物語）

〔それで、主上もご安心なさった。〕

28 あはや法皇のながされ［させ］ましますぞや。（平家物語・法皇被流）

〔ああ、法皇がお流されになられるぞ。〕

＊「しめ＋まします」の形は未見。

「尊敬＋おはす」の形

29 たれとかやの局に、ある夜、女房のやむごとなき、忍びて参りたると聞こしめして、「いかで御覧ぜむ」と思しめしけるままに、にはかにおし入ら［せ］おはしけるに、（十訓抄・一ノ一三）

〔ある人の部屋に、ある夜、すばらしい女房が、人目を避けてやって来たとお聞きになって、（帝は）「なんとしてもこの目で見たい」とお思いになられ、突然（その部屋に）お入りになって、〕

30 宸襟を傷ましめ［させ］御座すらんと、思ひやり進らせらるる度ごとに、（太平記）

〔お心を悩ませていらっしゃるのだろうと、ご想像申し上げなさるたびに、〕

＊「しめ＋おはす」の用例は未見。

その他の形

「さす＋御座候ふ」の用例

31　今は偏（ひとへ）に十善の天位を棄て、三明（さんみやう）の覚路（かくろ）に趣き玉ふべき御事を思し召し定め**させ**御座候へ。（太平記）

〔今ははや天子の御位を捨てて、悟りの境地に赴きなさるべき御事をご決心ください。〕

「しめ」の意味判別に異説のあるものとして「しめ＋聞こしめす」の形をとった用例がある。

32　帝、大きにおどろかせたまひて、感ぜ**しめ**きこしめすこと限りなし。（うつほ物語・俊蔭）

〔帝は、たいへんお驚きになり、感動されることこのうえない。〕

中野幸一『新編日本古典文学全集14　うつほ物語①』や『日本国語大辞典』は、この用例中の「きこしめす」を尊敬の補助動詞と見て、「しめ」は原則どおり尊敬の補助動詞とともに二重敬語を成しているととらえている。これに対し、『古語林』や『角川全訳古語辞典』は、「感ぜしめ、」で区切って連用中止ととらえ、「しむ」が〈まれに単独で尊敬を表す場合〉（『角川全訳古語辞典』）の例としている。これにしたがえば、後半部の現代語訳は「感動なさり、（話を）際限なくお聞きになる。」などとなる。

前者は、「せたまふ」「しめきこしめす」という二重敬語で帝に対する高い敬意を表す表現が自然な印象だが、「きこしめす」が補助動詞として用いられた用例は他に見あたらず、疑問が残る。一方、後者は、「おどろかせたまふ」「きこしめす」という高い敬意を表す二つの語の間に挟まった「感ぜしめ」が落ち着かない印象であり、敬意の程度のアンバランスや例外的な「しむ」の用法など、気になる点が少なくない。

次項に挙げるように、中世には「す」「さす」が単独で「尊敬」の意を表す用例もないわけではない。「しむ」の場合はどうなのか、今後の課題である。

○「す」「さす」が単独で尊敬を表す用例

中古では、「す」「さす」が「尊敬」の意を表す場合、下に尊敬の補助動詞を伴う形をとり、敬意を含まない一般の動詞の下に単独で付いて「尊敬」の意を表す用例は見られないと言われる。

しかし、中世以降、「す」「さす」が尊敬の補助動詞を伴わずに「尊敬」の意を表す用例が見られる。

小田勝『実例詳解　古典文法総覧』は〈のちに単独で敬語として用いられた例がみえるようになる〉として、『承久記』（鎌倉時代成立？）や『松陰中納言物語』（鎌倉時代末期～南北朝時代成立）の用例を挙げている。

33　**前の右馬頭参り給うて、「長き夜のつれづれこそ思ひやり給ふれ」とて、何となき世の中の物語をせさせけるに**（松陰中納言物語）

〔前の右馬頭が参上なさって、「長い夜の無聊を推察いたします」と言って、どうということもない世間話をなさったところ〕

次の『太平記』（室町時代前期成立）の用例中の「せ」なども「尊敬」の意と解し得る。

34　**物忌七日に満じける夜、河内国高安より、頼光の母儀とて門をぞ敲かせける。物忌の最中なれども、老母の対面のためとて遥かに来たり玉へばとて、力なく門を開き、内へ誘ひ入れ奉つて、**（太平記）

〔物忌が七日満願を迎えた夜、河内国の高安から、頼光の母君だという方が門を叩きなさった。物忌の最中であるが、老母が対面のためにはるばるおいでになったのだからと、致し方なく門を開け、邸内へいざない申し上げて、〕

○判断の分かれる「せ給ふ」

次の用例35は、「使役」か「尊敬」か、諸家の判断が分かれている。

35　**二条の后に忍びて参りけるを、世の聞えありければ、兄たちの〈守らせたまひけるとぞ〉。**（5段）

〔（男が）二条の后のもとに忍んで参上したのを、世間の評判になったので、后の兄たちが〈　　　　　　〉。〕

「尊敬」の意ととるもの

池田龜鑑『精講』＝警固の役を買って出られたのだそうである

福井貞助『新編全集』＝守り固めなされたのだそうだ

片桐洋一『全読解』＝二人を会わせないように見張っていらっしゃったのだということであるよ

他に、森野宗明『講談社文庫』など。

「使役」の意ととるもの

秋山虔・堀内秀晃『伊勢物語』＝人々に見張らせなさったのだということである

森本茂『全釈』＝人々に番をおさせになったのだということである

他に、大津有一・築島裕『旧大系』、石田穣二『角川文庫』、阿部俊子『学術文庫』、渡辺実『集成』、竹岡正夫『全評釈』など。

なお、大津有一・築島裕『旧大系』補注は〈ここの「せ給ひ」全体を尊敬と見る説もあるが、伊勢物語（本書の底本）全体の中で尊敬に「せ給ふ」を用いた確な例は僅か一例、「（惟喬親王）帰りて宮に入らせ給ひぬ」（八十二段）だけであるし、またこの段の前の方に「人をすへてまもらせければ」とあるから、ここは尊敬よりも使役にとった方がよいと思う〉と述べている。

○「**敬語＋す・さす**」の形

「たまはす」「のたまはす」（尊敬語＋す）や「奉らす」「聞こえさす」（謙譲語＋す・さす）などの形で敬意を強める

「す・さす」の用法は、全体で一語の敬語動詞として扱う。

そもそも尊敬「す・さす」＋「たまふ」は、「たまふ」動作を従者にさせる（使役）という形をとって、単なる「たまふ」よりも高い敬意を表すようになったと考えられ、「たまふ」の下に使役「す」を付けてより高い敬意を表すようになったのも同様のことと考えられる。

さらに、謙譲語「奉る」「聞こゆ」などに「す・さす」が付いた場合も、「奉る」「聞こゆ」という動作を自ら直接には行わず、間に介した者に行わせるという形で謙譲の意を強めたと考えられる。

なお、次の用例36は、ふつう謙譲語＋使役「す」と解する。

36　**人のもとへ折りて奉ら[す]とてよめる。**（80段）

〔ある人のところへ（藤の花を）折って（使いの者に）献上させようとして詠んだ（歌）。〕

ただし、片桐洋一は『鑑賞』で〈「す」を使役とするのが普通だが、「奉る」の謙譲の意を強めていると見ておきたい〉とし、〈「奉らす」とあるから相手は権門であろう〉と述べている。渡辺実『集成』も「奉らす」を一語と見て〈相手が「奉らす」という重い敬語で敬われねばならない身分の人であること〉としている。

用例36の「す」を「使役」ととらえるならば、「す」「さす」が敬語動詞の下に付いて敬意を強める用法の用例は『伊勢物語』にはないことになる。

〔接続〕

「す」…四段・ナ変・ラ変動詞（未然形語尾がア段の動詞）の未然形に付く。

「さす」…右以外の動詞の未然形に付く。

「しむ」…用言の未然形に付く。

●「しむ」が一段活用・二段活用の動詞に下接する際、「見せしむ」「得せしむ」のように、「せ」を介する形が中世から生じた。

37 **先づ一つの瑞相を見せ[しめ]給へ。**（平家物語・願書）

〔まず一つの瑞相をお見せください。〕

〔活用〕

基本形	未然形	連用形	終止形	連体形	已然形	命令形	活用の型
す	**せ**	**せ**	**す**	する	すれ	**せよ**	下二段型
さす	させ	**させ**	**さす**	さする	さすれ	させよ	
しむ	しめ	しめ	しむ	しむる	しむれ	しめよ	

●「尊敬」の意は、下に補助動詞を伴うので連用形のみである。

＊ ▒ は『伊勢物語』に用例あり

〔用例〕

a　使役　〈訳語例〉**～セル。～サセル。**

「す」「さす」

未然形

(1) **いまはとて 忘るる草の たねをだに 人の心に まか[せ]ずもがな** (21段)

〔今はもうこれ限りと言って私を忘れてしまう、そんな忘れ草の種だけでもあなたの心に播かせたくないものだ。〕

(2) 月の都の人まうで来ば、捕へ[させ]む。 (竹取物語)

〔月の都の人がやって来たならば、捕えさせよう。〕

連用形

(3) **酒飲ま[せ]てよめる。** (115段)

〔(男に)酒を飲ませて詠んだ(歌)。〕

(4) **そこに来[させ]けり。** (69段)

〔そこ(=自分の御殿)に来させた。〕

終止形

(5) **そこなる人にみな滝の歌よま[す]。** (87段)

〔そこにいる人に残らず滝の歌を詠ませる。〕

(6) **あるじの男、歌よみて裳(も)の腰にゆひつけ[さす]。** (44段)

〔主人の男が、歌を詠んで(贈り物の装束の)裳の腰紐に結び付けさせる。〕

連体形

(7) **疾風(はやて)も、龍(りゅう)の吹か[する]なり。** (竹取物語)

〔疾風も、龍が吹かせているのだ。〕

(8) **よろこびながら加持せ[さする]に、** (枕草子・二六段)

〔よろこびながら加持をさせると、〕

已然形

(9) **ものもおぼえぬ尼君たちの、思ひ思ひに語りつつ書か[すれ]ば、** (栄花物語・おむがく)

〔物のわきまえもない尼君たちが、思い思いに語りながら書かせるのだから、〕

⑽ **山々に人をやりつつもとめ［さすれ］ど、さらになし。**（大和物語・一五二段）

〔山々に人をやっては探させるが、まったく見つからない。〕

［命令形］

⑾ **女あるじにかはらけとら［せよ］。**（60段）

〔当家の主婦に盃を捧げさせよ（＝酌をさせよ）。〕

⑿ **車のもと近く荷(にな)ひ寄せ［させよ］。見む。**（大和物語・一四八段）

〔車のそば近く担い寄せさせなさい。（私が）見よう。〕

「しむ」

［未然形］⒀ **我負けて、人をよろこば［しめ］んと思はば、更に遊びの興なかるべし。**（徒然草・一三〇段）

〔自分が負けて、人を喜ばせようと思うなら、まったく遊びの興味はないはずである。〕

［連用形］⒁ **教化(けうけ)して、仏道に入ら［しめ］給ふなり。**（宇治拾遺物語・一四ノ一）

〔教化して、仏道に入らせなさったのである。〕

［終止形］⒂ **今より後、かくのごとく怪しき事いはん者をば、殺さ［しむ］べきものなり。**（宇治拾遺物語・一〇ノ一〇）

〔これから後、このように怪しいことを言う者を、必ず殺させせよ。〕

［連体形］⒃ **何によりてか目を喜ば［しむる］。**（方丈記）

〔いったい何のために（外見を飾って）目を楽しませるのか。〕

［已然形］⒄ **牛馬六畜(ろくちく)、資材雑具等(しざいざふぐとう)も、よきは心を悦ば［しむれ］ども、**（沙石集・九ノ二五）

〔牛馬六畜、資材雑具なども、上等なものは（持っていて）心を嬉しくさせるが、〕

命令形 (18) **仙ノ力ヲ以テ空ヨリ飛（とば）シメヨカシ。**（今昔物語集・一一ノ二四）

〔仙人の術で空を飛ばさせろよ。〕

b 尊敬 〈訳語例〉**～ナサル。オ～ニナル。～テイラッシャル。**

「す」「さす」「しむ」

未然形 ―

連用形 (19) **かへりて宮に入らせたまひぬ。**（82段）

〔（惟喬の親王は水無瀬に）お帰りになって離宮にお入りになった。〕

(20) **御さかりもすこし過ぎさせおはしますほどなり。**（平家物語・二代后）

〔女の盛りも少し過ぎていらっしゃる頃である。〕

(21) **おほやけも行幸せしめたまふ。**（大鏡・時平）

〔帝も行幸なさる。〕

終止形 ―

連体形 ―

已然形 ―

命令形 ―

11　希望・不希望の助動詞

希望の助動詞として、高校古典文法書はふつう「まほし」「たし」の二語を挙げるが、『伊勢物語』には他に、主に上代に用いられた「こす」の用例がある。

不希望の助動詞は、高校古典文法書ではふつう取り上げないが、希望の助動詞「まほし」からの類推で生じたとされる「まうし」がある。

【まほし】

〔語誌〕

「まほし」は上代の表現「まくほし」から転じ、中古に入ってできた。

「まくほし」の語の成り立ちについては、ク語法のとらえ方の違いにより、次の二説がある。

(1)推量の助動詞「む」の未然形「ま」＋接尾語「く」＋形容詞「欲し」

(2)推量の助動詞「む」の連体形「む」に接尾語「あく」が付いて音変化した「まく」＋形容詞「欲し」

いずれにせよ、「まくほし」は元来一語と意識されていたわけではない。「まく」は、上接する動詞の表す行為を「～するようなこと」という意味を添えるはたらきをし、下接する「欲し」よりもむしろ上接する語とのつながりが強く意識されたはずで、次のような表現も見られる。

1 **見てもなほ　またも見まくの　ほしければ　馴るるを人は　厭ふべらなり**　〔古今和歌集・七五二〕

〔一度逢ってもさらにまた(すぐに)逢いたがるものなので、それで親しくなることをあの人は嫌がっているのだろう。〕

のち、「まほし」は中古末に新たに現れた「たし」にとって代わられた。

〔意味〕

「まほし」の意味を一括して「希望」としたが、その内容によって次のように分類することもできる。

a **話し手自身の希望**　→〔用例〕(1)・(2)・(3)・(4)・(6)

b　話し手以外の人の希望　→〔用例〕(5)

c　他のあり方への希望「そうあってほしい」→〔用例〕(7)

なお、c他のあり方への希望「そうあってほしい」を表す用法が動詞「あり」と熟合して、形容詞「あらまほし」が生じた。

2　**家居のつきづきしく、あらまほしきこそ、仮の宿りとは思へど、興あるものなれ。**（徒然草・一〇段）

〔住居が、（その人に）似つかわしく、理想的なのは、一時の宿に過ぎないとは思うものの、感興を覚えるものである。〕

○『伊勢物語』では上代の表現「まく＋ほし」が用いられている

『伊勢物語』には「まほし」の用例はなく、「まくほし」の1例（84段）と、「まくほし」を含んで成った名詞「見まくほしさ」の2例（65段・71段）がある。

3　**老いぬれば　さらぬ別れの　ありといへば　いよいよ見まく　ほしき君かな**（84段）

〔年とってしまうと、避けられぬ死別があると言うので、ますます会いたく思うあなたであることよ。〕

4　**いたづらに　ゆきては来ぬる　ものゆゑに　見まくほしさに　いざなはれつつ**（65段）

〔いつもむなしく行っては帰ってきてしまうけれど、逢いたさに誘われてまた行ってはむなしく帰ることになることだ。〕

5　**ちはやぶる　神の斎垣（いがき）も　こえぬべし　大宮人の　見まくほしさに**（71段）

〔神を祭る神聖な垣根を越えてしまいそうだ。宮中にお仕えするあなたにお逢いしたさに。〕

〔接続〕

活用語の未然形に付く。

〔活用〕

基本形	未然形	連用形	終止形	連体形	已然形	命令形	活用の型
まほし	（まほしく） まほしから	まほしく まほしかり	まほし	まほしき まほしかる	まほしけれ	○	形容詞型

＊『伊勢物語』に用例なし

●「まほしくは」（連用形「まほしく」＋係助詞「は」）は、順接の仮定条件「モシ～タイナラバ」を表す。これを未然形「まほしく」＋接続助詞「ば」の清音と説明する場合があり、その立場においてのみ未然形「まほしく」を認める。

6 **もしまことに聞こし召しはて<u>まほしく</u>は、駄一疋をたまはせよ。はひ乗りてまゐりはべらむ。**（大鏡・道長　雑々物語）

〔もし本当にすっかりお聞きになってしまいたいなら、駄馬を一匹およこしください。（その背に）這い乗って参上いたしましょう。〕

〔用例〕

希望〈訳語例〉～タイ。～（テ）ホシイ。

未然形　(1) 篳篥(ひちりき)はいとかしがましく、秋の虫をいはば、轡虫(くつわむし)などの心地して、うたてけ近く聞かまほしからず。〈a〉（枕草子・二〇五段）
〔篳篥はひどくやかましく、秋の虫で言うなら、くつわ虫などのような気がして、不快でそば近くで聞きたくない。〕

連用形　(2) 古(いにしへ)の有様に心やすくてこそあらまほしくはべれ。〈a〉（栄花物語・ゆふしで）
〔以前のようなありさまで気楽に過ごしとうございます。〕

連用形　(3) かかることをなむかすめしと申し出でて、御気色も見まほしかりけり。〈a〉（源氏物語・柏木）
〔こうしたことを（柏木が）ほのめかしたとお話し申し上げて、（源氏の）ご様子をうかがってみたかった。〕

終止形　(4) 語りたまふを聞けば見まほし。〈a〉（うつほ物語・内侍のかみ）
〔お話しなさるのを聞くと見てみたい。〕

連体形　(5) ものの情知らぬ山がつも、花の蔭にはなほ休らはまほしきにや、〈b〉（源氏物語・夕顔）
〔物の情趣もわきまえぬいやしい山人も、花の陰にはやはりたたずんでいたいのだろうか、〕

連体形　(6) 人の子にて見んに、うらやましくも持たらまほしかるべき子なりや、〈a〉（栄花物語・ころものたま）
〔他人の子として見たら、うらやましくて自分の子にしたいにちがいない子であるよ、〕

已然形　(7) 花といはば、かくこそ匂はまほしけれな。〈c〉（源氏物語・若菜 上）
〔花というからには、このようによい香りがしてほしいものだよ。〕

命令形　—

【たし】

〔語誌〕

中古に現れ、鎌倉時代以降広く用いられたとされる。

1 **今朝はなど　やがて寝暮（くら）し　起きずして　起きては寝たく　暮るるまを待つ**（栄花物語・あさみどり）

〔今朝はどうして、（あなたに初めて逢った昨夜）そのままに寝暮らして起きず、（こうして）起きるとまた寝たく思われて、日が暮れるのが待たれるのだろう。〕

平安時代中期～院政期成立の『栄花物語』の用例1が初出と言われるが、「寝たく」は「妬く」（＝いまいましく）と取れなくもない。鎌倉初期の『千五百番歌合』に次の用例2の歌が見える。

2 **いさいかに　みやまのおくに　しほれても　心しりたき　秋の夜の月**（千五百番歌合・一五四〇）

〔さあ、どれほど深山の奥で落ちぶれて暮らしていても、風雅な心は知りたい秋の夜の月であることよ。〕

この歌に用いられた「たし」について、藤原定家は判詞で「雖聞俗人之語、未詠和歌之詞歟」（俗人の言葉としては聞くが、まだ和歌の言葉には詠むべきではない）と述べており、当時、「たし」は「まほし」に比べて品のない言葉と見なされていたことがわかる。

ただし、『万葉集』の次の用例3を「たし」の古い例と見る説もある。

3 **凡（おほ）ならば　かもかもせむを　恐（かしこ）みと　振りたき袖を　忍びてあるかも**（万葉集・九六五）

〔普通の身分の方ならば、ああでもこうでも（＝どうなりとも）しますが、（あなた＝大宰帥（だざいのそち）である大伴旅人さまには）畏れ多いからと、振りたい袖をこらえていますよ。〕

『日本国語大辞典』初版は、助動詞「たい」の項でこの歌を挙げ、〈作者が九州の遊行女婦であるところからも、これを「たし」の最古の例として、俗語的・地方的な世界では生き続けてきた語だという説もある〉と補足の説明を加えていたが、同書・第二版では〈上代にも存在したともいわれるが、疑わしい。最古の例とされる「万葉集―六・九六五」の「凡(おほ)ならばかもかもせむを畏(かしこ)みと振り痛(たき)袖を忍びてあるかも〈児嶋〉」の「たし」は、振ることが甚しいとも解釈できる〉と書き改めた。

一方、『日本古典文学全集3　萬葉集　二』は頭注で〈振りたき―振りたい、の意か。願望の助動詞タシの確例が平安末期初見とされるため、「恋ひ痛き」(一二二〇)の類の、はなはだしい、の意の接尾語とする説が一般だが、その意のタシの受ける動詞は、飽キ・眠リ・埋レ・呆レ・屈シなどの自動詞に限られるようで、ここはやはり助動詞タシと認めたい〉と説明していたが、『新編日本古典文学全集7　萬葉集②』の頭注では〈このタシは願望の助動詞の初出例〉と簡潔に言い切っている。

用例3の「たき」が右のいずれであるかは容易に判断できないが、仮に「振り甚し」の意だとしても、その「甚し」が「たし」の語源となったと考えられる。

『伊勢物語』に「たし」の用例はない。

〔意味〕

「希望」の意を表し、「〜タイ」「〜(テ)ホシイ」と訳すことができる。高校古典文法書では一括して「希望」の意を表すとするのがふつうだが、「まほし」と同じく、その内容によって次のように分類することもできる。

a　話し手自身の希望　　　↓〔用例〕(1)・(2)・(3)・(4)

b　話し手以外の人の希望 ↓〔用例〕(5)・(6)

c　他のあり方への希望「そうあってほしい」 ↓〔用例〕(7)

〔接続〕

動詞および助動詞（「る」「らる」「す」「さす」「しむ」など）の連用形に付く。

〔活用〕

基本形	未然形	連用形	終止形	連体形	已然形	命令形	活用の型
たし	（たく） たから	たく たかり	たし	たき たかる	たけれ	○	形容詞型

＊『伊勢物語』に用例なし

●連用形「たく」＋係助詞「は」は、順接の仮定条件「モシ～タイナラバ」を表す。これを未然形「たく」＋接続助詞「ば」の清音と説明する場合があり、その立場においてのみ未然形「たく」を認める。

4　**八島へかへりたくは、一門の中へいひおくッて、三種の神器を都へ返し入れ奉れ。**（平家物語・内裏女房）

〔八島へ帰りたいならば、（平氏）一門の中へ連絡して、三種の神器を都へお返し申し上げよ。〕

●連体形「たかる」の用例はきわめて稀で、今のところ、目に入ったのは〔用例〕(6)の1例だけである。

〔用例〕

希望〈訳語例〉～タイ。～(テ)ホシイ。

未然形 (1) 敵(かたき)にあうてこそ死にたけれ、悪所(あくしょ)におちては死にたからず。〈a〉（平家物語・老馬）

〔敵に出会って死にたいが、足場の悪い所に落ちて死にたくない。〕

連用形 (2) もののくひたくて、よはよはしくおぼゆればきたる也。〈a〉（閑居友・上一四）

〔物が食べたくて、衰弱したように思われるので帰って来たのである。〕

連用形 (3) ちかう参ッて見参(げんざん)にも入りたかりつれども、はばかりもぞおぼしめすとて通りぬ。〈a〉（平家物語・維盛出家）

〔近くに参ってお目通りしたかったが、（維盛様が）ご遠慮をなさってもいけないと思って通り過ぎた。〕

終止形 (4) 鎌倉殿これを聞こし召されて、「さては一番見たし」とぞ仰せられける。〈a〉（義経記）

〔鎌倉殿はこれをお聞きになって、「それでは一番見たい」とおっしゃった。〕

連体形 (5) 我が食ひたき時、夜中にも暁にも食ひて、〈b〉（徒然草・六〇段）

〔自分が食べたい時に、夜中でも夜明けでも食べて、〕

連体形 (6) 今宵かぎりの事なれば、今までのよしみに、暇乞(いとまご)ひの杯(さかづき)したかるべし。〈b〉（武道伝来記）

〔今宵かぎりの事だから、今までのよしみに、別れの盃もしたいだろう。〕

已然形 (7) 同じあそび女(め)とならば、誰(たれ)もみな、あのやうでこそありたけれ。〈c〉（平家物語・祇王）

〔どうせ遊女となるなら、誰もみなが、あのようでありたいものだ。〕

命令形 ―

【こす】

〔語誌〕

「こす」は他に対して誂え望む気持ちを表す助動詞である。

命令形「こそ」は昭和三〇年代ごろまでは終助詞と見なされていたが、『時代別国語大辞典　上代編』（昭42・三省堂）の解釈・記述により、昭和四〇年代以降、次第に未然形「こせ」・終止形「こす」と同一の語と認められるようになってきたようである。

動詞からできた語であろうと考えられているが、諸説がある。主な説は、(1)「遣す」（呉れる、寄越すの意）の略、(2)「来為」（カ変「く」の未然形＋サ変「す」）から、(3)「来す」（「来」の他動詞形）から、などである。

主として上代に用いられ、中古では『伊勢物語』のほか、催馬楽などに稀に見られるのみだと言われる。

1　**いで我が駒　早く行き[こせ]**　（催馬楽・一）

〔さあ、わが愛馬よ、早く行ってくれ。〕

〔意味〕

「他に対する願望」の意を表し、「〜(シ)テホシイ」「〜テクレ」と訳すことができる。

〔接続〕

動詞の連用形に付く。

〔活用〕

基本形	未然形	連用形	終止形	連体形	已然形	命令形	活用の型
こす	こせ	○	こす	○	○	こそ **こせ**	特殊型 （下二段型とも）

＊■は『伊勢物語』に用例あり

▼未然形「こせ」

「こせぬかも」「こせね」（下接する「ぬかも」「ね」は願望の意の助詞）の形で用いられた。→〔用例〕(1)

2　**心痛**（うれた）**くも　鳴くなる鳥か　此**（こ）**の鳥も　打ち止**（や）**め**［**こせ**］**ね**　（古事記・上）

〔いまいましくも鳴くのが聞こえる鳥のやつめ、こんな鳥は打ち殺して鳴くのをやめさせてくれ。〕

▼終止形「こす」

禁止の終助詞「な」を伴った「こすな」の形で「～テクレルナ」の意を表す。→〔用例〕(2)

▼命令形「こせ」「こそ」

命令形のうち、「こせ」は中古になって発生した。『日本国語大辞典』は初版で〈サ変動詞「す」の命令形「せ」への類推によって生じた平安以降の用法と思われる〉としていたが、第二版では〈サ変動詞または下二段動詞「おこす」への類推によるものか、四段活用化なのか、判然としない〉と書き改めている。

もう一つの命令形「こそ」は最も多く出現する活用形で、独立させて終助詞とする説もある。

『伊勢物語』には命令形「こせ」の1例のみが見える。→〔用例〕(4)

〔用例〕

他に対する願望　〈訳語例〉～(シ)テホシイ。～テクレ。

未然形　(1)　**梅の花　今咲けるごと　散り過ぎず　我が家の園に　ありこせぬかも**　（万葉集・八一六）

〔梅の花よ、今咲いているように、散って行ってしまわず、我が家の庭園で咲き続けてほしい。〕

連用形　―

終止形　(2)　**霞立つ　春日の里の　梅の花　山のあらしに　散りこすなゆめ**　（万葉集・一四三七）

〔春日の里の梅の花よ、山の嵐に散ってくれるな、けっして。〕

連体形　―

已然形　―

命令形　(3)　**現には　逢ふよしもなし　ぬばたまの　夜の夢にを　継ぎて見えこそ**　（万葉集・八〇七）

〔現実には逢うすべもない。夜の夢にずっと見えてくれ。〕

命令形　(4)　**ゆくほたる　雲の上まで　いぬべくは　秋風吹くと　雁につげこせ**　（45段）

〔(空へ飛んで)行く蛍よ、雲の上まで行くことができるのなら、(下界ではもう)秋風が吹いて(雁が来る頃になって)いると雁に知らせてほしい。〕

【まうし】

〔語誌〕

希望の助動詞「まほし」が「ま欲し」と意識され、その対義語として不希望を表す助動詞「ま憂し」が類推されて成立したと考えられている。

次の『大鏡』の一節では、「まほし」と「まうし」が対照的に用いられている。

1　**かやうなる女・翁なんどの古言（ふるごと）するは、いとうるさく、聞かまうきやうにこそおぼゆるに、これはただ昔にたち返りあひたる心地して、またまたもいへかし、さし答（いら）へごと・問はまほしきこと多く、心もとなきに、**（大鏡・道長　雑々物語）

〔こういう嫗や翁などが昔話をするのは、まったくくだくだしく、聞きたくないように思われるのに、この（老人たちの）話はただもうその昔に立ち返って実際に見ているような気がして、もっともっと話してよと、（こちらも）応答したいこと、聞きたいことが多く、じれったく思っていると、〕

上代語「まくほし」に対する「まくうし」から成立したとの説もあるが、「まくうし」の実例はないようなので、前記の説が妥当だろう。

平安時代中期から鎌倉時代まで、主に和文系の文章に用いられたが、用例は多くない。用例の見られる平安時代の作品として、『うつほ物語』『落窪物語』『源氏物語』『浜松中納言物語』『狭衣物語』『蜻蛉日記』『讃岐典侍日記』『大鏡』『拾遺和歌集』『山家集』『頼政集』などがある。

『伊勢物語』には「まうし」の用例はない。

〔意味〕

「まほし」の打消で、希望しない意を表し、「〜タクナイ」「〜スルノガツライ」などと訳す。

〔接続〕

動詞の未然形に付く。

●鎌倉時代には、連用形に接続した用例がある。『日本国語大辞典』第二版は〈形容詞「憂し」が、直接に動詞連用形を受けることと混淆したものであろう〉としている。

2 **玉ノ台**(うてな)**トスマヒシ海人苫屋**(あまのとまや)**モスミマウク、渚ヲ洗フ浪ノ音モ、折カラ殊ニ哀也。**（延慶本平家物語・第六本・安徳天皇事）

〔皇居として住んできた漁師の粗末な小屋も住みづらく、渚に寄せる波の音も、折も折ゆえ一段としみじみと聞こえる。〕

〔活用〕

基本形	未然形	連用形	終止形	連体形	已然形	命令形	活用の型
まうし	○	まうく まうかり	まうし	まうき	まうけれ	○	形容詞型

＊『伊勢物語』に用例なし

〔用例〕

不希望〈訳語例〉～タクナイ。～(スル)ノガイヤダ。～(スル)ノガツライ。

未然形 ――

連用形 (1) この君の御童姿、いと変へまうく思せど、十二にて御元服したまふ。(源氏物語・桐壺)

〔(帝は)この君の御童子姿を、(成人の姿に)変えるのがたいそうつらいとお思いになるが、十二歳でご元服になる。〕

連用形 (2) ちりしきし はなのひほひの 名残おほみ たたまうかりし 法のにはかな (山家集・八九三)

〔散り敷いた花の匂いのような(説法の)余韻が多いので、立ち去りたくなかった説法の場であるよ。〕

終止形 (3) 衰へたる姿、いと見えたてまつりまうし[*1]と聞こえさす。(唐物語・第一五話)

〔(病気で)衰えた姿を、(武帝に)まったくお見せしたくないと申し上げる。〕

連体形 (4) 髪いと長き女を描きたまひて、鼻に紅をつけて見たまふに、絵に描きても見まうきさましたり。(源氏物語・末摘花)

〔髪のたいそう長い女をお描きになって、鼻に紅をつけてご覧になると、絵に描いたものにしても見たくない有様をしている。〕

已然形 (5) いと返りごとせまうけれど、「なほ、年の初めに、腹立ちな初めそ」など言へば、すこしはくねりて、書きつ。(蜻蛉日記)

〔まったく返事をしたくないが、(侍女が)「やはり、年の初めに、腹立ち初めをなさるな」などというので、少し拗ねた文句で、書いた。〕

命令形 ―

【補足説明】

＊1…〔用例〕(3)の終止形「まうし」は連用形に接続した例であるが、「たてまつらまうし」（未然形＋まうし）とする伝本もある。なお、「國文學」（第29巻8号）は〈未然・終止・命令形の例は見当たらない〉とし、『日本国語大辞典』や小学館『古語大辞典』も終止形の例は見当たらないとしている。

12　比況の助動詞

【ごとし】

〔語誌〕

語の成り立ちは、〈「同じ」の意を表わす「こと」の濁音化した「ごと」に、形容詞をつくる活用語尾「し」が付いたもの〉（『日本国語大辞典』）と考えられる。

上代では、散文でも、韻文でも広く用いられた。

中古の散文（和文）では、語幹相当部分の「ごと」が連用形として多く用いられたが、それ以外の活用形には「やうなり」が用いられた。和歌と漢文訓読語では「ごとし」が用いられ、「やうなり」は用いられなかったと言われる。

院政期以降、直接体言に付いて「例示」（タトエバ〜ノヨウダ・〜ナドデアル）を表す用法が登場し、さらに近世以降、「婉曲」（〜ヨウダ）の用法が登場した。

1　**年を経て　わがせしが［ごと］　うるはしみせよ**　（24段）

〔年月を重ねて、私が（あなたに）したとおり（新しい夫を）大切にしなさい。〕

2　**和歌、管絃、往生要集［ごとき］の抄物（せうもつ）を入れたり。**〈例示〉　（方丈記）

〔和歌の本や、管絃の本や、『往生要集』のような抄物を入れてある。〕

3　**松のみどりこまやかに、枝葉汐風に吹きたわめて、屈曲おのづからためたるが［ごとし］。**〈婉曲〉

――〔松の緑が濃く、枝葉は潮風に吹き曲げられて、その曲がり方は自然に（枝ぶりを）曲げ整えたよう（にいい格好）だ。〕（奥の細道・松嶋）

なお、助動詞はふつう助詞には下接しないが、「ごとし」は助詞「の」「が」に下接する点、また、語幹相当部分「ごと」の用法がある点から、形式形容詞とする考え方もある。

〔意味〕

「ごとし」は、類似または同等の二つ以上の事物や状況を比べて、それらの関係を表す。具体的には、「マルデ～ノヨウダ」と訳すことができるa「比況」の意、「～ノトオリダ」と訳すことができるb「同等」の意を表す。

〔接続〕

活用語の連体形、助詞「が」「の」、体言に付く。

●体言に直接付くようになったのは院政期以降と言われる。

〔活用〕

基本形	未然形	連用形	終止形	連体形	已然形	命令形	活用の型
ごとし	（ごとく） （ごとけ）	**ごとく** **ごと**	ごとし	**ごとき**	○	○	形容詞型

＊ ■ は『伊勢物語』に用例あり

●未然形「ごとけ」について、「國文學」（第29巻8号）に〈未然形は通常欠くことになっているが、西大寺蔵の『金光明最勝王経』の平安初期点には、推量の「む」を伴った「ごとけむ」が見え〉る、と紹介されている。これは、上代の「なかなかに死なば安けむ」（万葉集・三九三四）や「命惜しけどせむすべもなし」（万葉集・八〇四）などの用例に見える、形容詞の未然形・已然形に共通して用いられた「―（し）け」という古い形の語尾の姿を残したものと考えられる。なお、中田祝夫『新編日本古典文学全集10　日本霊異記』は、原文の「悲心施一人、功徳大如地。」を、次の用例4のように未然形「ごとけ」を用いて訓み下している。

4　**悲心をもちて一人に施さば、功徳大ならむこと地の如けむ。**（日本霊異記・上二九）

〔慈悲の心をもってするのならばたった一人の人に施しても、その功徳の大きいことは大地のようであろう。〕

●連用形「ごとく」＋係助詞「は」は、順接の仮定条件を示す場合と、連用修飾語となる場合がある。

順接の仮定条件の場合

5　**いま聞くがごとくは、月日を数へて、その纜（ともづな）を解かむとす。**（松浦宮物語）

〔今聞くとおりならば、（出帆の）月日を数えて、帰国の船の綱を解こうとしている。〕

この「ごとくは」を未然形「ごとく」＋接続助詞「ば」の清音と説明する場合があり、その立場においてのみ未然形に「ごとく」を認める。

連用修飾語の場合

6　**瑞相ノ如クハ、必ズ極楽ニ生（むまれ）タル人也、トナム人皆云（みないひ）ケル。**（今昔物語集・一三ノ一九）

〔（あの）めでたい出来事のとおりに、必ず極楽往生を遂げた人である、と人々はみな言い合った。〕

●「ごとし」には、形容詞型活用の語にふつう備わっている補助活用（カリ活用）がなく、それを補うものとして

「ごとくなり」が用いられた。

↓P342【「ごとくなり」の〔語誌〕】

●『伊勢物語』の全6例の活用形の内訳は次のとおり。

連用形「ごと」＝4例 ・ 連用形「ごとく」＝1例 ・ 連体形「ごとき」＝1例

〔用例〕

a 比況 〈訳語例〉（マルデ）～ノヨウダ。

未然形 ―

連用形 (1) **三つの足をもちて下り坂を走るが**ごとく**登りて行けば、**（宇治拾遺物語・三ノ七）

〔三本の足でまるで下り坂を走るように登って行くので、〕

連用形 (2) **雪こぼすが**ごと**ふりて、ひねもすにやまず。**（85段）

〔雪が（器から）こぼすように（盛んに）降って、一日中やまない。〕

終止形 (3) **おごれる人も久しからず。唯春の夜の夢の**ごとし**。**（平家物語・祇園精舎）

〔驕り高ぶっている人も長続きはしない。まるで春の夜の（はかない）夢のようだ。〕

連体形 (4) **目には見て　手にはとられぬ　月のうちの　桂の**ごとき**　君にぞありける**（73段）

〔目には見えて手には取ることのできない月の中の桂の木のようなあなたであることよ。〕

已然形 ―

命令形 ―

b　同等〈訳語例〉～ノトオリダ。

未然形　―

連用形　(5)　**つひに本意の[ごとく]あひにけり。**（23段）

〔しまいにもとからの願いのとおりに結婚した。〕

連用形　(6)　**年を経て　わがせしが[ごと]　うるはしみせよ**（24段）

〔年月を重ねて、私が（あなたに）したとおりに（新しい夫を）大切にしなさい。〕

終止形　(7)　六日。昨日の[ごとし]。（土佐日記・一月六日）

〔六日。昨日のとおりだ。〕

連体形　(8)　**（道長ガ）涅槃の山に隠れたまひぬ。われらが[ごとき]*1いかに惑はんとすらん。**（栄花物語・つるのはやし）

〔道長が涅槃の山にお隠れになられた。我らのごとき者はどんなにか途方に暮れることになるだろう。〕

已然形　―

命令形　―

【補足説明】

＊1…次の〔用例〕(9)の「ごとき」もb「同等」の意の連体形であるが、これについて『新編日本古典文学全集25　源氏物語⑥』が「さのごとき」の頭注で説明を加えている。

(9)　**さるべき男(をのこ)どもは、懈怠なくもよほしさぶらはせはべるを、さの[ごとき]非常のことのさぶらはむをば、いかでかうけたまはらぬやうははべらんとなん申させはべりつる。**（源氏物語・浮舟）

〔しかるべき男たちは、油断なく勤めさせておりますので、仰せのごとき非常の事態がございますなら、どうして承知いたさぬことがございましょうと申し上げさせました。〕

〈頭注〉…女房のもとに知らぬ男が忍んでくるというような、の意。貴族の日常語なら「さやうの」とでもあるところ。「ごとき」は漢文訓読語で、「懈怠」「非常」などの漢語とともに、いかつい感じである。

【ごとくなり】

〔語誌〕

「ごとし」には、形容詞型活用の語にふつう備わっている補助活用〈カリ活用〉がなく、それを補うものとして「ごとくなり」が用いられた。

断定の助動詞「なり」は連体形接続であるから、「ごときなり」の形をとるのが自然であるのに、「ごとくなり」となった事情について、小学館『古語大辞典』は次のように述べている。

「ごときなり」となるはずのところ「ごとくなり」となったのは、連用形「ごとく」の連用機能を顕示するために「に」が添えられ、それが活用するようになったためか。ただ、「ごとし」と「なり」との連接には「ごときなり」〈三蔵法師伝承徳点〉、「ごとしなり」〈今昔・四・四〉などもあり、事情は単純ではない。

なお、右の説明文中の〈「に」が添えられ、それが活用するようになった〉とは、「ごとく」→「ごとく＋に」→「ごとくに＋あり」→「ごとくなり」という変遷を想定しているものと考えられる。

〔意味〕

「ごとし」と同じくa「比況」とb「同等」の意を表す。ただし、「例示」の意は表さない。

〔接続〕

活用語の連体形、助詞「が」「の」に付く。

〔活用〕

基本形	未然形	連用形	終止形	連体形	已然形	命令形	活用の型
ごとくなり	ごとくなら	ごとくなり ごとくに	ごとくなり	ごとくなる	ごとくなれ	ごとくなれ	形容動詞型

＊『伊勢物語』に用例なし

〔用例〕

a　比況　〈訳語例〉～ノヨウダ。

未然形　(1)　**西施を奪ひ取らんこと、掌**（たなごころ）**を指すが如くならん。**　（太平記）

〔西施を奪い返すことは、掌を指すよう（に簡単）だろう。〕

連用形　(2)　**おのが岩屋に臥して、死人のごとくなりけるが、おどろきて、**　（酒呑童子絵）

〔自分の岩屋に横たわって、死んだ人のようであったが、目を覚まして、〕

連用形　(3)　**飛ぶがごとくに　みやこへもがな**　（土佐日記・一月一一日）

〔飛ぶように（一刻も早く）都へ帰りたいものだ。〕

終止形　(4)　**さしもさがしき東坂**（ひんがしざか）**、平地**（へいぢ）**を行くが如くなり。**　（平家物語・一行阿闍梨之沙汰）

〔あれほど険しい（比叡山東塔に登る）東坂を、まるで平地を行くよう（に進ん）だ。〕

連体形　(5)　**富の来**(きた)**る事、火のかわけるにつき、水のくだれるにしたがふがごとくなるべし。**　（徒然草・二一七段）

〔富が来ることは、火が乾いているものに燃え移り、水が低い所に向かって流れるようだろう。〕

已然形　(6)　**籠鳥**(ろうてう)**の雲を恋ひ、涸魚**(こぎよ)**の水を求むるが如くなれば、**　（太平記）

〔籠の鳥が大空を恋しく思い、水の涸れたところにいる魚が水を求めるような有様なので、〕

命令形　(7)　＊1

【補足説明】

＊1…「比況」の意の命令形「ごとくなれ」は今のところ見当たらない。

b　同等　〈訳語例〉～ノトオリダ。

未然形　(8)　**もし、実**(まこと)**にかくの如くならば、後時**(こうじ)**の違乱あらんか。**　（正法眼蔵随聞記・四ノ一四）

〔もし、本当にそのとおりならば、将来における破綻が起こるだろうか。〕

連用形　(9)　**若ク盛**(さかり)**也ケル時ハ公ニ仕**(つかうまつ)**リテ、官爵思ヒノ如ク也ケリ。**　（今昔物語集・一五ノ三四）

〔若く勢いのある頃は朝廷に出仕して、官位（の昇進）は思いのとおりだった。〕

連用形　(10)　**むかしのごとくにもあらず、**　（大和物語・一五六段）

〔昔のとおりでもなく、〕

終止形　(11)　**官途**(くわんど)**のみにあらず、奉禄もまた心のごとくなり。**　（平治物語）

〔官途だけでなく、俸禄もまた思いどおりである。〕

連体形

⑿ 学人(がくにん)の用心も、かくの**如くなる**べし。（正法眼蔵随聞記・一ノ九）

〔修行者の心がけも、このとおりでなくてはならない。〕

已然形

⒀ 諸方かくの**如くなれ**ば、今は何事かあるべしと、太平を歌ふところに、（太平記）

〔諸方面はこのとおり（の状態）なので、もう何事もあるまいと、泰平を謳歌しているところへ、〕

命令形

⒁ 神をまつる時は、神のますごとくにせよ。つかふる時は、生(しやう)につかふる**ごとくなれ**。（曾我物語）

〔神をまつる時は、神が（そこに）いらっしゃるとおりにせよ。（亡くなった親に）仕える時は、生きている親に仕えるとおりであれ。〕

【やうなり】

〔語誌〕

体言「やう（様）」＋断定の助動詞「なり」から成立した。

上代には、「やうなり」のみならず、体言「やう」と明確に言い得る用例も見えないと言われる。

中古になり、この二語は突如多数の用例が広い用法をもって登場した。ただし、中古においては「やう」と「なり」が必ずしも一語化しておらず、一語の助動詞となるのは中世に入ってからとも言われ、小学館『古語大辞典』は〈「やう」が名詞として独自の意味を有して、「やうなり」以外にも盛んに使用された中古では、二語として意識されていたとみてよかろう〉と解説している。確かに、「状態・様子」を表す用例などは一語の助動詞ととらえず、例えば、「思ふ／やう／なら／む／人」のように〈連体修飾語「思ふ」＋体言「やう」＋断定「なら」＋婉曲「む」＋体言「人」〉ととらえ、「（理想に）思う状態であるような人」と理解しても何ら不都合はない。

しかし、中古でも「比況」の意を表す次の用例1のように、一語化したものととらえ得るものも見られ、助動詞化の始まりは中古に求めてよいだろう。本書では、体言＋断定の助動詞と解し得られなくもないものも含めて、広く「やうなり」を認めて用例を挙げる。

1　紅葉のやうやう色づくほど、絵に描き（か）たる**やうに**おもしろきを見わたして、（源氏物語・夕顔）
〔紅葉が次第に色づいてゆく様子が、絵に描いたように見事であるのを見渡して、〕

なお、「やうなり」は和歌にも漢文訓読にも用いられることはなく、文章語である「ごとし」「ごとくなり」に対する口語・日常語として和文で用いられたと言われる。

〔意味〕

「状態・同等」「比況」「婉曲」などの意を表すが、語の構成要素である名詞「やう」の意味が広いため、意味・用法を分類して挙げきれないものもある。

○「例示」「希望や意図の内容」の意の用法

「例示」の意を表す用法もある。

2 雀などの**やうに**常にある鳥ならば、さもおぼゆまじ。（枕草子・三九段）

〔雀などのようにいつもいる鳥であるならば、それほどにも思われないだろう。〕

3 心なしの乞児（かたゐ）とはおのれが**やうなる**者をいふぞかし。（宇治拾遺物語・二ノ七）

〔考えなしの乞食とはおまえのような者を言うのだぞ。〕

連用形「やうに」の形で、「希望や意図の内容」を副詞的に表す用法もある。

4 世の人の饑（う）ゑず、寒からぬ**やうに**、世をば行はまほしきなり。（徒然草・一四二段）

〔世間の人が飢えたり、寒い思いをしたりしないように、この世を治めてほしいものである。〕

〔接続〕

活用語の連体形、助詞「が」「の」に付く。

〔活用〕

基本形	未然形	連用形	終止形	連体形	已然形	命令形	活用の型
やうなり	やうなら	やうなり やうに	やうなり	やうなる	やうなれ	○	形容動詞型

＊■は『伊勢物語』に用例あり

●『伊勢物語』には、助動詞「やうなり」と見なし得るものが6例見られるが、すべて連用形「やうに」の用例である。ちなみに、名詞「やう」が「なり」を伴うことなく単独で用いられた用例として、次の用例5が1例ある。

5　**かの大将、いでてたばかりたまふやう、**　（78段）
〔例の大将が、（人々のいるところに）出てきて工夫をめぐらせなさることには、〕

〔用例〕

a　**状態・同等**　〈訳語例〉～ノ様子ダ。～ト同ジダ。～ノトオリダ。

未然形　(1)　**さらに稚児の弾きたまふやうならず。**　（うつほ物語・楼の上　上）
〔まったく子どもがお弾きになっているようではない。〕

連用形　(2)　**「われこそ御(おん)ゆくゑ知り参らせたれ」と申さるる人、一人(いちにん)もおはせず。皆あきれたるやうなりけり。**　（平家物語・主上都落）
〔「自分は（法皇の）行かれた先を存じております」と申される人は、一人もいらっしゃらない。みな呆然と

している様子だった。〕

連用形 (3) **男、かの女のせし［やうに］、忍びて立てりて見れば、** （63段）

〔男は、あの女がした（のと同じ）ように、こっそりと立って見ると、〕

終止形 (4) **まづわが御心の長さも、人の御心の重きをも、うれしく思ふ［やうなり］と思しけり。** （源氏物語・初音）

〔なによりもご自分のお心の変わらなさも、（また）女君のお気持ちの重々しさも、うれしく願いのとおりだとお思いになった。〕

連体形 (5) **人の心ざしのおなじ［やうなる］になむ、思ひわづらひぬる。** （大和物語・一四七段）

〔（二人の）人の（私への）好意が同じようなので、思い悩んでしまっている。〕

已然形 (6) **三日。海の上、昨日の［やうなれ］ば、船出ださず。** （土佐日記・二月三日）

〔三日。海上が昨日と同じなので、船を出さない。〕

命令形 ―

b **比況** 〈訳語例〉**マルデ〜ノヨウダ。〜ミタイダ。**

未然形 (7) **若く盛りに今咲き出づる［やうなら］ん人には並びてあらじと、深く思しめしたり。** （栄花物語・殿上の花見）

〔若くて盛りで今にも咲き出す（花の）ような方とは並んで競争などはすまいと、深くお思いになっておられた。〕

連用形

(8) おぼえず神仏の現れたまへらむやうなりし御心ばへに、かかるよすがも人は出でおはするものなりけりとありがたう見たてまつりしを、（源氏物語・蓬生）

〔思いがけず神仏がお現れになったかのようだった（源氏の君の）お心寄せを頂戴し、このようなご縁も人によっては降って湧くことがおありになるのだなあと信じがたい思いで拝見しましたのに、〕

連用形

(9) 山もさらに堂の前に動きいでたるやうになむ見えける。（77段）

〔山もいま新たに堂の前に動いて出てきたように見えた。〕

終止形

(10) 足摺といふことをして泣くさま、若き子どものやうなり。（源氏物語・蜻蛉）

〔足摺りということをして泣く様子は、まるで幼い子供のようだ。〕

連体形

(11) 夢のやうなることどもをうけたまはるに、物もおぼえでなむ。（落窪物語）

〔夢のような数々の出来事を承ると、気も遠くなる。〕

已然形

(12) この御返り持て参れるを、かく例にもあらぬ鳥の跡のやうなればば、とみにも見解きたまはで、御殿油近う取り寄せて見たまふ。（源氏物語・夕霧）

〔このご返事を持参したが、このようにいつもと違う鳥の足跡のような（筆跡な）ので、すぐにはお読み解きになれず、灯火を手もとへ引き寄せてご覧になる。〕

命令形

—

c　婉曲〈訳語例〉～ノヨウダ。

未然形　⒀　あやにくにのがれきこえたまはんも情なき**やうなら**ん。（源氏物語・宿木）

〔意地悪くお逃げ申されるのも思いやりに欠けるようだろう。〕

連用形　⒁　その昔は若う心もとなき**やうなり**しかど、めやすくねびまさりぬべかめり。（源氏物語・竹河）

〔あの当時は若くて頼りないようだったけれど、立派に成長したようだ。〕

連用形　⒂　「参りては、いとど心苦しう、心肝も尽くる**やうに**なん」と典侍の奏したまひしを、（源氏物語・桐壺）

〔「お訪ねしますと、一層おいたわしくて、魂も消え失せるようで」と典侍が奏上なさったが、〕

終止形　⒃　人のためにはしたなき**やうなり**。（落窪物語）

〔（先方の）人にとって体裁が悪いようだ。〕

連体形　⒄　筑紫に、なにがしの押領使などいふ**やうなる**もののありけるが、（徒然草・六八段）

〔筑紫の国に、何某という押領使などというような役目の者がいたが、〕

已然形　⒅　軽々しき**やうなれ**ど、これが緒とととのへて調べ試みたまへ。（源氏物語・若菜　下）

〔ぶしつけのようだが、この（琴の）絃をしっかりさせて調子を整えてみてください。〕

命令形　―

13　助動詞の連なり

助動詞が重ねて用いられる場合、重ねられる順序には規則性が認められる。

例えば「国の守にからめられ↓に↓けり」(12段)、「忘れぬる↓な↓めり」(36段)のように、次表の上位の段の助動詞から下位の段の助動詞へ接続する。

ただし、上位の段の助動詞と下位の段の助動詞のすべての組合せの接続例が『伊勢物語』に現れるわけではない。

各段への配置に際しては、助動詞の文法的意味によるグループ分けを加味し、まとめた。

『伊勢物語』における助動詞の相互承接

段	助動詞	
自発・使役	る　らる　す　さす	
完了	つ　ぬ　たり(完了)　り	
断定・打消	なり(断定) ⇔ ず	
推量	⇕ べし　まじ　むず	む　らむ　けむ　まし　けらし
過去・推量	き　けり　めり　なり(伝聞)	

(注)(1)「なり(断定)」と「ず」は同じ段に配置したが、連続して用いられることがある。この二語を除き、同じ段の助動詞が相互に連続する例は『伊勢物語』にはない。なお、「なり(断定)」と「ず」は「ぬなり」「ならず」が1例ずつあり、順序が一定しない。

(2)「なり(断定)」と「べし」は、「なるべし」7例、「べきに」2例があり、順序が一定しない。

(3)「む」「らむ」「けむ」「まし」「けらし」のグループを「き」「けり」「めり」「なり〈伝聞〉」のグループより上位の段に配置したが、『伊勢物語』にはこれらのグループの助動詞が相互に連なる例はない。

(4)「むず」を含む助動詞の連なりは一般に「むずらむ」の形が多く見られるが、『伊勢物語』にその用例はなく、「むずなり〈推量＋伝聞〉」「なむず〈完了＋推量〉」の形が各1例あるのみである。

なお、上位の段の助動詞は下にさまざまな接続の仕方をする他の助動詞が連なるため、活用形を完備している傾向があり、逆に、下位の段の助動詞は活用形が不備のものが多い。

（注）三つの助動詞が連続する場合、例えば「A＋B＋C」ならば、「A＋B」「B＋C」の二つの助動詞の連続として、二度カウントしている。

『伊勢物語』における助動詞の連なり方の頻度数

ベスト10

			用例数
1	にけり	〈完了＋過去〉	78例
2	なりけり	〈断定＋過去〉	52例（うち8例の「なり」が「所在・存在」の意）
3	たりけり	〈完了＋過去〉	46例
4	りけり	〈完了＋過去〉	41例
5	ざりけり	〈打消＋過去〉	28例
6	なむ	〈完了＋推量〉	12例
7	ぬべし	〈完了＋推量〉	10例
8	てけり	〈完了＋過去〉	8例
9	なるべし	〈断定＋推量〉	7例
10	にき	〈完了＋過去〉	6例

用例数　4

せけり　〔使役＋過去〕　　にけむ　〔完了＋過去推量〕

用例数　3

なまし　〔完了＋反実仮想〕　　べかりけり　〔推量＋過去〕
られたり　〔受身＋完了〕　　れず　〔可能＋打消〕
れたり　〔受身・尊敬＋完了〕

用例数　2　＊印は三つの助動詞の連続の中にのみ現れるもの

ざらむ　〔打消＋推量〕　　ざりけむ　〔打消＋過去推量〕
てむ　〔完了＋推量〕　　べきなり　〔推量＋断定〕
まじかりけり　〔打消推量＋過去〕　　りき　〔完了＋過去〕
＊るなり　〔完了＋断定〕　　れぬ　〔自発・受身＋完了〕

用例数　1　＊印は三つの助動詞の連続の中にのみ現れるもの

させけり　〔使役＋過去〕　　ざりき　〔打消＋過去〕
ざりけらし　〔打消＋推定〕　　ざるべし　〔打消＋推量〕
たらず　〔完了＋打消〕　　たらむ　〔完了＋推量〕
たりき　〔完了＋過去〕　　たりけむ　〔完了＋過去推量〕
つべし　〔完了＋推量〕　　てき　〔完了＋過去〕
なむず　〔完了＋推量〕　　ならむ　〔断定＋推量〕

ならず〔断定＋打消〕
＊な(ん)めり〔断定＋推定〕
ぬめり〔完了＋推定〕
ぬらむ〔完了＋現在推量〕
むずなり〔推量＋伝聞〕
らむ〔完了＋推量〕
＊られず〔可能＋打消〕

なりけむ〔断定＋過去推量〕
にけらし〔完了＋推定〕
＊ぬなり〔打消＋断定〕
＊ぬるなり〔完了＋断定〕
らず〔完了＋打消〕
られけり〔尊敬＋過去〕
＊られぬ〔受身＋完了〕

三つの助動詞の連なり　（注）いずれも各1例

ぬなりけり〔打消＋断定＋過去〕

(1) **うつつにも　夢にも人に　あはぬなりけり**　（9段）

〔現実にはもとより、夢の中でもあなたに逢わぬのであることだなあ。〕

ぬべかりけり〔完了＋推量＋過去〕

(2) **うち泣きてやみぬべかりけるあひだに、**　（39段）

〔涙を流すだけで（お見送りを）やめてしまおうとした時に、〕

ぬるなめり〔完了＋断定＋推定〕

(3) **「忘れぬるなめり」と、**　（36段）

〔「（私のことを）忘れてしまったようだ」と、〕

られざりけり　〔可能＋打消＋過去〕

（4）　**男はた、寝［られざりけれ］ば、**　（69段）

〔男もまた、（女を思って）寝られなかったので、〕

られたりけり　〔受身＋完了＋過去〕

（5）　**花の賀にめしあづけ［られたりける］に、**　（29段）

〔桜の季節に催される賀に召し加えられた時に、〕

られにけり　〔受身＋完了＋過去〕

（6）　**国の守にからめ［られにけり］。**　（12段）

〔国守に捕縛されてしまった。〕

るなりけり　〔完了＋断定＋過去〕

（7）　**ものうたがはしさによめ［るなりけり］。**　（42段）

〔（女の心が）なんとなく疑わしく思われるので詠んだのであった。〕

るなるべし　〔完了＋断定＋推量〕

（8）　**おもなくていへ［るなるべし］。**　（34段）

〔（恥も外聞もかなぐり捨て、）臆面もなく詠んだのであろう。〕

れたりけり　〔受身＋完了＋過去〕

（9）　**男、女がたゆるさ［れたりけれ］ば、**　（65段）

〔男は、女房たちのいる所への出入りを許されていたので、〕

〔付録〕伊勢物語の用言

動詞　A…『伊勢物語』での出現度数ベスト5。（　）内は出現度数。B…活用の行別に出現度数の多い動詞。

〔四段動詞〕

A　①言ふ(121)　②思ふ(108)　③よ(詠・読)む(92)　④行(い・ゆ)く(66)　⑤給ふ(59)

B　各行ベスト3の四段動詞（出現度数1の語は省略）

（カ行）行く・聞く・泣く　（ガ行）脱ぐ・さわぐ　（サ行）おはします・申す・出だす

（タ行）立つ・待つ・消つ　（ハ行）言ふ・思ふ・給ふ　（バ行）結ぶ・遊ぶ・呼ぶ

（マ行）よむ・住む・頼む　（ラ行）成る・やる・しる

〔上二段動詞〕

A　①わぶ(複合語を含む)(12)　②恨む(10)　③恋ふ・過ぐ(6)　⑤生ふ(5)

B　各行ベスト1の上二段動詞

（カ行）起く　（ガ行）過ぐ　（タ行）落つ　（ダ行）――　（ハ行）恋ふ　（バ行）わぶ(複合語を含む)

（マ行）恨む　（ヤ行）老ゆ　（ラ行）お(降・下)る

＊「忍ぶ」7例のうち上二段活用の確例は1例のみ、「ひつ」2例には確例がないので、ともに除外した。

〔下二段動詞〕

A　①出づ（複合語を含む）(39)　②経・見ゆ(23)　④忘る(16)　⑤寝(15)

B　各行ベスト1の下二段動詞。加えて、出現度数5以上の下二段動詞を「+…」で示した。

（ア行）得　（カ行）付く+明く　（ガ行）逃ぐ　（サ行）おこす　（ザ行）――

（タ行）立つ　（ダ行）出づ+詣づ・めづ　（ナ行）寝　（ハ行）経　（バ行）比ぶ

（マ行）求む+とどむ　（ヤ行）見ゆ+聞こゆ・おぼゆ・絶ゆ・思ほゆ

（ラ行）忘る+隠る・濡る・知る　（ワ行）植う+据う

〔上一段動詞〕

A　①見る（複合語を含む）(75)　②居る（複合語を含む）(15)　③率る(9)　④着る・似る(4)

B　『伊勢物語』に用いられたすべての上一段動詞

（カ行）着る　（ナ行）似る　（ハ行）干る　（マ行）見る　（ヤ行）――　（ワ行）居る・率る・率ゐる

〔下一段動詞〕　用例なし。

〔カ変動詞〕

●『伊勢物語』に用いられた「来」は全部で62例。

●複合動詞は全部で5語あり、「持て来」3例、「出で来」2例、「満ち来」「参り来」「寄り来」各1例。

〔サ変動詞〕

●『伊勢物語』に用いられた「す」は全部で110例。

●複合動詞は、「名詞＋す」と見なされる可能性のあるものも含めて挙げると、「恋す」「対面す」が各2例、「うるはしみす」「思ひ倦んず」「懸想ず」「化粧ず」「誦ず」「ものす」「弄ず」が各1例あり、他に複合動詞の構成要素となった「念じわぶ」などがある。

●「動詞＋助動詞」の間に係助詞や副助詞が割って入ることがある。その場合、次の用例1・2のように「す」を分出する。この点に着目して、〈「す」はすべての動詞の中に含まれていると考えてもいいわけで、最も基本的な動詞であるといっていい〉（『角川古語大辞典』）と説明されたりする。

1　**おきも［せ］ず　寝も［せ］で夜を　明かしては**　（2段）
〔（一夜の語らいに）起きていたでも眠っていたでもなく夜を明かして、〕

2　**もの食はせなど［し］けり。**　（62段）
〔食事の給仕などをした。〕

●本来のサ変動詞は「す」「おはす」の二語とされる。「おはす」は上代にはなく、中古に盛んに用いられたが、『伊勢物語』では次に挙げる連用形3例のみで、これらだけからではサ変活用か、四段活用か判断できない。

3　**むかし、おほきおほいまうちぎみと聞こゆる、［おはし］けり。**　〈尊敬の本動詞〉　（98段）
〔昔、太政大臣と申し上げる方が、いらっしゃった。〕

4　**かたちのいとめでたく［おはし］ければ、**　〈尊敬の補助動詞〉　（6段）
〔顔立ちがたいそうすばらしくていらっしゃったので、〕

5　后のただに【おはし】ける時とや。　〈尊敬の補助動詞〉　（6段）

〔后が（入内なさる前の）ただのご身分でおいでになった時（のこと）とかいう話だ。〕

●尊敬語「います」は、上代では四段に活用した。しかし、『伊勢物語』の唯一例である次の用例6では連体形「いまする」の形で用いられていて、これだけからでは下二段活用か、サ変活用か判断できない。

6　かかる道は、いかでか【いまする】。　（9段）

〔このような道には、どうしていらっしゃるのか。〕

〔ナ変動詞〕

●「いぬ」は、a「空間的に行く＝去る」、b「時間が行く＝過ぎ去る」、c「（婉曲表現）死ぬ」の三つの意を表すが、『伊勢物語』の23例はすべてaの意で用いられている。

●『伊勢物語』での「死ぬ」の用例は、複合動詞「恋ひ死ぬ」1例を含めて6例である。

〔ラ変動詞〕

A　①あり（191）　②をり（13）　③かかり・さり（11）　⑤いまそがり（6）

●『伊勢物語』に用いられた全てのラ変動詞　＊（　）内は出現度数

あり（191）　をり（13）　侍り（2）　いまそがり（6）　いますがり（1）　みまそがり（1）

かかり（11）　さり（11）　持たり（2）

形容詞

〔ク活用〕

『伊勢物語』での出現度数ベスト5　＊（　）内は出現度数

①なし（語幹を含む）(47)　②おもしろし(13)　③よし(12)　④かたし（複合語・語幹を含む）(10)

⑤若し（「うら若し」を含む）(9)

＊出現度数6番目の「つれなし」も7例あり、少なくない。

〔シク活用〕

『伊勢物語』での出現度数ベスト5　＊（　）内は出現度数

①悲し（「もの悲し」を含む）(14)　②久し(9)　③いやし・恋し(8)　⑤悪し(4)

形容動詞

〔ナリ活用〕

『伊勢物語』での出現度数ベスト5　＊（　）内は出現度数

①あだなり(8)　②ねむごろなり(7)　③あてなり(6)　④異なり・すずろなり(4)

〔タリ活用〕　用例なし。

引用文献

本書本文中に、解説・頭注・口語訳等を直接引用した文献は次のとおりである。用例は原則として小学館『新編日本古典文学全集』に拠ったが、その一々は省略した。それ以外に拠った出典は最後に示した。

他にも多くの文献から学んだ。併せて深く感謝申し上げたい。

〔『伊勢物語』に関するもの〕

藤井高尚(大久保初雄標註)『**標註　伊勢物語新釈**』(明29・交盛館)

新井無二郎『**評釈伊勢物語大成**』(昭6・代々木書院／昭63・パルトス社)

竹野長次『**伊勢物語新釈**』(昭6・天地書房)

池田龜鑑『**伊勢物語精講**』(昭30・學燈社)　【精講】

大津有一・築島　裕『**日本古典文学大系9　伊勢物語**』(昭32・岩波書店)　【旧大系】

南波　浩『**朝日古典全書　伊勢物語**』(昭35・朝日新聞社)　【全書】

折口信夫『**折口信夫全集　ノート編　第13巻　伊勢物語**』(昭45・中央公論社)　【ノート編】

秋山　虔・堀内秀晃『**伊勢物語**』(昭45・昇龍堂)

森野宗明『**講談社文庫　伊勢物語**』(昭47・講談社)　【講談社文庫】

片桐洋一『**鑑賞日本古典文学　第5巻　伊勢物語**』(昭50・角川書店)　【鑑賞】

渡辺　実『**新潮日本古典集成　伊勢物語**』（昭51・新潮社）　【集成】
阿部俊子『**講談社学術文庫　伊勢物語（上・下）全訳注**』（昭54・講談社）　【学術文庫】
石田穣二『**角川日本古典文庫　新版伊勢物語**』（昭54・角川書店）　【角川文庫】
森本　茂『**伊勢物語全釈**』（昭56・大学堂書店）　【全釈】
由良琢郎『**伊勢物語講説（上・下）**』（昭60・61・明治書院）　【講説】
竹岡正夫『**伊勢物語全評釈　古注釈十一種集成**』（昭62・右文書院）　【全評釈】
福井貞助『**新編日本古典文学全集12　伊勢物語**』（平6・小学館）　【新編全集】
秋山　虔『**新日本古典文学大系17　伊勢物語**』（平9・岩波書店）　【新大系】
片桐洋一『**伊勢物語全読解**』（平25・和泉書院）　【全読解】

＊【　】内は、本書での略称。
＊『伊勢物語』に関する古注釈は、右に挙げた竹岡正夫『**伊勢物語全評釈　古注釈十一種集成**』から引用した。

〔他の作品に関するもの〕

小島憲之・木下正俊・佐竹昭広『**日本古典文学全集3　萬葉集　二**』（昭47・小学館）
田中重太郎『**枕冊子全注釈　一**』（昭47・角川書店）
小沢正夫・松田成穂『**新編日本古典文学全集11　古今和歌集**』（平6・小学館）
高橋正治『**新編日本古典文学全集12　大和物語**』（平6・小学館）
清水好子『**新編日本古典文学全集12　平中物語**』（平6・小学館）

石井文夫『**新編日本古典文学全集26　讃岐典侍日記**』（平6・小学館）
小島憲之・木下正俊・東野治之『**新編日本古典文学全集7／9　萬葉集②／④**』（平7／8・小学館）
中田祝夫『**新編日本古典文学全集10　日本霊異記**』（平7・小学館）
橘　健二・加藤静子『**新編日本古典文学全集34　大鏡**』（平8・小学館）
松尾　聰・永井和子『**新編日本古典文学全集18　枕草子**』（平9・小学館）
井本農一・久富哲雄『**新編日本古典文学全集71　松尾芭蕉集②**』（平9・小学館）
阿部秋生・秋山　虔・今井源衛・鈴木日出男『**新編日本古典文学全集25　源氏物語⑥**』（平10・小学館）
中野幸一『**新編日本古典文学全集14／15　うつほ物語①／②**』（平11／13・小学館）
新間進一・外村南都子『**新編日本古典文学全集42　梁塵秘抄**』（平12・小学館）
信太　周・犬井善壽『**新編日本古典文学全集41　保元物語・平治物語**』（平14・小学館）

〔古典文法に関するもの〕

佐佐木信綱編『**日本歌学大系　第壱巻／第四巻**』（昭33／31・風間書房）
松村明編『**古典語　現代語　助詞助動詞詳説**』（昭40・學燈社）
馬淵和夫『**日本文法新書　上代のことば**』（昭43・至文堂）
大野　晋『**日本語の文法を考える**』（昭53・岩波書店）
経尊・田山方南校閲・北野克写『**名語記**』（昭58・勉誠出版）
藤井貞和『**古文の読み方**』（昭59・岩波書店）

「國文學」第29巻8号『古典を読むための助動詞と助詞の手帖』(昭59・學燈社)
藤井貞和『日本語と時間』(平22・岩波書店)
小田　勝『実例詳解　古典文法総覧』(平27・和泉書院)

〔古語・国語辞典〕
『日本国語大辞典』(昭47〜昭51・小学館)
『角川古語大辞典』(昭57〜平11・角川書店)
『古語大辞典』(昭58・小学館)
『岩波古語辞典　補訂版』(平2・岩波書店)
『古語林』(平9・大修館書店)
『日本国語大辞典　第二版』(平12〜平14・小学館)
『角川全訳古語辞典』(平14・角川書店)

〔高校古典文法書〕
『読解をたいせつにする　体系古典文法　七訂版』(平20・数研出版)
『基礎から解釈へ　新しい古典文法　四訂新版』(平22・桐原書店)
『完全マスター古典文法　改訂12版』(平23・第一学習社)
『これでわかる　明快古典文法』(平28・いいずな書店)

〔小学館『新編日本古典文学全集』以外の用例出典〕

「つ」「ぬ」……『森鷗外全集　第一巻』（昭34・筑摩書房）

「らむ」……『新編国歌大観　第一巻　勅撰集編』（昭58・角川書店）

「べし」……『新編国歌大観　第二巻　私撰集編』（昭59・角川書店）
『新編国歌大観　第三巻　私家集編Ｉ』（昭60・角川書店）

「らし」……『新編国歌大観　第一巻　勅撰集編』（昭58・角川書店）

「なり」（推定）…大隈言道『草径集』（岩波文庫第2刷・平3・岩波書店）

「じ」……西尾光一・小林保治『新潮日本古典集成　古今著聞集　上』（昭58・新潮社）

「まじ」……時枝誠記・木藤才蔵『日本古典文学大系87　増鏡』（昭40・岩波書店）
『新編国歌大観　第一巻　勅撰集編』（昭58・角川書店）

「る」……時枝誠記・木藤才蔵『日本古典文学大系87　増鏡』（昭40・岩波書店）

「たし」……峰岸　明・王朝文学研究会編『閑居友　本文及び総索引』（昭49・笠間書院）
『新編国歌大観　第五巻　歌合編』（昭62・角川書店）

「まうし」……池田利夫『唐物語　校本及び総索引』（昭50・笠間書院）
『新編国歌大観　第三巻　私家集編Ｉ』（昭60・角川書店）
北原保雄・小川栄一編『延慶本平家物語　本文編　下』（平2・勉誠出版）

「ごとくなり」…西尾光一・小林保治『新潮日本古典集成　古今著聞集　下』（昭61・新潮社）
市古貞次・大島建彦『日本古典文学大系新装版　曾我物語』（平3・岩波書店）

著者紹介

宮下拓三（みやした　たくぞう）

1956年静岡県浜松市生まれ。静岡大学卒業。17年にわたり静岡県内の高校で国語科教諭を務めたのち退職。高校国語教科書の編集委員の経験を持ち、現在は著述業。

著書に『わかる・読める・解ける　Key & Point古文単語330』（いいずな書店・共著）、『基礎から解釈へ　新しい古典文法』（桐原書店・共編著）、『漢文のある風景』（黎明書房）、『三木卓の文学世界』（武蔵野書房）などがある。

初　版第１刷発行　2018年４月20日

伊勢物語の助動詞

著　　者　宮下 拓三

発 行 者　前田 道彦

発 行 所　株式会社 いいずな書店

〒110-0016

東京都台東区台東1-32-8 清鷹ビル4F

TEL 03-5826-4370

振替 00150-4-281286

ホームページ http://www.iizuna-shoten.com

印刷・製本　三省堂印刷株式会社

ISBN978-4-86460-359-1 C3081

◆装丁・本文デザイン／デザイン室 TAMA to TORA
◆編集協力／北田富士子
◆組版／株式会社 新後閑